勇者
コージ・ヤシマ
大隊長
シャラ・エンバニア

龍使い
バンメル

ドラゴン召喚士
ナセル・バージニア
Beschwörungen die

gen die Wehrmacht!

Beschwörungen ✚ die Wehrmacht!

ドイツ軍召喚ッ！

勇者達に全てを奪われたドラゴン召喚士、元最強は復讐を誓う

「1」

LA軍
Illustration 山椒魚

die Wehrmacht!

Contents

Beschwörungen

■第1話　ドラゴン召喚士《サモナー》：ナセル・バージニア

言い伝えによると、千年の昔……。

かつて、勇者によって封印された魔王がいた。

人ならざる者と人類の戦い。それは長く、永く続く戦いだった。

世界を滅ぼさんと凍《い》てつく北の大地から覇を唱えた魔王。

その勢いは凄まじく、人の世を――世界を、あっという間に席巻する。

平和を享受していた人類には為すすべもなく、ついには滅びの危機に瀕《ひん》した。

そこに現れたのは異世界より召喚されし勇者――。彼は国王の願いを聞き、魔王を滅ぼす決意を固めた。

やがて勇者は魔王を討つべく、北へ向かい旅をする。その途上で仲間を見つけ、魔王の軍勢と戦い、数多《あまた》の敵を討ち取り、駆逐し――。

やがて、北の大地の最奥にまで魔王を追い詰めた。

しかし、道半ばにして、『剣聖《ソードマスター》』を失い、『大賢者《アッカーマン》』が命を賭して道を示し――。勇敢なる兵士たちは屍の道を築いた。

最後に『勇者』と『聖女』が残り、魔王と決戦に挑んだ。

三日三晩にのぼる攻防の末、ついに討ち取られる魔王――その聖なる一撃を受けて滅びゆく体。

――だが魔王は不死、体は滅んだとしても心は死なず……。

崩れゆく自らの姿を見て魔王は語る。

『我は負けぬ……滅びぬ。勇者よ、1000年の後……必ず復活し、貴様と貴様らの子孫を滅ぼしてみせようぞ――』

魔王は封印の直前に復活を示唆し、勇者への怨嗟を零して魔界へと消えていった。

そう、それが言い伝えによれば1000年前。魔王を討った勇者は、彼《か》の者の予言を警戒し、封印した魔界への入り口近くに居を構えた。だが、魔王を封印した凍てつく大地に人は住めない。

そのため、勇者と聖女は植物の生育限界――ギリギリのところまで進出し、大地を耕し、水を引き、麦を撒き、作物を育て――ともに老い、息絶えるその日まで……魔王を監視した。

そして、1000年。

勇者と聖女の間には子がいた。彼らは育つ。……勇壮なる子孫たちとして。彼《か》の子孫は彼の使命を受け継ぐかのようにその地に住まい続け、やがて村を興し、街を作り、城壁を築いて国を起ち上げた。やがて大国となり、世界一の王国へと発展することになる。

勇者の血を引く、偉大なる国家。

それが北の大国――勇者の国の成り立ちだという。

それから、子孫たちが使命を忘れるくらいに長い年月が過ぎた頃。……予言通り、『魔王』は魔界から戻ってきた。

大地を埋め尽くさんばかりの魔物《モンスター》と、空を埋め尽くさんばかりの怪鳥《ガルダ》と飛竜《ワイバーン》の群れ。

１０００年前の悪夢の再来かと思われた時、北の大国は真っ向から対抗する。

使命はおぼろげになり、勇者の血も薄まりつつあったが、勇者の国の根幹は「対魔王」戦。その強さは揺るぎないものであった。

強大な軍隊は決定的な勝利こそ得ることはできなかったが、魔王軍の南進を拒み続けた。

長い年月をかけて築き上げた強固な城壁と、屈強な兵士たち。そして、人類が世代ごとに命をかけて積み上げた叡智の数々。足して１０００年。――歴史と伝説が蓄積された人類の叡智を駆使して戦った。

また、世界中からの援軍も迅速果敢であり、人類が手を取り合い、肩を並べて戦列を築いていく。

それは、恐ろしい数の戦死者を内包しつつ、ついに人類は魔王軍と消耗戦にもつれ込む。

そして、一進一退の戦いを繰り広げつつも、次第に戦況は落ち着きをみせた。人類も魔王も限界なのだ。

……戦争の火種は国境を分け目として収束。いつしか小競り合いが発生するのみとなった。

それでも、戦場では戦いが絶えることはなく、魔物の南進が止むこともない。だが、互いに決定打を欠いたまま小康状態を保つこと数十年。

…………そんな世界の話だ。

そうして、生まれた命が一つ。彼は魔王支配地域にほど近い北の大国でナセル・バージニアとして生を受けた。

ナセルの国は勇者の血を引く国。勇者の国として、魔王と戦う使命を全《まっと》うするのが至上の目的。そのため、将来の兵士を見出すため早期に子供たちの能力を『鑑定』するのが常態《つね》であった。

当然、ナセルも生まれてすぐに鑑定され、その結果ナセルは普通職の『召喚士』としての天職を授かっていた。

普通職とは言っても別に落ち込むようなことではなく、伝説の特別職――『勇者』『剣聖』『聖女』『大賢者』などの人間兵器と比べれば普通と言うだけ。むしろ『召喚士』は普通職としてはかなり「レア」でもある。

そのためか、両親はいたくナセルに愛情を尽くした。さらにその才能を生かすべく、両親の勧めもあり王国の学校に入ったナセルは努力の末に成績を伸ばし「召喚獣」を呼び出す呪印を刻むことが許された。

「召喚獣」の呪印とは、召喚獣を呼び出すための契約のようなもの。

『召喚士』と、一口に言っても中には色々と種類がある。それは召喚士とは言えど、なんでも召喚できるわけではなく、その者が持つ先天的な適性に応じて決まっていくという。

その適性とは、召喚獣を呼び出すための魔法の道筋であり、いまだ未知なところもあるとは言え――先人の努力により、かなり解明されている。適性は研究者によって体系付けされ、召喚士が自分の召喚獣を決定する際の指標となっていた。

一例をあげれば、召喚獣体系には、

ドラゴン、ゴーレム、英雄、精霊、アンデッド、モンスター、魔導機械《オートマタ》、動物系、虫系、等々――パッと見ただけで様々な種類がある。

それが召喚術体系。この体系は発見されているだけでもかなり多岐にわたることが理解できるだろう。さらに言えば、未確認の適性もあるというのだから中々奥が深い。

そして、それらの適性にそって『呪印』を胸に刻めばその系統の召喚士に成れるわけだ。

ゴーレム使いの適性のある者は「ゴーレム」の文字と『心臓の真上に呪印を刻む』。

『呪印』は特殊な墨で作られており肌に沈着する。

呪印は一人一つ。

ゴーレムの呪印を刻んだものは一生ゴーレムの召喚士になる。呪印は追加できないし、傷ついたり皮膚が剥がれたりすれば二度と使えなくなると言われている。だから、呪印は召喚士の命であると同時に弱点でもあった。（もっとも心臓そのものが弱点ではあるが）

そして俺こと、ナセルが適性を鑑定された時、識別された適性は――――なんと、「全適性」！

非常に珍しい適性であり、これならどんな召喚獣の呪印も刻むことができるという。

そのため、ナセルは最強の召喚獣と名高い「ドラゴン」を召喚獣に選び、『ドラゴン召喚士《サモナー》』としての道を選ぶことにした。ドラゴン召喚士《サモナー》の最強伝説には枚挙にいとまがない。王国には、当代もっとも強く残虐と言われる召喚士――『龍使い《ドラゴンマスター》』またの名を、殺戮翁《さつりくおきな》と呼ばれるドラゴン召喚士《サモナー》もいて、幼少の頃よりナセルの憧れでもあった。

だが、『召喚士』は、そのままでは何も召喚できない。ナセル達のような無印の『召喚士』が召喚獣を呼べるようになるためには、召喚士『職』の拝命と『呪印』が必要になる。

もっとも職はあくまで肩書であるため、一番重要なのは『呪印』だ。

ナセルも『ドラゴン召喚士《サモナー》』になるため、王国内の学校で行われる『召喚士《ジョブ》』職の拝命《チェンジ》の厳正なる儀式の中——いよいよその順番を待っていた。

法衣に身を包んだ司祭が現れて全員に一礼する。

彼は聖女を祀《まつ》る教会の司祭。皆を見渡しつつ誓言を朗々と語る中、ローブを着た魔術師が進み出る。彼らは特殊な墨を手にして召喚士たちに次々に『呪印』を刻んでいき、ナセルの肌にも針と刃物で傷を付けながら『呪印』を刻み込んだ。

苦痛に顔を歪めながらもナセルは耐える。

そして、激痛を伴《ともな》う召喚士の儀式に耐えに耐え、胸に浮かんだ『ドラゴン』の文字。

ジワジワと熱を伴い、淡く光るソレは——ナセルにドラゴンを呼び出させることを可能にする。

「ドラゴン!!」

——ドラゴン。

ナセルの呼びかけに応じて召喚魔法陣が現れた。

複雑な古代文字をズラ——と浮かべた透明な円環が中空に現れて明滅を繰り返す。それはまるで鼓動のようで——……。

そこから湧き出すものがある。

――光の粒子を纏《まと》った竜の姿。

「キュルァァアア！」

この世に顕現できることを喜ぶかのように一声叫び、力強く宙に現れたのは、美しい青の鱗を纏った竜！

そして、同時に現れたのはステータス画面。

目の前に表示されるそれは透明なガラス板のようで、ズラリと並ぶ文字列はいずれもドラゴンのステータス――。

ドラゴン
Ｌｖ０：ドラゴンパピー
スキル：火ブレス（小）、吶喊、噛みつき、ひっかき
備　考：ドラゴンの赤ちゃん。非常に臆病だが、狂暴。
※　※　※：
ドラゴン
Ｌｖ０→ドラゴンパピー
（次）
Ｌｖ１→レッサードラゴン（小）
　　　ドラゴンＪｒ

Lv2↓????

Lv3↓????

Lv4↓????

Lv5↓????

Lv6↓????

Lv7↓????

Lv8↓????

Lv完↓????


ナセルは『ドラゴン召喚士《サモナー》』になった。

初めて呼び出したドラゴンが雄々しく咆哮をあげ、
その雄叫《おたけ》びに、ナセルは自分の為しえた技に感動して涙したものだ。

…………やがて時は流れ。

それからは激動の時代だった。学校を卒業したナセルは、王国軍に入隊し魔王軍との戦いに身を置くことになった。

『ドラゴン召喚士《サモナー》』は引く手数多。

王国軍以外にも、各国で優秀な戦力として重用されるのだが、わざわざ故郷から離れる気にはなれなかった。ここは勇者の国——魔王軍との戦いの最前線だ。だから、ナセルはここに決めた。故郷を……国を守るため。

それからは、日々を魔王軍との戦いに費やし、王国の安寧のために努めることになった。

大規模な戦闘は生起していないとはいえ、毎日のように魔物は南進し、戦線に圧力をかけ続ける。

ナセルも日々の戦いでドラゴンを駆り、激しい戦いを繰り広げた。

殺し殺される日々。終わりなき戦いの中で、ナセルはいつしか新人からベテランと呼ばれるまでに軍人として成長していた。

階級も上がり、胸を飾る勲章も増えた。

しかし、ある日。非常に強大な魔物が現れて王国軍の防衛線を食い破り大損害を与えた。

そいつはベヒーモスという。その紫色をした巨大な体軀の魔物は、取り巻きの魔族を引き連れて突撃。あっという間に城壁を貫《ぬ》き、後詰の兵士の壁も蹂躙してみせた。

ナセル達『召喚士』も奮闘し、『ドラゴン』に『ゴーレム』、『英雄』たちを召喚して辛うじて食い止めることに成功した。

傷ついたベヒーモスは下がり、あとから雪崩れ込んできた魔王軍もなんとか予備軍によって撃退。

……戦線は支えられたものの、激しい戦いの中――ナセルも大怪我をし、後送された。

それから、しばらく生死の境を彷徨《さまよ》ったのち――ナセルは意識を取り戻した。胸には傷夷軍人に授与される勲章が飾られていたが、軍人としてのナセルはそこにはいなかった。

後遺症として、持久力が著しく落ちたナセル。結局、怪我が元で長時間の行軍に耐えられなくなったナセルは軍人としての道を諦めざるを得なかった。

名誉除隊を認められたナセルは、軍を辞めた。

しかし、ナセルは当時の上官の勧めもあり、退役軍人からなる冒険者ギルドに冒険者として登録し新たな人生を歩み始めることになる。

そんな除隊を控えたある日のこと。

ナセルの居室を訪れた者がいた。要塞の無機質な扉を叩く音にベッドから身体を起こすナセル。

コンコン――――。

「はい？」

「……ナセル。私だ」

「ッ?! だ、大隊長どの」

ガチャリ！　慌てて扉を開けるナセルの目の前には、美しい金髪をさらりと流した妙齢の女性がいた。名をシャラ・エンバニア――ナセル直属の上司であり、野戦師団の大隊長を務める女傑だ。

しかし、階級と肩書の勇ましさとは裏腹に目を見張る程の美人。見慣れているはずの上司の顔であっても、居室の前で目の当たりにしたことで、ナセルは硬直してしまう。

「どうした？　……入ってもいいか？」

「え？　あ、は、はい！　え？　あの――」

ドギマギして自分でも何を言ってるのか……。それでも、大隊長はクスリと笑うのみで、ナセルの脇を通り、殺風景な部屋にある備え付けの椅子に腰を下ろした。フワリといい香りがナセルの鼻腔をくすぐる。

「あの……」

「ん？　なんだ？　迷惑だったか？」

「い、いえ……ですが、その――自分は」

ナセルは除隊を明日に控えた身。もはや、軍には何の役にも立たないはずの人間だ。そんな男が忙しい大隊長の時間を奪うことに少し抵抗があった。

「なに、業務の合間の息抜きだよ――身をていして戦線を支えた英雄と前線最後の言葉を交わそうかとな……というのは冗談だ」

「は、はぁ？」

こんな冗談を言うような人物であっただろうか？　ナセルは首を傾げつつも、片づけた荷物の中から茶葉を取り出すと、火鉢のやかんから器に湯を注ぎ差し出す。

「んむ……。いい香りだ」

「恐縮です」

しばらく言葉もなくジッと茶を啜る二人。

「……ナセル。お前がいなくなって寂しくなるよ」

「は？　……そ、そうですか？　この体《てい》たらくで申し訳ありません」

「いや、そうではない」

傷をなぞったナセルの手をそっと上から押さえる大隊長。その様子にドキリとするナセル。女性経験のないナセルには、美しい大隊長が傍にいるというだけで心臓が早鐘のように鳴るのだ。

「……頼りにしていたのだ。なにより私はお前が――……いや、なんでもない。ナセル、王都に帰っても体には気を付けるんだぞ、私も王都によった時には顔を出すようにするよ」

「い、いえ！　そんな滅相もありません！　じ、自分は――自分も大隊長殿と、もっと……」

もっと……。もっとなんだ？

「ふふ。相変わらず堅物だな。最後くらいシャラと呼んでくれてもよかろう」

は、はぁ？　いくら何でも階級も身分も違う女性を名前で呼ぶわけにはいくまい。

「い、いぇ！　大隊長殿はいつまでも大隊長殿です！」

カツン！　とかかとを揃えたナセルは、軍隊時代で最高の敬礼を大隊長シャラ・エンバニアに向ける。そして、シャラも……大隊長も、美しく答礼する。

「ふふふ……。大隊長、か。ふふふ……。そうだな、そういうものだな。――ナセル、いいお茶だったよ」

「はッ！　王都でお会いできた時は最高のお茶をごちそうさせていただきます！」

「……期待しているよ、では――また会おう」

そう言って大隊長は去っていった。……それがナセルにとっての最後の軍隊時代の思い出。

それから、ナセルの人生は大きく転換期を迎える。生まれた時より王国を守ることを夢見て軍に入隊したナセルであったが、それを退いてからは全く異なる人生と社会を歩むことになったのだ。

それが、大隊長の推薦でなることのできた王都の冒険者ギルドの仕事だ。

そこで、ギルドの新人冒険者アリシアに出会い。二人は恋に落ち……結婚した。

ナセルが30歳、アリシアが15歳の時のことだ。

……幸せな日々だった。

若く美しい妻、新しい人生、新しい出会いにナセルは充実した思いで過ごしていたが……。

――ある日のこと。ナセルは冒険者ギルドから、依頼を受ける。それは、冒険者ギルドマスターからの直々の依頼で、内容はいたってシンプル。ベテラン冒険者として勇名を馳せるナセルに、冒険者として訓練をしてほしいと――そういうものだった。

そして、一人の青年を紹介された。彼こそ、魔王軍に対抗するため王国が異世界から召喚したという青年。名を「コージ・ヤシマ」と言った。

茶髪、黒目の美しい青年。彼こそ、かの伝説の強者――――『勇者』だった。

なぜ、勇者が召喚されたのか。それはひとえに王国が状況を打破せんとしたためだ。長年続く魔王との戦いに疲弊していた国王は決定的な勝利を手にするために、伝説上で語られていた『勇者』を求めたのだ。

それが勇者召喚の秘法。……かつて、勇者は異世界から召喚したということを王家に代々伝わる史料から知っていた国王は、勇者召喚の儀式を行うことを決意した。

だが、一騎当千、一人で魔王を滅ぼせる力を持つ人間兵器を王国に呼びだすというのは、国王以外からはかなりの抵抗があったという。

それはそうだろう。もし、勇者が御しきれなければ……その負債をおうのは王国だ。しかし、国王の強い希望もあり、結局は勇者召喚は行われることになる。すぐさま魔術師が招集され、古代より伝わる儀式により、彼は『勇者』として召喚。王国が再び勇者の国となった瞬間でもあった。

そして、『勇者コージ』――召喚されし青年は国から歓喜をもって迎え入れられる。

なぜなら、彼は紛れもなく『勇者』であった。その力を象徴するかの如く、誰にも扱えないはずの聖剣を軽々と使ってみせ、強力な古代魔法すら稚拙ながら使いこなす。

当初懐疑的な目を持っていた者もその力を目の当たりにしたことにより、勇者コージの地位は不動のものとなった。

その後、彼は対魔王戦の切り札として王国に重用される。その一環として、まずは経験を積むために、と――冒険者ギルドへと一時的に派遣されたらしい。

――らしい、というのは、その経緯は勇者本人からナセルが聞き取っただけだからだ。ともかく、そこでギルドはベテランの冒険者として活躍するナセルにコージの世話役を申し付けた。

本音では新妻との生活を邪魔されたくない思いもあったが、一も二もなく、当のアリシアが受け入れると言うので仕方なくナセルは勇者コージを家に招き入れた。彼のＬｖ上げの指導と生活支援のために一室を貸し与えるという条件だ。下宿ということもあり、最初の頃は遠慮していた勇者も段々と実力が上がるにつれ、横柄な態度が目立ち始めた。

そのうえ、アリシアとの距離感が近すぎるのも気にはなっていた。しかし、いくら何でも人妻に手を出すはずもないし、これでもナセルは十分に優しく接していた。だが、コージを家に下宿させて以来、アリシアとの生活にも変化が訪れた。というのも、夜の生活は当然ありえないし、コージを伴ってギルドのクエストを達成していたのも最初のうちだけ。

そのうちコージは一人で活動し始めたし、ナセルもアリシアと二人でクエストを達成する日々に戻った。

しかし、アリシアは時々家の用事を理由にギルドやクエストに同行することを渋るようになり

――コージを下宿させてから1年が経つ頃にはほとんどナセル一人で行動するようになっていた。

そりゃそうだ……。

ナセルが不在の間に、コージとアリシアはヨロシクやっていたんだからな――――。

よりにもよって俺のベッドを使ってなッ。

■第2話　勇者ｖｓドラゴン

※　王都ヴァルハラムの冒険者ギルドにて　※

向かい合う若い男女と、中年が一人――。

「――アナタのことはもう愛していない」

そう言ったのは金髪碧眼の美少女――15歳年下の新妻、アリシアだった。

それはいつものギルドでの日々。

想定外の言葉にナセルとしては、青天の霹靂とはこのことか、と思った次第。

「はぁ?!」

口をついて出たのは、ただただ困惑の一言。

冒険者でごった返し、ザワザワとした喧騒が溢れていた内部も一瞬でシンと静まり返る。

言われた当の本人も二の句が継げずにいたが――。とは言え、突然のことに驚愕していた俺こ
とナセル・バージニアは、すぐに正気を取り戻すと妻アリシアを問い詰める。

――だが、代わりに答えたのは黒髪、黒い瞳に逞しい体と美しい容姿の青年――勇者コージだっ

た。

ナセルや周囲の冒険者を見ればわかるが、この地方によくある茶髪に青い目の一般的な容姿とは明らかに異なる。ナセルとは似ても似つかぬ容姿端麗な美丈夫……。

そいつがせせら笑いながら宣《のたま》う。

「はっ！　オッサン、まだわからねぇのか？」

二回りほど年下の勇者に舐めた口調で言われても、なんのことかさっぱりわからない。

そもそも、コイツにギルドでの仕事を斡旋してやっているのにこの言い草。

しかし、今それはどうでもいい。

「ど、どういう意味だ……？」

意図せず震える口調でアリシアに問うも、答えたのはやはりコージ。奴は何でもないように言う。

「アリシアはよぉ――お前より俺の方がいいってさ」

そう言ってグィとアリシアを抱き寄せると、ナセルの目の前でイチャつき始めやがった。

コージの野郎はあろうことか、公衆の面前で手指を絡めて恋人繋ぎ。どー見ても、他人の女房にするには常識外れなそれを見て、一瞬……頭が真っ白になる。思考停止とはこのことだろう。

ハッとした時には、アリシアも目をトロンとさせている。

どう見ても嫌がってはいないし、それどころか慣れた雰囲気すら感じる。

「お、お前ら……何やってるか分かってるのか!?」

「愛し合ってますが、――何か？」

整った顔をしているはずの勇者の顔が実に醜悪に見える。

「ごめんなさい。貴方……」

上気した顔でウットリと勇者と見つめ合うアリシアは、少しだけ申し訳なさそうに言う。しかし、すぐに勇者とイチャつき始めたので、流石に腹の立ったナセルは勇者の肩を掴んで引き離そうとする。

「あ、アリシア！　わかってるのか!?　お前のやってることは不倫で——コージぃ、テメェは間男だ！」

——愛し合っているとかなんとか知らないけどな！

この娘《こ》と俺は結婚していて、今も夫婦なんだよッ！

「誰が間男だ。わざわざギルドでこんなことを宣言してるのはよぉ。お前に引導渡すために決まってんだろうが？」

なんでもない事のように言うコージ。

だが、なんでもなくない。ここは、王都にある冒険者ギルド。その中央ホール——一般的なギルド同様の構造で、ホールに掲示板、それに受付がある普遍的なつくり。

併設された酒場には昼間っから酒をかっくらう暇な冒険者。そして、いびられる新人冒険者と——いつもの風景なのだが……。

突然、不倫宣言&間男上等とばかりに挑発されたことを除けば…………だ。

ええ、そうですとも——いつも通りですとも。アリシアの顔を見れば、少しばかり申し訳なさそうな影を見せているが、トロンとした顔は完全にメスのそれ。

ナセルの知っているアリシアの顔ではない。ナセルの知っているアリシアはもっとお淑《しと》やかで朗らかで――温かい女性だったはず。少なくとも、堂々と不倫をするような娘では――……ない。

ナセルとアリシアは夫婦なのだ。年の差こそあれ、仲睦まじいと思う。いや、思っていた。

――二人の出会いはそれほど古くない。

戦争の怪我が元で病床に臥《ふ》せっていたナセルは、今後のことを考えて軍を引退した。上官の勧めで、次の仕事先は退役軍人から構成されるとある冒険者ギルドのフリー冒険者に決まった。

当初は慣れない冒険者稼業に戸惑い、退職金と貯えを切り崩しながら生計を立てていたのだが、それでも、ナセルは元から軍での経験もあり、そして才能もあったのだろう。

メキメキと実力を伸ばしていき、いつしか中堅と呼ばれるくらいに進歩していた。なにより、ナセルにはドラゴンがいる。生物の最強種たるドラゴン――その召喚士だ。

そんな、ある日――――ギルドが斡旋するクエストで、ナセルの能力を見込んだ冒険者たちに乞われて、臨時パーティを組んで冒険に出かけた。

そこにアリシアはいた。駆け出しの彼女は、まだ技術も何もかもが拙《つたな》いもので、臨時パーティの中でも足手まといだった。それをナセルが上手くフォローし、導いていった。そのことに感激したアリシアは、顔を赤くしながらもナセルに今後も一緒に冒険者パーティを組んでくれないかと乞うてきた。臨時パーティが捌《さば》けてしまえばどちらもソロであったことだし、ナセルも特に断る理由がなかったので了承した。

それから二人の冒険が始まり、交際し、自然な成り行きで体を重ね、そして結婚した――――。

そう、それが1年前。……年の差こそあれ、幸せだったと思う。

貯えを崩して家を買い、少しずつ家具を揃えていった。そして愛を育む――――。どこにでもある幸せな家庭だったはずだ。

それが!!

「いい加減気付けよ。オッサン。お前とアリシアは不釣り合いさ」

ふ、

「ふざけるなぁぁぁぁぁ!!」

激高したナセルは、勇者コージに殴り掛かる。公衆の面前、衆目下だろうと知るか!!

「おいおい？　俺は勇者だぜ、そんな拳が効く――――ぶッ」

ガン！　と、ナセルの拳が奴の頬にめり込むが、少し体を揺らせただけで勇者の野郎はビクともしない――。

（こ、コイツ!!）

「あーあー……やっちまったな」

コージはそう言ってユラリと近づくと、一瞬の速さで間合いを詰める。

そして、

「（こっちが、なんにも準備もしてねーと思ったのか？　ばーか）」

ソッと耳打ちし、ガツンと当身をブチ当ててきた。それだけで意識が遠のきそうになる――――。

「ぐ……」

だが、なんとか踏みとどまったものの、昏倒を先延ばししただけだ。

「う、うげぇ……！」

こ、こんな――!?

俺は――歴戦の『ドラゴン召喚士《サモナー》』だぞ!?

たかが、少し前に召喚されただけの小僧に――……！

驚愕のあまり声の出ないナセル。それに加えて様々なショックが重なり、本来の実力を発揮できぬままナセルの視界が暗く落ちていく。

く、まだだ！　まだ君の本心を聞いていない――アリシア!!

手を伸ばした先のアリシアは、勇者と口づけをかわしており、もうナセルを見ていない。

それだけでも、ナセルの精神を深く抉りトドメの一撃を加えんばかり。

だが、

「じゃあ、後は仕上げだな」

ニヤリと笑う勇者コージ。それに艶やかに笑って応えるアリシアは、

「ええ、コージ――早く一緒になりたいわ」

そう言って腹を撫でるアリシア。愛おしげに撫でるそれはまるで……。

「俺達の子のためにも、邪魔者は消えてもらわないと」

「は？　おい……何の話だ？」

「察しが悪い奴だな――――アリシアはお前が冒険で家を空けてる最中、俺とヨロシクしてたって言ってんだよ」

「な！」

「ごめんなさい、貴方。……嫌いじゃないの。だけど、私はコージを愛してしまったの――」

そう言って勇者にしな垂れかかると再び口をつける。

「へへ……すまねぇな、オッサン――――魔王を倒した頃にゃ、子供の顔を見せに行ってやるよ」

どうりで……！　どうりで…………！

道理で、最近俺と一緒にダンジョンへ潜らないわけだ。

道理で、床を一緒にしないわけだ！

どうりで!!

いま、ここで、
ようやく納得いったよ！！！

「――こ、このくそビッチが！」

妻であり、冒険者であり――――俺の愛した女は、もうここにはいない。

「俺の女に何て口利きやがるッ」

俺がこの場で最後に見たのは奴の拳がみるみる迫ってくる様だった。だけど、目を閉じない――。

俺の目は最後までくそビッチ《アリシア》を見続けていた。

「アリ……シア」

そして、俺の意識は闇に落ちた――――。だが、それはまだホンの始まりに過ぎない……。

――アナタのことはもう愛していない。

その言葉が反響し、脳裏に何度も何度も響き渡った時。ナセルはようやく気が付いた。

「う…………？」

生きてる……。

身体の異状なし、骨折等もしていない。ただ着ていたはずの鎧は、どこにもないし、剣も道具袋もない。ただ身に着けているのはボロばかり――。

「く、くそぉぉぉぉぉ！」

起き上がりざまに床を思いっきり叩く！　手の皮がその拍子に剥けて血が飛び散ったが気にもならない。現状がどうのこうのよりも、腹立たしさが込み上げて、悔しくて悔しくて悔しくて仕方がなかった。

「くそぉぉ、くそぉぉぉ!!」

あのガキ《勇者》！　あのビッチ《俺の嫁》！

くそぉ！

くそぉぉ!!

くそぉぉぉ！！！

「絶対ぶっっっ殺してやる！！！」

はぁはぁはぁ……。

荒い息をついたナセルは、ここでようやく周囲に目を向ける余裕ができた。

すると、嗅覚を刺激する何か……。カビ臭く、糞尿の匂いが立ち込めている。

「ここは…………牢屋？」

それに気付いた時に、自分の足に木製の足枷が嵌められていることに驚く。複雑な呪文の刻まれたソレ――。恐らく召喚術を妨害する類のものだろう。試しに、ドラゴンを召喚してみようとしたがサッパリ反応がなかった。

その後のナセルは自問するばかり、なぜこんなことになったのか。

勇者コージは、なぜあんなことを？　アリシアは俺を裏切った？　寝取られて……。わけの分からない状況に追い込まれているこの状況。

カツン、カツン、カツン……！

悶々と考え込んでいるナセルの耳が足音を捉える。警戒した様子もないそれは――、

「ナセル・バージニア！　すぐに出ろッ」

牢屋番の男らしい。顔に覚えはないが、王国軍の正式装備を身に纏っていることから正規の兵士だろう。言われるままに牢を出るが、足枷のせいでひどく歩きづらい。

「おい、何なんだ!?　何で俺が牢屋に入れられている？」

牢番に話しかけるも無反応。淡々とナセルを連行していくのみ。そのうち明るい場所に出た。

ここは――――。

建ち並ぶ尖塔に、分厚い城壁。王のおわす豪奢な宮殿……――王城!?

振り返った先は王城の牢屋らしく、入り口には屈強な兵士が見張りについている。城下町にある警邏隊用の拘留場ですらないようだ。

（な、何がどうなっている？　なんで王城に?!　いっ――）

わけが分からぬままナセルは引き出されて広場まで連行されていった。そこは野外用の閲兵場らしく、数は多くないものの高価な鎧に身を包んだ近衛兵がズラリと立ち並びその奥にいる貴人を守護しているらしい。そして、そこには――――。

「こ、国王陛下!?」

かつて国軍にいた頃何度か目にしたこともあるそのお方。

ドラゴンを操って魔王軍に大打撃を与えた時は叙勲され、この胸に勲章を授かったこともある。だから顔を知っている。いや、そも国民なら誰でも知っているはずだ。

「早く歩けッ」

牢番に乱暴に突き飛ばされ、ヨロヨロと進み出るナセル。わけの分からない状況だが、王の面前に引き出されるという事らしい。一際高い壇上にいる王が厳めしい顔のままナセルを見下ろしていた。

そしてその壇の下には――――。

「コージ、てめぇぇぇぇぇ!!」

思わず叫んだナセルの眼前には、アリシアを侍《はべ》らせた勇者コージがいた。

「――黙れ下郎」

激高するナセルを諌めたのは威厳ある響きを伴う王の声。それだけで一瞬にしてナセルの血は静まり返ってしまう。ドラゴン召喚士《サモナー》とはいえ、元は一般兵。今は冒険者という一市民だ。そのナセルならば、権力者の一喝は震え上がるに十分に過ぎた。

思わず片膝をつき、首を垂れている自分がいる――。

「……A級冒険者、ナセル・バージニアで相違ないな?」

朗々と壇上から語る王の声に、理由は分からないながらもナセルと謁見する用意があるらしい。

「はッ。相違ございません。元王国軍野戦師団所属、召喚獣中隊のドラゴン召喚士《サモナー》でありました」

「ふむ……功績は聞いている――――面《おもて》を上げよ」

王の声にナセルを詰《なじ》るようなものはなく、むしろ功績についても知ってくれていたことはナセルにとって朗報だった。今、壇の下でナセルをニヤニヤと見下した笑いで見ている勇者コージとアリシアの不貞を申し立ててもいいかもしれない。

勇者を召喚したのは王だ。きっと聞く耳を持ってくれるだろう。

「王よ――」

「――ナセル・バージニア。貴様を国家反逆罪の廉《かど》で審問する」

は?

「いま、なんと……？　ぐぁ!!」

思わず聞き返したナセルを背後から殴打して黙らせた者がいる。

頭に受けた衝撃に堪らず手をついてしまう。

「貴様！　王の御前だぞ!!」

そう言ってナセルを罵倒する声に覚えが……。

って、こいつは――ぎ、ギルドマスター!?

退役軍人が出資してその受け皿となっている冒険者ギルド。ナセルも所属するそこの責任者だ。

いかつい体つきで歴戦の勇士の如き姿から、「豪傑マスター」の異名をとる。

しかも、かつて千年前に勇者とともに戦った剣聖の――その末裔らしい。今はその剣の腕は名を聞かなくなったものの、軍にいた頃の勇名は轟いていた。実際は指揮官タイプで、もと王国軍の将官だったらしい。それでも並みの冒険者よりは遥かに強いという。

「ま、マスター!?　何をするんです！　そ、そいつを……そいつをぉ!!」

ジタバタと暴れるナセルは勇者コージとアリシアを指し、喚きに喚く。

「見苦しいな……これが彼《か》のドラゴン召喚士《サモナー》の成れの果てか」

嘆かわしいと王は首を振る。

「申し訳ありません。王よ。お続けください」

ギルドマスターに押さえつけられてはナセルとて動きようもない。

――ナセルは召喚士。どちらかと言うと召喚獣で戦うのが常。一応、並みの軍人程度には剣も扱えるが、達人でもなんでもない。

「ふむ……それでは訴状を読み上げる。ナセル・バージニアは妻アリシアを日頃暴力にて支配し、危険な冒険者稼業に無理やり従事させていた。それを告発し、アリシアを庇《かば》った勇者コージに対して公衆の面前で暴行し、その命を奪おうとした。よってこれは一級国家反逆罪とみなす――」

それだけを一気に言いきると、王は静かにナセルを見る。

しかし……見られてどうしろと言うのか？

「な、何の話です!?　王よ、それは出鱈目です！」

ギルドマスターに押さえつけられながらもナセルは必死に訴えかける。

「妻を暴力？　……一度だってそんなことはありません！　冒険者稼業を無理やりだなんて言いがかりです！」

「……続けろ」

「――コージを公衆の面前で暴行ですって!?　確かに、ギルドで彼に殴り掛かったのは事実です。しかし、それはコージが我が妻アリシアと不貞を働いていたことを告白し、衆目下で俺を侮辱し、あろうことか、ギルド内でわざと俺を挑発したんです!!」

そうだ。これが事実だ！

王はそれを聞き届けると、一度瞑目し、

「勇者を殴打した事実は認めると――しかしながら、確かに人の妻を欲するというのは褒められた話ではない。ないが……」

チラリと勇者を見る王は、

「不貞を働いた事実はあるのか？　それを誰が証言する？」

はぁ？　今まさに、アンタのいる壇の下で、俺の妻とクソ勇者が乳繰り合ってるぞ!?　あ、ほら！　めっちゃ指絡めてるやん!?

「そ、それは——そ、それを見れば……わかる話ではありませんかッ!?」

王は豊かな髭を撫でつつ、

「うむ。確かに親密であるな。しかし、一つ屋根の下で暮らしていたなら、おかしくはなかろう？　余にはスキンシップの範囲に見えるが……」

は、はぁぁぁぁぁ!?!?!?

い、いや、見ろよ!!　今、アリシアとドギツイチューしてるぞ!?　すっげー密着してるぞ?!

アリシアはアリシアで勇者さんとゼロ距離で見つめ合って、愛でていらっしゃるぞ!?

「スキンシップですな」

「スキンシップです」

王と、ギルドマスターはうんうん、と頷いている。

さらに、

「神官長はどう見る？」

王が軽く振り返ると、目立たぬように王の背後に控えていた神官服の青年が進み出て言う。

「はい——聖女信仰の我らが聖書には不貞の基準について特に記載されておりません。本官の見立てからもスキンシップかと――」

え、えええええ……。

いや、え？　いやいやいやいやいやいや！！！

あれはそろそろ「次の段階」始めるぞ!?

もう、ウチの嫁ノリノリですがな!?

「な、ならば――――勇者コージと我妻アリシアの間には子供がいると!!　奴らは、そう申しております!!」

もはや、悲しくなるという次元の話ではない。男としての尊厳なんぞない。留守中に妻が居候中の男と姦淫して、あまつさえ子供まで……。一生笑いものにされるだけでなく、二度と妻を――女を信用できなくなるほどの精神的外傷《トラウマ》だ。

「ふむ……！　それが事実なら実に、めでた――ごほん。実に、ゆゆしき事態であるな。神官長」

「は。確かに……子ができておれば、さすがに不貞でありましょうが……おぉ！　勇者の子ですか。ん、ゴホン」

なにやらゴニョゴニョし始める王と神官長。

勇者とアリシアは…………――――。あーうん。なんだか、ニャンニャンしてらっしゃる。

っていうか、なんだこれ？　これはもう確実に――――……。

「その子が勇者の子である証拠はあるのか？　神官長はどう思う？」

「いかにも、勇者の子であればよいが――ごほん。暴力で妻を支配していたとはいえ、夫婦であっ

たならアナタの子供ではないのですか？」

は!!　んなわけあるか！　………言ってしまうと悲しいけど――。

「妻とは――……随分、ご無沙汰であります」

クッ……男として悔しくて涙が出る。っておい！　今、王様と神官長笑っただろ!!

「ブブブ……！　ゴホン。いずれにしても、我が国の戦力の骨幹たる勇者に手を上げ、あまつさえ殺害しようとするなどあってはならん事だ！」

「ククク……！　然《しか》り――王のおっしゃる通り。神より遣わされた稀代の戦士――勇者コージ。彼《か》の者を亡き者にしようなど、魔王の所業です」

神官長もなんか急にしゃしゃり出てベラベラ喋り出す。俺……魔王になっちゃったよ!?

「ところで、ナセルよ。勇者の不貞だけをお主は犯行の動機としておるが、……それ以前に、その妻アリシアとの出会いであるが――」

ノリノリでニャンニャンの勇者とアリシアを見て、頬をポリポリと掻いて参ったなといった表情の王様。

「――その妻アリシアの証言から、お主には婚姻以前に金銭的なトラブルがあり、半ば奴隷状態であったと聞いた。それを盾に無理やり結婚を迫られたと証言した！」

はぁぁ!?　あ、アリシアさん、そんなことまで言っちゃうわけ!?　そんなあい、いりもしない、いことまで!?

「その通り。聖女の教えのもと――教会にて祝福した我らも心苦しい。まさか偽りの愛ゆえの結婚であったなどと――」

大げさな身振りで嘆いている神官長。

さらには、

「ギルドマスターとしても、冒険者たちの金銭的なトラブルにもっと気を配るべきだったと自分を恥じる思いです」

ナセルを押さえつけるギルドマスターも何やら神妙に言い出す。ここまでくれば、いくら俺でも気付く。これは茶番だ。

「冒険者ギルド――そして妻本人の証言もあり、ナセル・バージニアと、その妻アリシアとの婚姻には疑念あり！」

神官長が言いきる。

「そして、それを弾劾しようとした正義の勇者コージに対する暴行などあってはならんことだ！」

ダン！　と立ち上がり、ナセルを指さす。

「よって、ナセル・バージニア。貴様を一級犯罪者と認定する！」

ば、

「バカげてる……」

途中でこの茶番劇に気付いたナセルは、もはや激高する気もなかった。

ただ、悔しさと腹立たしさ――。

そして、愛していた妻アリシアに対する呆れと憎しみと、勇者コージへの怒りと憤りしかなかった。

コージぃぃ……。

ギルドに頼まれて居候させてやった挙句に、他人《ひと》さまの若妻を寝取って、

――挙句孕ませただとぉ?!

そして、夫が邪魔になってきたから排除する……。クズだろう?

しかも、権力と言うか、立場を最大限使ってあることない事でっち上げ。オマケにアリシアまで、勇者コージの雌に成り下がって俺を貶《おとし》める。この時点で俺の人生は終わりだ。

国王も教会も――ギルドまで抱き込んでいる。アリシアに至っては現在進行形でコージとイチャついている始末。

終わった……。

ドラゴン召喚士《サモナー》としての華々しい戦果と功績も……。退役してからも、コツコツ積み上げてきた冒険者としての戦歴と実績も……。

――全て終わった。権力が敵に回ったのだ。こればっかりは、どーーーーーーしようもない。

だけどな、だけどなぁぁぁぁ！　勇者コージぃぃぃ！

――テメェはぁぁ、一発……ぶん殴らねぇと気がすまねぇぇ!!

「ふぃぃーーー……終わった？」

コージはと言えば、アリシアとイチャついて肌が艶々。若干の賢者タイムに突入したかのような晴れやかな顔で宣う。うっとりとしたアリシアの頰を優しげに撫でると、アリシアの体を労るよう

に優しく横に寝かせ、普段着のまま聖剣を担いでみせる。その顔といったら一仕事終えたみたいな顔。ナセル達を見回すと、ニカーっと笑ってツヤツヤしていやがる。

「うむ……あとは、刑をどうするかじゃが――――」

「第一級の国家反逆罪ですからね……ただまぁ、初犯ですし、ほぼ未遂。それにこれまでの功績もありますからな」

　思案顔の国王と神官長。

「殺しちゃダメなのか？」

　エビフライちょうだい、みたいな軽いノリで言うコージ。

　こいつは――――!!

　今まで散々世話になっておきながらッ！　もう、我慢ならねぇ……！　我慢ならねぇぞ！

「クソ勇者のコージよぉ……俺の中古の使い心地はよかったか？　ああん？」

　そう言ってアリシアと勇者コージを同時に詰ってやった。しばらく一緒に生活していたんだ。こいつの性格は熟知してる。…………クソみたいなプライドの塊で沸点が低い。おまけにアホだ。

「んだとテメェ……」

　ほら乗った。

「何べんでも言ってやるよ。俺の中古品《アリシア》は――――具合がいいのかってな!?」

　ツカツカツカ、ドスゥ！！！

「ぐぅぉ……」

ナセルは額に受けた蹴りに息が詰まりそうになる。安い挑発に乗った勇者コージの蹴りだ。

「上等だオッサン。ボッコボコにしてやるぜ」

そう言うと、ナセルを組み敷いているギルドマスターを蹴りどかし、無理やりナセルを立たせるコージ。

「ゆ、勇者よ？　何をしておる？」

「勇者様？　き、危険ですよ！」

勇者の行動の意味が分からずオロオロする王様と神官長。

「オッサンよぉ～……俺が居候し始めた頃みたいにまだ弱いとか思ってるんだろ？」

そう言うと、王国の財宝である聖剣を抜き出し、シュパンと一振り。正確な軌道でナセルの足枷を切り裂いた。

「いいぜ～……惚れた女を手に入れるなら、こうやった方が様になるわな」

斜に構えて聖剣をユラ～リ、イケメン野郎の特性か……悔しいが中々さまになる。

「おらぁ！　決闘ってやつだよ！　いーだろ！　王様」

コージは周囲を護衛している近衛兵から適当に剣を拝借するとナセルに投げ寄越す。

「う、うむ。そ、そうさの。……暴行されたのだ。命は無事だが、決闘の権利――ごにょごにょ」

なんかブツブツ王様が言ってるが、もうナセルも勇者コージも聞いちゃいない。

ナセルはナセルで、召喚術を封じ込める足枷が外れたことで、自由に召喚術が使えるようになっていた。

「おら！　かかってこいオッサン」

ちょいちょい手で挑発するも、そんなもんに引っかかるかボケ！　俺の本気を見せてやる。

「コージよぉ。お前、……俺の本気を知らねぇな？」

ニィと口の端を歪めるナセル。ドラゴン召喚士《サモナー》のナセルの噂くらいは知っているだろうが、実際に見たことはないはずだ。このクソ勇者は、ナセルの家に居候中も冒険に付き合ったのは最初に数回きりで、あとは好き勝手にやっていた。

だから、冒険者のイロハを教えるほどでもなく、ましてやナセルの本気の召喚術を見たこともない。それなら見せてやるのさ――俺の召喚術をな!!

「死んでも知らねぇぞ？」

「いいから、さっさとやれよオッサン」

余裕の表情の勇者。聖剣で肩をトントンしてやがる。

いいさ、見て驚け!!

これが魔王軍との戦いで、数多の敵を焼き滅ぼしてきた俺の召喚術だ!!

来いッ――。

「『ドラゴン』！！！」

俺の叫びに応じるように、胸に刻まれた召喚の呪印が熱を帯びていく。それはボロボロの服の下からでもはっきりとわかるほど明々と燃える。

『ドラゴン』のその文字――。

そして、目の前に召喚魔法陣が現れて、下から湧き上がるように召喚獣が現れた。

真っ赤な体軀のそれは――――。高熱のブレスを主武器とするレッドドラゴンだ!!

成り行きを見守っていた国王と神官長が驚嘆の声をあげる。

「おお！　これが……」「ほぅ！　見事ですね」

へっ！　舐めるなよ……。

ブゥン！　と、透明なガラス板のような召喚獣のステータスが目の前に表示され、彼《か》の者が俺の最強の召喚獣であることを教えてくれた。

魔力最大充填――！

出でよ最強種――――!!

ドラゴン
Lv5：レッドドラゴン（中）
スキル：火ブレス、吶喊、噛みつき、ひっかき、咆哮、etc
備　考：別名、炎竜。
獰猛にして狡猾、非常に狂暴。
強靱な鱗と鉄を切り裂く爪と牙。
そして石をも溶かすブレスを吐く。

※　※　※：

ドラゴン

Ｌｖ０→ドラゴンパピー

Ｌｖ１→レッサードラゴン（小）

　　　ドラゴンＪｒ

Ｌｖ２→レッサードラゴン（中）

　　　アースドラゴン（小）

　　　ミドルドラゴン

Ｌｖ３→レッサードラゴン（大）

　　　アースドラゴン（中）

Ｌｖ４→アースドラゴン（大）

　　　レッドドラゴン（小）

　　　フロストドラゴン（小）

　　　ラージドラゴン

Ｌｖ５→レッドドラゴン（中）

　　　フロストドラゴン（中）

　　　ヒュージドラゴン

（次）

Lv6→レッドドラゴン（大）
フロストドラゴン（大）
腐竜（小）
ヨルムンガンド（小）
Lv7→？？？？
Lv8→？？？？
Lv完→？？？？

俺の目の前に現れたソレは、周囲を睥睨《へいげい》し近衛兵たちと王、神官長、ギルドマスターの腰を抜かさせるには十分だった。

「ひぃ！」

屈強な近衛兵も何名かが恐怖におののいている。

だが、召喚せしドラゴンは興味ないとばかりに羽ばたき、ナセルの前でホバリングしていた。

これが俺の召喚術だ！

美しい赤をした竜鱗のドラゴンは「クルルルルルル」と低く鳴き、ナセルに首を垂れる。

「へ～……たいしたトカゲじゃねぇか。ドラゴンっていうには少々可愛すぎるがね」

王たちとは異なり全く動じていない勇者コージは「よっこらせ」と剣を構える。

「ふん、余裕ぶるなよ――――行けッ、ドラゴン！」

ぐぅぉぉぉおおおおおおお!!

耳にした者を畏怖せんばかりの咆哮をあげたレッドドラゴン。彼は、ナセルの命に従いコージを喰らいつくさんと迫る。そこには、手加減などない。

ナセルは今こそ、本気でコージを殺そうと――――。

「ドラゴンってのは、もっとデカくて強いと思ったんだけどな――がっかりだぜ」

竜の咆哮の中、平然とした勇者コージは軽～く剣を振ると、

「オッサンは、やっぱオッサンだよ。女も取られて、金も、地位もな――――ぎゃはは、あとはどうなるかな?」

ブンッッッッ!!

振り下ろされた聖剣がナセルのドラゴンを――――――――切り裂いた!

――――え?

ば、ばかな?? 俺のドラゴンが……いともたやすく!?

断末魔の咆哮すら上げることも出来ずに、首がポ～ンと弾け飛び――――――地面にズシンと転がり落ちる……。それで終わりだった。

「あ」

「はい。しゅ～りょ～……本気で勝てると思ってたのか?」

召喚した中でもナセルの最強のドラゴンがボロボロと崩れ去り、光の粒子になって消えていく。

死んだわけではないが、術者の魔力を吸って生み出されたその個体は、術者の魔力が尽きるか個

体を維持できないほどのダメージを受けると、こうして消えていく。

これで終わり……。

ナセルの魔力を込めた召喚獣は一瞬にして消え去り、彼の魔力と共に塵となった。

「終わりか？　…………しょーーーもねーーーー」

唖然とするナセル。預けられた剣を振るうなど思いもよらない程、…………打ちのめされていた。

ナセルの家に居候に来た頃の勇者はと言えば、見込みはあるかな？　といった程度の駆け出しだったはず……。

「お、おお！　さすがは勇者コージだ！　あのドラゴンを一瞬で倒してしまうとは！」

「何と素晴らしい剣の使い手！　神はこの者に祝福を与えたもうた！　神よ感謝します！　勇者に栄光を!!」

「さ、さすがは勇者ということか……まさかこれほどとは。彼に貢献できて冒険者ギルドも光栄です」

「「「「勇者に栄光を！」」」」

「コージ素敵……」

王様、神官長、ギルドマスター、近衛兵たち……そしてアリシア。皆が一瞬でドラゴンを倒してみせた勇者コージを讃えた。

そして、ナセルは再びの絶望にやられる。今日、全てを失った。捨て身の意趣返しの一撃でさえ
――――この男には通じなかったという絶望。

「あーあーあー……マジで今ので終わりかよ？　よっわ！」

ケラケラと笑い聖剣でチクチクとナセルを弄《いじ》る勇者コージ。

「なーよー……王様、コイツどーすんの？　反逆罪でいいの？」

「う、うむ……。功績もあるし、冒険者としての実績もあるのだが、う～む――神官長」

「は、はぁ……。こ、殺してもいいんじゃないでしょうか。その、いやまぁ、不貞がどうのこうのは、その――」

二人してあーでもないこーでもないと言い張る最高権力者たち。

実際、彼らの胸三寸でナセルの命などどうにでもなる。……なるのだが――。おそらく、彼らも勇者コージの茶番のために、明らかに無罪の人間を処刑するのを躊躇《ためら》っているのだろう。

とは言え、慈悲心からではない。責任を負いたくないだけだ。この国では、国王にも教会にもどちらにも人を裁く権利がある。政治犯や、法を犯した者を裁く王。宗教的な概念により人を裁く教会。

だが、彼らとて人の組織だ。コージやナセルの妻アリシア、そして冒険者ギルドの人間のどーでもいいでっち上げの証言など、本腰いれて誰かが調べればわかること。

アリシアの不倫は明白だし、子供が生まれればソレは更に明らかになる。本当に勇者の血が入っていれば、子供には彼の他にはない外見的特性が現れるだろう。

そして、勇者コージの間男っぷりは、ギルドでの暴露で明らか。ギルドマスターが情報操作しているようだが、結局のところ嘘を塗り固めているだけ。

一番デカい穴があるとすれば、冒険者ギルドなのは明白。王も、教会も、この場合は調査に基づく結果により刑を執行したと言い張ればよいが……。どこで何が漏れるか分からない。

「う～む……儂のところはちょっとなー、処刑場も……そのなんだ――先客が多くて埋まっとってな、……教会の方でやらんか」

「わ、私のところとて、先の異端審問で色々とそのゴニョゴニョなんですよ！」

「いや、ほら、この前、免罪符の販売許可したじゃろう？」

「そ、それとこれとは話が違います！　って、それにアレは王とて税金かけてるじゃないですか！」

あーだ、こーだ、やいのやいの。

さすがにギルドマスターやコージも首を傾げている。サクっと殺してしまえばいいという物騒な考えのコージだったが、一応彼の待遇を保証しているのは国王で、後押ししているのが教会だ。蔑《ないがし》ろにはできない。今回も、コージのアリシア欲しさに仕方なく無理を言ってこんな手間をかけたのだが……最後の最後で躓《つまず》いている。

「なーーーーーんか、面倒くさくなってきたな」

いそいそと帰り支度を始める勇者は、興味がドンドン薄れてきているようだ。

だが、アリシアとの生活にはナセルとの婚姻関係が究極的に邪魔で……逆に言えばそれさえなければ、別に死のうが生きようがどうでもよかった。それに気付いたギルドマスターは、妙案を思いつき勇者に耳打ちする。

「ん？　何よ――」

ごにょごにょ。

「マジで？　いいねそれ！」

ギルドマスターの耳打ちに喜色を現す勇者は、ズカズカと壇上に上がって王と神官長の前に立つと、言った。

「――異端者《魔族に加担した者》ってことにすれば、王国の全ての権利を取り上げられるんだってて？」

■第3話　世界を呪う

「よせ！　やめろッ！　俺が何を――――」

ナセルは四肢を取り押さえられ、なす術ない状態で転がされていた。

その前に立つ人影は――、聖女信仰を標榜する王国内の一大勢力であり、世界に広まった聖女教会の、その幹部の地位に君臨する神官長。

彼は聞き取れないほどの小声で真言を唱えつつ、目を閉じて神と化した聖女に祈りを捧げる。

邪悪なる魔族を滅せんと――。

そして、神官長がゆっくりと手にしたのは、真っ赤に焼けた焼き鏝《ごて》。教会のシンボルを焼き付けるそれは印章程度の大きさ等ではなく、ゆうに大人の掌ほどはある。

……いや、それよりもさらに大きい。

そ、それを――――、

「や、やめ――――がぁぁぁぁぁあああ！！！」

ジユゥゥウウウウ……！

「――――かぁぁぁぁ……！！！」

肉の焼ける匂い。それは、焼き鏝を押し付けられる匂いだ。

「異端者よ、胸に神の教え――そのシンボルを描ける光栄に浴したことを感謝なさい」

グリグリグリ。

輪っかの中に十字の印章。それが真っ赤に焼けて、今ナセルの胸に押し付けられている。

「――ぁ――ゥ――ッッッ!!」

バタバタと暴れるナセルの胸に深々と刻まれたソレは、ジュウジュウと音を立てて肉と皮膚をコンガリと焼き上げた。

「もう少し焼き付けましょう。腐った魔族の性根を追い出すために！」

――ッゥウウウ……あがぁぁぁ！！！

周囲の皮膚すら沸騰せんばかり……。既に全てを失った彼の胸には教会のシンボルマークが焼き付けられ――そして、その下には彼の人生そのものである呪印が…………。

そこには、もはやボロボロに焼き崩れた召喚術の呪印の成れの果てがあるのみだった。

あぁ……。なんという――。

『ドラゴン』の文字は焼き溶けてグチャグチャ。

辛うじて『ド』の文字だけが見えるが……他の三文字は焼け溶けてしまい読める文字になっていない。

――ド■■■……。

『ド■■■』では、二度と『ドラゴン』は呼び出せないだろう。

ナセルに残った最後の財産。召喚士の『呪印』は、今――こうして失われた。

異端者とは、
魔王に与《くみ》する者や――その地に住んでいた者、あるいは帰順者を指す。元魔王軍《元魔王軍》
また、最初から、あるいは一時的にでも教会の教えを捨てた者は、全て異端者とされる。

その場合、財産を始め、王国のあらゆる権利を失う。それは婚姻関係も同様で、果ては国籍すら書類上はなかったことにされるという。……残されたのは命だけ。

辛うじて国内に住むことは許されているが、もし異端認定された場合は初犯であった場合でもこの刑罰だ。二度目に異端認定された場合は、最後に残った命をも奪われるという。

そして、ナセルは閲兵場で衆目がある中――神官長自らによって焼き印を押し付けられ、王がそれを追認した。

勇者と聖女の子孫が築いた国――。それに背くことはタブーであり、反逆なのだ。

こうしてナセル・バージニアは、築き上げたもの全てを失った。

――だがこれで終わりなどではない。

激痛で意識を失ったナセルは、ボロだけを纏った状態で、王城から再び牢屋に叩き込まれて、ゴミのように打ち捨てられた。最後に意識を失う瞬間に、絡み合うコージと妻――いや、元妻のアリシアがナセルをせせら笑っているのが見えた。

あ、
アリシ……ア。

アリシア……。

アリシアぁぁぁぁあああ！！！

あ………。

――ナセル・バージニア。

何一つ悪いことをしていないというのに、……アリシアを気に入った勇者が、ナセルを邪魔に思ったというだけ。たったそれだけのこと。

そして、そのアリシアもナセルが意識を失う直前に見せた表情といえば、ほんの僅かばかり……ナセルに悪いと謝りつつも――――その目は快楽に溺れていた。と同時に、勇者の持つ財力、権力、武力に憧れる俗物の目《それ》をしていた。

愛欲だけではない。

アリシアは明らかにコージが持つ全てに憧れている。勇者に媚びへつらうギルドマスターと同じ目をしていたから……それだけは確信できた。

だから、意識を失う最後の瞬間に、一言だけ――――、

「お、覚えていろ――ビッチ…………」

こんな女を愛した俺が愚かだったと――。

だが、ナセルはまだ知らない。異端者であり、国家反逆罪の彼に課せられる運命は――――まだドン底の上部《うわべ》を浚《さら》ったに過ぎない。

本当の煉獄はこの先にある……。

ピチョン……。

ピチョン……。

カビ臭い空気に、ナセルは最悪の目覚めを迎える。これまでが夢だったなどと甘いことを考える気すらなかった。

そして、開いた目線の先にあったものは、少し前に見た天井だ。

――王城内の地下牢……。

この臭気も湿度もそう忘れられるものではなかった。

「ぐぅ！」

体を起こそうとしたナセルの胸に走る痛み――。見れば、あれほど誇りにしていた召喚士としての――ドラゴン召喚士《サモナー》の証たる呪印がドロドロに焼け溶けていた。未だ焦げ臭い匂いを放つそれは、皮下液をヌメヌメと滴らせており相当な火傷であると如実に語る。

傷が癒えても痕は消えないと理解するには十分過ぎた……。

だけど――。

(俺のドラゴンは、こんな簡単に消えてなくなるはずがない！)

学校で、
戦場で、
冒険で、

常にともに戦い、駆け抜けた相棒。

そして、ナセルの人生そのもの――。

（簡単に消えてなくなるものかよ！）

幸いにも、魔法阻害の枷はつけられておらず――魔力も多少は回復している。

行けるさ――。なぁ？　そうだろ……俺のドラゴン。

ナセルは呪印に魔力を込める。丁寧に……、丁寧に――。

（来い……。来い、来い――俺のドラゴンッ）

ドクン、ドクンと波打つように魔力がゆっくりと胸の焼け溶けた呪印に流れていくのを感じる。

ドクン、ドクン……。

（来い、来いッ――来いよ、ドラゴン！）

来いッ！！！

ジワリと熱を持つ呪印の『ド■■■』の文字。

だが……。

ドクン……、ドク――。

呪印に流れ込んだ魔力が霧散していく気配を感じる……。僅かばかりの期待を寄せていたが、やはりドラゴンを呼び出す魔法陣は現れず、――代わりに絶望が押し寄せた。

あぁ、本当に……全てを失ったんだな。

「ッく――」

うぐ……。ドラゴン………………………。枷が掛けられていないわけだ……。

ガクリと肩を落としたナセル。ポタリ。ポタリと落ちる水滴。それは天井から滴る地下水ではない。生温かい涙。止めどなく溢れるそれ…………。

は、

(ははは)

こんな、こんな終わりか——。

こんな最期か——。

(あはははは！　呪印のない召喚士に、魔法阻害の枷は必要ないってことか)

あはははははは!!

声を殺して笑い泣き。ただただ悲しかった。ボタボタと滂沱《ぼうだ》の涙を零すナセル。

もう、ナセルはドラゴンが呼び出せない。二度と彼らに会うことはできない。

もう、二度と——。

バターーーン!!

絶望と諦観にくれるナセルの耳を乱暴な音が叩く。だが、今はそれすら気にならないほど打ちのめされていた。それが地下牢入り口を乱暴に乗り込んできた兵士たちだと脳が理解する頃には、ガチャガチャという重武装を思わせる金属の靴音が間近にあった。

「ナセル・バージニア——すぐに出ろッ」

虚ろな目を向けるナセル。しかし、兵士たちはその様子にも全く取り合わず、面倒くさげに牢に踏み込むと問答無用でナセルを引っ張り出した。

そのあとは乱暴に引きずっていく。怪我をしようが、足や腕がもげようが知ったことかと言わんばかり。中にはかつての同僚もいたかもしれないというのにこの仕打ち。

もっとも、ドラゴンを失いショックに打ちのめされているナセルは、そんな仕打ちをされてもされるがまま。──これ以上ドン底はないとばかりに、全てを諦めていた。

ほんの数瞬の間は…………。

「え？」

牢から引きずり出されたナセルは、先日のような王の面前ではなく──もっと広く目立つ場所に引き出されてきた。

そこは王城前の広場。

石畳のそこは、堀と市街地の間に設けられた市井との境──。

多くの市民が王国のお触れや、告知等を聞くイベント広場、または、大罪人を裁き──公開処刑する場として知られていた。

そんな場所に引きずり出されたナセルは、今日初めて人らしい反応を見せる。さっきまでは全てを失い絶望した人間の表情だったが……。

「ど、どうして──!!」

今は、全てを失い絶望した人間が残された僅かな理性と感情さえ凍りつく表情──……。

ドン底のさらに底。煉獄から地獄を覗き込むような表情になっていた。

「第一級国家反逆罪かつ異端者ナセル・バージニア！　貴様の罪を今日ここで裁く！」

城壁から声を放つのは国王。そして、神官長がいた。ザワザワと騒ぐ市民はいつの間にか大勢が集まり、引きずり出されてきたナセルを興味深そうに見ている。

だが、ナセルには国王も神官長も市民も――――市民に混じりこちらを注視しているギルドマスターやアリシア、そしてコージの姿すら目に入らなかった。

なぜなら、

「と、父さん、母さん!?　リズに――だ、大隊長まで……？」

震える口調で零すナセル。彼の呼んだ四人の人々は、ナセル同様に拘束されていた。

しかも、あの忌々しい教会十字の輪の中に磔にされている……。

そして項垂れていた四人が、ナセルに気付き――彼の父が真っ先に声をあげる。

「ナセル……。これは何かの間違いだ！　俺はお前を信じている。信じているぞ……！」

信念の籠った目で射ぬかれるとナセルをして胸を打たれる思い。

「あなたが反逆罪？　そんなことあり得ない……絶対に！」

母も父同様にナセルを信じている。

「おじぢゃん…………わ、わだじ、」

エグエグとしゃくりあげる年の離れた義妹は何が起こっているのか理解できていないらしい。

それはそうだ……。アリシアより年若い彼女は、まだ幼く無力だ。ナセルと髪や目、肌がよく似た彼女は、随分前に病死したナセルの兄弟の娘。ナセルが王国軍に所属していた頃に、両親が引き取って養子とした義理の妹で元姪ッ子だ。

そして、

「ナセル――――」

美しい金髪と整った容姿、恵まれた身体つきの若い女性はナセルを見て、複雑そうな顔でただ名前を呼んだ。

「だ、大隊長――？」

『王都によった時には顔を出すようにするよ――』

ふと、そんなことを言っていた大隊長――シャラ・エンバニアの言葉がありありと蘇る。

あぁ、大隊長だ。やつれて、目が憔悴しきっているが、間違いなくナセルの敬愛する上官……麗しき熟練の女騎士。

「ど、どうして……大隊長が――」

家族なら……まだわかる。わかりたくもないが――わかる。……だけど、どうして？

「ナセル……なのか？」

弱々しく口を開いたのは、間違いなく大隊長だ。……負傷し、軍を除隊させざるをえなかったナセルを最後まで心配し、退役後の面倒まで見てくれた恩人で、さらに言えば、その負傷したナセルを戦場から救い出してくれた上、怪我の治療までしてくれた人――そんな彼女がなぜ!?

「久しぶり、だな……」

フフと、こんな状況でありながら微笑む大隊長にナセルの目の前が真っ暗になる。

……だが事実として彼女はここにいる。ナセルの係累として拘束されたのか、教会十字に張り付けられた美貌の女騎士がここに……。

――ナセルよりも遥かに年若いというのに、家柄とそれに見合った実力を兼ね備えた才女、シャラ・エンバニア。大恩あるかつての上司、その人が……いた。

「これより、異端者審問を始める！」

轟と声を張り上げるのは、王に代わって罪を告げる神官長。彼の背後には覆面をつけた不気味な拷問官が並んでいた。

「A級冒険者ナセル・バージニアは、勇者暗殺未遂の廉《かど》で捕縛された。この行為は人類を危機に陥れるものである。――よって、その行為から鑑みて、彼には魔王に加担する異端者の疑いあり！」

芝居染みた動作でわざと市民を煽る。その様子にザワザワと、さざめく市民たち。

「彼《か》の者の真偽を問うため異端者の係累をここに呼んだ！」

あぁ、そうだ――――。そうだった……。

これは茶番劇。無実を有罪にするための茶番劇。これから始まるのは反撃のできない個人を攻撃し、ノーをイエスにする強引なまでの自白を引き出すための出来レース……。興奮した民衆を煽り、世間的にも逃げ場をなくす社会的な抹殺劇場だ。

異端者裁判。

これが女なら魔女狩り――――魔女裁判だ。

証言するのは近しい者たちで構成され、信憑性を高めるというが…………。

「ここに集めたのは、彼の者の血縁及び親しき関係者のみ！」

では、問おう！！！！

「ナセル・バージニアの父よ――彼の者は魔王に与するものや、如何に？」

問われた父は既に覚悟を決めた目をしている。

……だ、ダメだ!?　父さん!!

「………」

「答えよ!!」

神官長は言う。近しい者なら知っているはずだと、見ているはずだと、

「反逆罪は免れぬ！　この者の血縁者も同罪だ！　だが、罪を認め、彼の者を弾劾するなら貴様は許されるのだぞ?!」

ナセルは既に対魔王戦の切り札たる勇者を殴打したことで、有罪は確実。

そこに付加すべきは異端者のレッテルを市民に示すことだ。それを親族の口から言わせる。――それが狙い。異端者にして、ナセルの全ての権利を奪い、アリシアを勇者のものにするための茶番劇だ。

それだけで済めばよかったのだが、既に国家反逆罪の廉《かど》により、ナセルだけでなく一族郎党にまで、極刑の罰は及ぶという。

だが、異端者審問と抱き合わせることで、その罪の軽減をちらつかせるのだ。確か、血族が異端

であることを認めれば、命を助ける代わりに数年間の農奴生活か1年間の戦奴生活が選べる。若い女なら1年間、前線で兵士のオモチャ……。だが異端者を認めず庇えば、即刻死刑。

――極端な二択だ。

異端者を庇う行為――それは普通の異端者よりも遥かに精神が毒されているとして、通常よりも罪が重いとされる。洗脳者には救いがないと言うのだが……要するに選択の余地をなくす卑怯な手段だということ。

「さぁ、答え――」

「息子は無実だ」

「ええ、無実です」

神官長の言葉を遮ったのは父と母、同時の否定。彼らはナセルを信じていると――――。異端者ではないと言いきった。

「なっ!?」

驚いたのは神官長、そして国王に市民。遠くで見学しているアリシアやコージはよくわかっていないようだった。そのことの意味に気付いたのは関係者ばかり――、

「父さん!?　母さん!?」

そ、そんなことを言えば!!

「な、なるほど――――悪徳に染まりきっていましたか……」

一瞬、驚愕に顔を歪めた神官長だったが、

「王よ。改心の余地なしと思いますが、」

形ばかりの追認。国家反逆罪の係累でもあるためだ。

「う、うむ…………………。致し方あるまい……」

「では、せめて魂だけでも浄化してあげましょう――」

すー……と、手を掲げる神官長。国王も重々しく頷く。

「よ――」

よせ！

「やれッ」

振り下ろされる手にしたがって、拷問官が構える槍が一斉に突き出される。

「ナセル」

「ナセル」

父と母の最期の言葉。

召喚士になるため、学校に入校して以来――軍、冒険者と忙しくしていたナセルは両親と疎遠になっていた。年に数度顔を見せる程度になっていたとはいえ、嫌いだったわけではない。

――嫌いなわけがない!!

「やめろーーーーーーー！！！」

ナセルの絶叫が、父と母を貫く肉を穿《うが》つ音をかき消した。

消したが………。

急所を貫かれた両親が助かるわけもなく。声もなく絶命する場面をただ見送るのみ――――。

その光景はナセルをして、絶望の中の更に奥を抉る傷となり、もはや声すら…………。

「ぃ、ぃやーーーーーーーーー!!」

かわりに叫んだのはまだ幼い義妹。ナセルにかわり両親の愛を一身に受けていたであろう愛しい娘――――。今のナセルにとって、最後の肉親。その娘が恐怖と絶望のあまり叫ぶ。

「や、やだ！　いやいやいやいや!!　やだぁーーーー！！！」

股間が瞬く間に汚れていく。それを見て笑う拷問官に、こんな光景に慣れた神官長は呆れ顔。

「見なさい。この無様な姿を！　異端者を庇う愚かな姿を！」

さすがは異端者を裁くプロだ。凄惨な処刑すら市民の興奮を高める材料にしてしまう。

「人類の怨敵たる魔王に与する愚か者の末路です！　良いのですか？　皆さん、魔王の侵攻で親しき者を失った者もいるはずです。……いいのですか？　皆さんッ」

「…………」

「……ぃだ」

ポツリ。

「死刑だ!!」

「そうだ！　死刑だ!!」

「俺の兄は魔王軍に殺された！　そうだ！　死刑だ！」

「殺されて当然だ！」

「死刑だ！　死刑だ！」

「殺せ！」

殺せ！

殺せ！　殺せ！　殺せ！

殺せぇぇぇぇ！！！

ワッワッワッワッ！　と、市民が沸き返る。

無実のナセルの両親の死を悼むことなく、興奮する。

次に刃にかけられそうな、美しい少女の死を望む。

次に貫かれる、気高く美しい女騎士の絶命する姿を望む。

殺せ、殺せと叫ぶ。

それを見て神官長はニヤリとほくそ笑む。

(クズどもめ、ちょろいな)

拷問官たちにコッソリと指示を出し、血にまみれた槍でナセルの妹をつつかせる。肌を破らないギリギリの力で、

「さぁ、少女よ——次はあなたです！」

「いや！　いやいや！　イヤァ!!　あぎゃぁぁあ!!」

チクチクと肌を刺す槍の穂先にパニックになっているリズ。もはやまともに答えることもできずに、垂れ流すのみ。そのあわれな姿に普通なら憐れみを覚えそうなものだが、市民は興奮のままゲ

ラゲラと笑い転げる。

「や、やめろ!!　俺を殺せ！　リズは、……大隊長は関係ないだろ!!」

「口を慎みなさいナセル・バージニア！　さぁ、リズといいましたね？　答えなさい」

ここぞとばかりに、畳みかける神官長。

「あなたはナセル・バージニアの罪を認めますか？　彼が異端者であると、認めればあなたは許される――」

「み、認めます！　認めます！　認めます！」

リズは涙と鼻水にまみれた顔で何度も頷く。

「認めます！　お、おおお叔父ちゃんは異端者です！　だから殺さないでぇええ!!」

うえええぇ――。

泣きじゃくるリズがナセルを異端者だと言う。人類の裏切り者だという。

それを聞いたナセルは――――晴れやかな顔をしていた。

（そうだ、それでいいんだ――リズ）

初犯のナセルは死刑にはならない。ドン底に叩き落とされてノタレ死ぬだけだ。ならば、何も家族まで巻き添えで死ぬこともない。

（……だから、それでいいんだ）

泣きじゃくるリズは、一瞬だけ正気を取り戻したかのように、ハッとしてナセルを見る。そして、その表情を凍りつかせた。

「あ、あ、あぅぁ――わ、わた、私……」

その顔は、後悔、恐怖、羞恥、――そして罪悪感。リズが背負うべきでない罪悪感。

そんなもの――!!

「違う!!」

「そうだ、違うぞ」

ナセルの否定の言葉を追認した声があった。

「おや？　シャラ・エンバニア殿？　今、なんと？」

わざと詰るような口調で問う神官長に対して、ナセルの元上司であり、現役の野戦師団大隊長のシャラは毅然とした顔で言い放つ。

「違う。――そう言った」

ふむ？

神官長は首を傾げる。そして国王に顔を向けるも、彼も同様に首を傾げる。

「それはどういう意味ですかな？」

「言葉もわからんのか？　聖女信仰とやらは脳を退化させるらしいな」

「な!?」

突然詰られて神官長は顔を赤くする。

「せ、聖女を愚弄する気ですか！」

「ははははは！　頭だけでなく耳まで退化しているようだ！　いや、腐っているのか？　おお、そうぃえばここは腐った臭いがプンプンするな」

シャラはその美しい顔を恐怖ではなく、誇りに染めて泰然とした態度で言い放つ。

「あ、あなたは！」

「処刑か否かの二択しか与えずに選択を迫る。しかも、まだ幼子に？」

すぅう、

「――恥を知れッッッ!!」

シン――――――――。

一瞬で水を打ったように静まり返る広場。あれほど騒いでいた市民すらピタリと静まる。

神官長も国王も微動だにできない。

「ナセル・バージニアは無実だ」

凛と言い放つシャラに、誰一人対応できないものの、その時間がいつまでも続くはずはなかった。

腐っても、……いや腐っている神官長はこれでも、聖女教会の大幹部。潜り抜けてきた修羅場は山とある。だから、いくらでも恥を恥とも思わず、反抗的態度に対する慈悲を知らなかった。

「や、やかましい！　この魔女がぁぁぁ！！！」

拷問官から槍を奪いとると、下手な手つきで彼女を貫かんとする。それを受けても動じないシャラは、端《はな》から槍の動きを見切っていた。

バリバリ！　と、衣服が破れるだけで肌は少しも傷つかない。それどころか、白い素肌を晒しても毅然とした態度を崩さないシャラは言う。

「こんな場を設けてしまった以上、意地でも貴様らは非を認めないだろう、違うか？　それに何があっても今さら処刑を諦めまい。だが、覚えておけ――これはただの私刑だ。恥と欲にまみれた腐敗した裁きだと！」

異端者審問？　ふざけろッ！

魔女狩り？　ほざいていろ！

「ナセル・バージニアは無罪！　全ては他人の妻を欲した勇者と、勇者をもて余している国王、聖女の名を笠に着て権力を欲しいままにする教会、金と保身に走ったギルドマスターとその仲間――そして、愛を知らぬ恥知らずの妻アリシア！　……お前たちの仕業だ！」

断じて、ナセルに悪いことなど――――、

――――ないッ！！！

そう言いきった。

「リズ――といったな？　お前が気にやむことはない。立派だ。両親の死を前にして、ナセルの視線に怯えたお前は恥を知る立派な人間だ。……胸を張れ！　生きて生きて、生き抜け！」

異端者を認めたリズは、罪には問われない。ただ、ナセルにかけられた国家反逆罪の係累としての数年間の奴隷生活が待っている。だが、今ここで命はとられないだろう。

生き残るのはリズと、初犯のナセル。ここで確実に死ぬことが決まっているのはただ一人。

誇り高き騎士。

野戦師団大隊長シャラ・エンバニアただ一人。

公然と神官長を詰問し、国王を、そして勇者を批判した彼女に生き残る道はなかった。

「ナセル――――すまなかった」

そして、誇り高き彼女はなぜかナセルに謝罪する。

「だ、大隊長?」

「はは、こんな時まで大隊長か……」

シャラは寂しげに笑う。

「な、なんで謝るんです?!　あ、ああ、謝るのは――」

俺の方――。

「いいんだ。言いたいことを言えた。それに、あのギルドマスターのことを知りながら、仕事を斡旋した私の責任は重い……」

ジッと見つめる先にいるのは、ギルドマスターらしい。剣聖の子孫と言われる誇り高き一族の末裔たるその男を。

「この国の……、勇者に頼りきる姿は醜かった。それを恥とも思わず、醜悪な個人に頼るその危険性に気付かない愚かさ。そして、それを誰も指摘しない無知さ加減にいつか物を申したかったんだ――――ずっとな」

嘘だ。

「――最後にお前を出汁《ダシ》にしてすまなかったな……ナセル」

磔にされたまま美しく笑うシャラ。

そこに群がる拷問官と、国王が命じたのか近衛兵すら殺到する……。

「な?!　お、おい。よせッ！　やめろぉぉお！　大隊長は、彼女は――し、シャラは関係ないだろう!?」

「黙れっ！　黙って聞いておれば無礼千万！　こんな奴がワシの配下の騎士であったとは！」

いつの間にか神官長を押し退けて前に進み出た王が、兵士に指示を出して高々と薪を積み上げさせていた。

「わ、私のみならず、聖女信仰を愚弄する魔女よ！」

――魔女よ!!

「焼け！」

焼けッ!!

「焼き殺すのです！」

国王と神官長は同時に命じる。

市民も今度は同調する。

焼け！　という、その声に――。新しい処刑ショーに興奮する市民たち。

凛とした女騎士の最後を見せろと興奮する！

焼け、焼け、焼け、焼け、焼き殺せ！！！！！　魔女を焼き殺せぇぇええ!!

「おうよ！」

その言葉を受けて、スタンと広場に降り立った人影。

抱き締めていたアリシアをゆっくりと地面に下ろすと、民衆と王と神官の前に立つその人。

いや、立てるその人――――勇者コージ。

「待たせた――よな？」

そう。国王が命じ、神官長が命じたならば、同時にその命を受けることができる者は、この国には一人しかいない。

近衛兵は国王に、
拷問官たちは神官長に従う。

そして、民衆に応えることができるのはただ一人。

勇者。勇者ただ一人！

そのコージは、素肌を晒すシャラをしげしげと眺めると、さらりと頰を撫でた。

「あーあ、いい女なのになー」

「ちょっと、コージぃぃ」

人目も憚《はばか》らずイチャつく二人だが、シャラの冷たい視線に、態度を改める。

「噂通り醜悪な男だな。勇者コージ」

「へぇ？　生意気そうな女は嫌いじゃないぜ？　ま、」

すーーーー、と聖剣を正眼に構えたコージは、

「――好きでもないけどな。味見くらいはしたいもんだが……」

今はしゃーないわな？

「ゲスが」

ペッとシャラが吐き捨てた唾が頬に当たるも、コージはそれをペロリと舐めとり、

「アバヨ」

バチバチと輝く炎をまとわりつかせた剣を一瞬で振り下ろす。

「ナセル、私は――」

儚《はかな》げな笑みを浮かべたシャラの最期の言葉。それを聞き遂げる間もなく、

――ボオォォォオオオオンン!!

真っ白な火柱が立ち上がり、シャラを張り付けた教会十字ごと燃やし尽くす炎が立ち上る。

や、

「やめろ――――――――――！！！！！！」

「きゃぁああああ！！！」

ナセルとリズの悲鳴が上がるなか、見守っていた民衆は沸き返る！

「「「うおおおおおおおあ！」」」

空まで昇らんとする長大な炎に、一瞬でかき消えるシャラの姿。

その姿を目にしたナセルは、絶望と絶望と絶望の果てに頭が真っ白になる。

神官長と国王が連名でナセルの異端者審問を終えると叫んでいるのを聞くともなしに聞きながら、

彼の意識は地の底に落ちていく。

思考は真っ白なまま、意識は暗く、心はグレーに染まり――もう何も考えられなくなった。

――ちゃん……！

誰かが、最後に名を呼んでいた気がしたものの、もはやナセルには何も考えられない。

父も、母も、理解者も…………。

残るは仇のみ、それすら今のナセルには考えるのも辛く。意識の範疇から意図的に消していく。

今は、ただ白く暗く、灰色に染まった心のみ――。……もう、何も考えたくない。

■第4話　その名はド――――

シトシトと降り注ぐミゾレ。

急速に体温を奪うそれに、凍死寸前であったナセルはようやく目覚める。両親の処刑と大隊長の火刑を目の当たりにした時はまだ昼間だったはず。

ミゾレの降り注ぐ空は暗く、街もひっそりと闇に沈んでいた。

いつの間にか時刻は夜……。

ナセルが路上で意識を取り戻すまでに半日以上かかったようだ。既に夜の帳《とばり》は降りてかなり時間が過ぎているらしい。その間、誰一人ナセルを助けようとする者はいなかったのだろう。彼は拘束を解かれた状態から、そのまま放置されていたようだ。いや、全くいなかったのかどうかは知らない。いたとしても、この異端者の焼き印を見て巻き添えを嫌えば触れることすら憚られるだろう。

それどころか、ナセルの周囲に散らばる石ころの数を見れば、ナセルを害しようとした者もいたらしい。

……彼が凍死しなかったのは偶然――――？　いや、違う。

「大隊長……」

未だ熱を持っている火刑のあと。勇者に焼かれた大隊長は骨すら残っていない……。

ただそこには、炭化した教会十字の残骸が残るのみ。それでも、彼女の焼かれた熱が今までナセルを温めてくれていたのだ。

「大隊長ぉぉ………」

全てを失ったナセルを最後まで庇ってくれた彼女。

そして、両親を想う。

「う……ううう……。うぐ――」

とっくに涸れたと思った涙が、また溢れてきた。ドラゴンを失った悲しみなど、実に小さなことだった。愛する人々を失うことのなんという辛さか……。

凍える夜に、未だに残る熱が大隊長と両親の抱擁に感じられて一歩も動けないナセル。

そこに、

「おい、見ろよ!? まだいやがるぜ、異端者のクズがよー!」

ブン――べちゃっ。

ろくに動けないナセルにぶつけられたのは、生ゴミ?

いや、

「ひゃははは！ 見ろよ！ クソに糞が命中したぞ！」

ギャハハハハと下品に笑うのは酔っぱらいどもだ。兵士の出で立ちの者や一般市民の格好もいる。

そいつらが次々に生ゴミやら馬糞やら石を投げつけてくる。最初は無抵抗だったナセルも、頭部に石をぶつけられるに至り、ヨロヨロと逃げるしかできなかった。

両親の遺体は片付けられていたが、大隊長を焼いた残骸はまだ残っている。それから離れがたく感じていたものの、心ない兵士や市民の投石に逃げるしかできない。

「やめてくれ……」

絞り出した言葉は彼らを調子づかせるだけ。投石から逃れる彼を追うのに飽きるまで投石は続き、体は痣《あざ》だらけになる。ようやく、市民が散ってしまう頃には、全身が腫れ上がっていた。

逃げ延びたのは、街の見知らぬ橋の下。そこに溜まっている枯れ枝やゴミの中に体を潜り込ませて、身を隠すと同時に何とか暖をとろうとする。凍てつく外気が多少防げたものの、今夜生き延びられるかも怪しい状態だ。

だが、まだ町は眠りきっていない。酔客が彷徨《うろつ》く時間帯なら何をされるかわからない。幸いというか、酷い暴行の末に体は熱を持っており、むしろ外気の寒さが丁度よいとさえ思えた。

(幾日も、もたないな……)

そうそうにノタレ死ぬだろう未来が想像できて、ナセルは自嘲気味に笑う。

身体中の痣を見て、自分の立場を嫌でも認識した。

――国の方針だ。

異端者は徹底的に嫌われる。この国で異端者の誹《そし》りを受けることは社会的抹殺を意味するのだ。

それというのも、対魔王の錦を明らかにするためだ。魔王に協力する者がどうなるのか徹底的に見せしめを行い、予防策としているのだろう。

実際、魔王軍の捕虜になり、洗脳されて帰ってきた兵もなかにはいた。彼らはこれまでにも幾度か魔王軍に操られて国内で破壊活動《テロ》を行ったり、要人暗殺等をしでかすことがあった。

一時は対策のため、洗脳を解く方法も編み出されたが、完全ではない。結局はそれ以上の追従者を出さないための予防措置だけが独り歩きし、異端者を嫌う風潮だけが残った。

そのため、この国の軍人は魔王軍に囚われるのを極端に忌避した。

『生きて虜囚の辱めを受けず』――なんていう方策も打ち出されたが、なんということはない。異端者扱いを受けることを恐れているだけだ。

だが、それでも――戦闘中気を失ったりで捕虜になる者も兵の中にはいる。彼らは、捕虜からの帰還後には異端者扱いの末、…………野垂れ死ぬか、人の世を恨んで魔王軍に降《くだ》るか――ただ、自暴自棄になって悪の道へひっそりと消えていくかのどれかしかなかった。

つまり、ナセルの行く末も恐らく、そのどれかだ。

今のところノタレ死ぬ未来が濃厚ではあるけれども……。王国での権利を失った以上、仕事もそう簡単には見つからない。今や、家も財産もアリシアのものとなり……、両親も死に絶えたとなれば、ナセルには帰るところもなかった。

このまま死ぬのか……。

それももう仕方ないと諦めていたナセルだが、不意にリズのことを思い出す。

一人生き残ったリズ。何の罪もない哀れな姪……。

国家反逆罪の係累として過酷な運命に取り込まれてしまった最後の肉親を――。

（リズ………………）

ナセルには彼女を救うことはできない。だが、リズを巻き込んだのはナセルの責任だ。

（すまない、リズ！）

義理の両親を殺され恐怖したリズ。彼女が思わずナセルを異端者だと叫んで認めたあとの、あの表情。忘れることなどできない。

だから、ナセルには――野垂れ死ぬ、魔王軍に降る、悪の道へ行く――それらの選択肢を使うことができない。してはいけないのだ。

――……胸を張れ！　生きて生きて、生き抜け！

リズにそう叫んだ大隊長の声がナセルの頭に反響する。あの言葉はリズにあてる以上にナセルに語りかける彼女の言葉だった。

「わかってる――――わかってるよ大隊長！」

死んで……、死んでたまるか！　皆の無念、俺の無念、リズの無念。

――晴らさないわけにはいかない！！！

（生きてやる。絶対に生きてやる！）

そうとも、泥を啜ろうが、ウジを舐めようが、生きてやる。

そして、
この世界に復讐してやる――。

悪に落ちるわけではない。自暴自棄になったわけでもない。魔王軍に降る気もない。

……これは、俺の復讐だ。

誰にも邪魔をさせない、俺の復讐だ。

——すまん、大隊長。

俺は誇りなんてものは持てない。胸を張って泥の中を這いつくばるのはゴメンだ!!　何をしてでも、生き残り…………何年たっても復讐を果たしてやる。

だから、今日を生きる。

そして、明日も、明後日も————。

この世に復讐するまでは絶対に死んでやるものかよ!!

復讐を誓うナセルに、大隊長が苦笑しているような気配を感じた。……お前らしいな、と——。

(リズ。すまない……、今の俺にはお前を助けることはできない。だけど、)

そうだ。だけど————復讐の果てに、お前《リズ》の居場所を必ず見つける!

だから!!

(耐えてくれ…………。少なくとも、俺はお前を忘れない——そして、絶対に諦めないッ!!)

……俺が生きている限りは、絶対に!

そうして、心を焦がしながら夜が更ける頃。ようやく橋の下から這い出し、フラフラと歩くナセルの足は、いつしか自分の家へ向かっていた。

心に燻《くすぶ》り出した復讐の炎を確かめるために……。

「はは……。家路がこんなに遠いなんてな」

ようやく辿り着いた我が家。いや、今では元我が家か……。

そこで明るい室内を窓ごしに覗き込めば、予想通りの光景が――――。

男女二人が仲良く笑う姿……。女の耳元でささやく勇者コージと――――甘い声をあげるのはアリシアの……ナセルの元妻の姿だった。

人を散々小ばかにして、挙句に死んだも同然に身に落としておいて、――――その日のうちにこれだ。アリシアに至っては罪悪感というものすら楽しんでいるようにも見える。

「くそビッチが……」

両親と大隊長の最期を見て、絶望のあまり脳内で処理しきれなかった想いの果てに、一度は消え失せた怒りがまた込み上げてきた。衝動的に乱入してぶん殴ってやりたいところだが、呪印が焼け溶けた傷の痛み、そして……勝ち目のない現実を思い出し、歯を食い縛って堪《こら》える。

心に燃える暗い恨みを抱いたまま、今はその場を去るしかできなかった。

ちくしょう!!

外まで響く、アリシアの甘い声が耳についいて発狂しそうになる。

よりにもよって俺の部屋だと！！！！　疑いようもない裏切りと、僅かにあったアリシアへの想いは完全に消え失せた。

その後のナセルはといえば、あてどなく街を彷徨い、人目を避けること数日。生きて復讐することだけを心の糧にして、この国の最底辺をさ迷った。ネズミ以下の、虫よりも惨めな生活を送る日々。

凍えそうになる体を温めるため、肥溜めのたい肥が放つ熱を求めて休む夜。

水を飲もうと共同の井戸に近づけば、市民たちから一斉に罵倒され石を投げられる朝。

貧民救済を標榜する教会に、今だけはと恨みを飲んで――たった一杯の粥の施《ほどこ》しを求めていけば、汚物を投げつけられ衛兵に槍で突かれる昼。

空腹に耐えかね、川の汚れた水を飲もうと近づけば、街の連中が狙ったように川に汚水を流し始める夕。

そして、また肥溜めの近くで寝る夜――。

幾日過ごしたのか……。数日？　それとも数週間？

あれほど復讐を誓い、どんな目にあってでも生きてやると決意したナセルだが、たった数日でその精神はボロボロになってしまった。

そしてこれからも、この最悪の生活環境は改善される見込みなどない。

野垂れ死ぬその日まで――。

ある日の深夜、空腹と寒さに耐えきれずナセルは夜の街を徘徊した。

動いているだけまだ体が温まる。だが、そのうち動く体力も尽きる――。

最近では、街の連中や警邏の兵士もナセルに暴行を振るうのに飽きてきたのか、無視されるようになり始めた。むしろ、あまりの臭気に避ける傾向すらある。

それを幸いにナセルは町を歩き、生ゴミを漁ったり、奇特な人物から施しを求めることができるようになった。

その奇特な人物はといえば、彼女がいた。名も知らぬ、冒険者ギルドの受付嬢。

彼女はこっそりと飯を施してくれる珍しい人物だった。町を彷徨くナセルに気付くと、そっとパンや果物などの日持ちするものを置いてくれたのだ。いつしか、その施しを期待して、ナセルはかつての職場でもある冒険者ギルド近くを徘徊するようになった。

そして、今日もまた傍まで来ると、温かい空気が中から溢れるのを感じつつ、受付嬢が現れるのを待っていた。

だが、露骨にすると彼女に迷惑がかかることも理解していたため目立たぬように心がけ、路地に潜む。そこから町行く人々を薄暗くなるまでぼんやり眺めていると、その間にもギルドの喧騒が耳をついた。酒場を併設しているため、ギルドはまだ営業中らしい。

だが、夜も更ける頃には客足もまばらになり、いつしか街と同様に静まり返っていた。

その頃になって、ようやく未だに痛む胸の火傷に手を当てながら、ナセルは動き出す。

「そう言えば、まともな飯食ったのは──いつだっけ……？」

こんな目にあう以前から、色々あって随分食事をとっていなかったように思う。それに気付いた時には、普通の食事を求める身体が耐えがたい空腹を訴える。……にもかかわらず、ギルドの受付嬢は現れない。

もしかすると、本日は非番だったのかもしれないと今さら思い始めたナセルだったが……。仕方なしに、ギルドの酒場から出たゴミ箱を漁るのに躊躇はなかった。

ガサゴソと、暗闇の中、中身の分からない生ごみを漁る。それらは酷く臭ったが、それでも腹に納めることができるだけマシだった。

「うげぇぇ……」

何度も吐き気に襲われたが、腹が満ちた頃には肉体的疲労や精神的疲労から、ついには泥に沈むようにゴミ箱の中で眠りについてしまった……。幸いなことに発酵し始めた生ゴミは酷く温かかった。

朝、人の気配に目が覚めると、ギルドの酒場の店員がゴミ箱を覗き込んで驚いていた。早朝のゴミ出しに来たのだろう。その顔を完全に無視すると、幽鬼のような足取りでギルドに入るナセル。どうにも、朦朧としていたようだ。つい最近だったと思うが、確かにナセルはここで仕事を得ていた。だからだろうか、朦朧とした意識のまま冒険者ギルドに入り、しばらくボンヤリと佇《たたず》んでしまった。

「ん？　…………げっ。ナセル・バージニア!?」

朝の早い時間帯だ。

昨夜から酔い潰れていた冒険者や早起きの者など、内部の人の数は少ないものの、全くの無人というわけでもなかった。さらに言えば、既にナセルのことは知れ渡っているのだろう。

ギョッとした顔のギルド職員と疎《まば》らな冒険者たち。

酷い臭気と目つきでフラフラと歩くナセルに誰も話しかけられないが……。それでも、やはりというか――ここは冒険者ギルド。お約束とばかりに絡んでくる連中もいる始末。

「よーよーよーよー！　異端者で、女を寝とられた哀れなA級冒険者様じゃねぇか!?」

見ろよ、皆！　と、わざとらしく驚いている頭の悪そうな冒険者。

「ややや!?　本当だぜ！　どーりでクセェと思ったぜ。魔王軍のクソと同じ臭いがしやがる、ぜッ！」

おらぁ！

腰の入っていない下手くそな回し蹴りを放たれる。ナセルはそれを避けるでもなく受け止めるが、フラフラの身体では耐えきれるものではない。

無様に床に転がされると、ここぞとばかりに酔っぱらった冒険者や便乗したクズ冒険者が寄ってたかって蹴るわ、踏むわの暴行を加える。

おまけに小便をかけられ始めると、さすがにギルド内の臭気に職員が止めに入る。とは言え、暴行のためではなく、ギルドを汚すなという意味だ。

既にドロドロになったナセルがヨロヨロと起き上がり、凄まじい臭気を放ちつつも、歩き始めた。

それをひきつった顔で迎えるのは、いつもナセルに食事を施していた受付嬢だった。彼がギルド窓口に来た以上、話さねばならない人もいるということ。内心、こんな状態のナセルと関わり合いたくないのが彼女の素直な心境だったが、

「あ、……その、当ギルドにご用でしょうか？」

若い受付嬢は、夜勤明け直前だったのか目をショボショボさせて応えた。引き攣ったその顔はどう見ても「うわー厄介ごとだー」とナセルを忌避している様子。いつもなら素っ気ない態度であっても黙って飯をくれたものだが……。

こんな状態のナセルがギルドに来るとは思っていなかったのだろう。

実際、少しばかりストーカー気味かもしれない。だが、ナセルは構わない。

全てを失った彼に、今さら恐れるものも恥もない。

「仕事を……くれ」

それだけを絞り出すように言う。

「えっと、……その、ナセル・バージニアさんですよね」

コクリと頷くナセルに、恐る恐る言う受付嬢は、

「申し訳ありません。貴方には、冒険者ギルドの資格はもうありません……その、」

「──仕事を回してやれ」

と、「──お帰りください」そう切り出そうとしていた受付嬢の言葉に被せる声。ギルドの奥からギルドマスターが顔を出していた。

「あ！　ま、マスター!?　で、でも……その」

「構わん。フリークエストを回してやれ。資格の必要がないフリーのやつがあるだろう？」

冒険者ギルドには、冒険者登録している関係者以外にも、誰でもできる副業としてのフリークエストがいくつかある。

フリークエストとは、冒険者登録をしていない流れの傭兵などが受ける──街から街への護衛依頼や、子供でも出来る薬草採取。それに、年がら年中──街に出る下水のモンスター退治や、町の外の森に湧いて出てくるゴブリン退治などのことだ。

「あ、はい……。そ、それなら」

チラリとナセルの表情を窺う受付嬢だったが、彼は受付嬢の顔を見ていない。

ジッと、奥――――ギルドマスターを見ていた。

「てめぇ……」

「ふん……生きていられただけでも感謝しろよ」

不機嫌そうに答えるギルドマスター。ナセルに不利な証言をし、勇者の不貞に関する情報を改ざんしたナセルの敵だ。そもそも、コイツがナセルの家にコージを居候させたことから全てが狂った。

「――どの面《つら》下げて言いやがる」

「なんだと？　嫁をとられたのはお前の不始末だろうが。伝説の勇者を下宿させてやったんだぞ？　本来なら、その功績でお前はもっと上に行けたんだ」

「ああん！　てめぇ……。アリシアがケツを振るようなアマだってことを知ってて勇者を紹介したんじゃねぇのか！」

「そこまで行けば被害妄想だ。……仕事をやらんぞ」

あとは聞く耳持たんとばかりに、職員に指示を出して奥に消えていく。

その姿をジッと睨んでいたナセルだが、受付嬢に話しかけられて、ようやくクエストを受注する。

それらはロクな仕事ではなかったが、今のナセルでもこなせそうだという理由で、『ゴブリン退治』を斡旋された。

「おい、見て分からないのか？　俺は素手だぞ？」

薬草採取くらいのもので良かったのだが……、それではなく、モンスターを討伐しろと言う。

「す、すみません……いくつかのパーティも同行しますし、その——ナセルさんは以前はA級の冒険者でしたので……マスターが実績から、これをやらせろと——」

あの野郎……。

これ以上は交渉しても無駄だろうという思いでナセルは渋々クエストを受ける。

いつかは世を呪って死んでしまおうかとも考えたが……それではあまりにも理不尽すぎる。精神状態がグチャグチャの時はロクなことを考えないということは、これまでの経験則から知っていたので、今はただ生活していくことを至上目的とした。

もちろん、胸中には仄暗い感情が渦巻いているのは間違いなかったが……。

クエストの受注を確認すると、ナセルはどっかりとギルドの隅に腰かけ、同行するというパーティが来るのを待つ。それが揃い次第、郊外の森へ行くことになっている。

フラフラのナセルを見かねたのか、受付嬢がこっそりスタミナポーションを差し入れてくれたのがありがたかった。それを誰にも見咎められないように素早く飲み干す。

しばらくして、

「あんたかい、今日の相棒は？」

そう言って話しかけてきたのはガラの悪そうな男達が5人ほど。全員みすぼらしい武装をしているが、雰囲気が堅気ではない。恐らく元犯罪者か何かで、ナセル同様にギルドの資格を剝奪されているのだろう。

ゆえに、フリーのろくでもないクエストを任されていると。

「……そうだ。ナセルでいい」

それだけ言って、関わりを避けようとする。リーダー格の男は一瞬眉を吊り上げたようだが、特に何も言わずにさっさと先に立って歩き始めてしまった。

それに慌ててついていく手下4人と、ゆっくり後を追うナセル。その間にも、ギルドに集まり始めた冒険者たちがひそひそ話をしている。

「おい、ナセルだぜ……前にやらかしたらしくて、異端者になったんだと」

「あれがそうなのか？　マジかよ……A級だったんだろ？」

「それが、嫁さん奪われて……教会と国王に呪印を焼かれてよー。今は『ドラゴン』の召喚もできなくなったらしいぜ」

「そりゃ気の毒に……もう、終わりってことか？」

「多分な、ただ、あんまし……この辺の話に触れない方が良いぜ？　なんでも、奴ははめられたらしいぜ――偉いさんたちにな」

「っていうか、勇者とビッチのアリシア……あとはギルドマスター殿だろ？」

「そーそー……って、しーしー。滅多なこと言うと俺らもヤバいぜ」

「おう、くわばらくわばら……」

その話は耳に入っていたが、ナセルは全てを遮断するようにギルドを出た。

生きていかねばならない…………今はな。

ギルドを去ったナセルを見送る影が一つ。胡乱《うろん》な目つきで、ナセルの動向をそっと窺っていたのはギルドマスター。彼は一人、ポツリと零した。

「……勇者殿もさっさと殺してくれればいいものを、面倒なことになってきた――」

ギルドマスターの呟きがギルドの喧騒に消えていく頃、ナセルたちは郊外へと向かっていった。

――その向かう先、王都郊外に広がる森林地帯にて。

そこは王都の管理する森林だが、ここには野生動物の他、比較的弱いモンスターが現れる。

大ガラスや地猪《グランドボア》、それに亜人種であるゴブリンだ。どいつもこいつも、狩っても狩っても湧いて出てくる厄介な連中だった。特にゴブリンはもっとも厄介なモンスターで、奴らは徒党を組んで郊外の村を襲った挙句に家畜や女子供を攫《さら》って行く。

そのため、被害が出ないうちにと、年中討伐が行われていた。だが、安い報酬で危険な任務。好んで受ける冒険者はまずいない。おかげでナセルやゴロツキどものような社会のハグレ者に回ってくる仕事というわけだ。そして今、ナセルとゴロツキ5人が近隣から集められた目撃情報を元にゴブリンを駆逐に行くのだが――現在のところまだ接敵はなかった。

仕方なく、森の中を確認情報だけを頼りにして捜索する。その間の暇潰しにゴロツキどもの駄弁《だべ》りに付き合わされるナセル。

「よー……アンタ元A級なんだって？」

「………ああ」

気のない返事のナセル。相手をするのも面倒くさかったが、無視するわけにもいかない。

今は返事をしつつ、その辺で拾った木の棒を棍棒代わりに周囲を警戒していた。

「異端者なんだってな――……その焼き印を見りゃわかるぜ？　へヘッ、A級になる原動力の召喚術はもう使えないらしいじゃないか？」

だが、放っておいてくれというナセルの態度を知ってか知らずか、ズケズケと聞いてくるリーダー格の男。しかも不躾《ぶしつけ》に過ぎる問いかけ。彼に言われた召喚術が使えないという言葉に、胸の傷と召喚術の呪印が熱を帯びるような錯覚を覚えた。

「お前には関係ないだろ……ゴブリンくらい。召喚術無しでも十分だ」

これは間違っていない。体調はお世辞にも万全とは言えないが、召喚術に頼らずともナセルは腐っても元軍人だ。並みの冒険者くらいには戦える。

実際、以前も四六時中召喚術を使っていたわけではない。使える時は積極的に使うのだが、やはり魔力の消費を考えるとここぞという時に使った方がいい。

ナセルの召喚術はLv5だったので、それ以下の召喚獣はそれなりに長時間呼び出せるのだが、Lv5のレッドドラゴン（中）などの召喚時間は実に短い。

ゆえに、ここぞという時に使えるように、他の召喚獣を常に張り付かせるようなことは滅多にしない。もっともLv0程度の召喚獣なら魔力の消費はほぼないのだが。

「へぇ、ゴブリンくらいならねー……ま、お手並みを拝見したいものだ」

そういうリーダーの言葉に誘われるように、前方の森の空き地のようなところに車座になって焚火をしているゴブリンがいた。

数は10匹ほど。群れとしては小さいが、一人で倒しきれるほどでもない。

「へへへ、ようやくいたな――――おい」

リーダー格はようやくと言った様子で武器を抜き出すと、手下に合図して戦闘態勢に移る。

だが、なぜかその武器の切っ先はナセルに向いていた。

「!?　な、なんのつもりだ！」

「言っただろ、お手並み拝見ってね――――いいからとっとと行けッ！」

剣に槍に斧――そして弓矢。

そのうち、弓矢がキリリリ――と絞られてナセルに向けられ殺意をぶつけられる。

「ぐ……お前ら、まさか」

「多分、そのまさかさ。アンタ鈍いな？　……ギルドマスター殿はお前に生きていられると不都合らしいぜ」

なるほど……そういうことか。

強引にナセルに不利な証言をしたが、そんなこと――見るものが見ればわかる。

実際、大隊長は看破していた。

それもそのはず、とっくに彼等の所業は噂として既に広まっていたくらいだ。今後のことを考えれば、ナセルが生きてギルド周りをうろついているのは、ギルドマスターにとっては出世の障害でしかない。本来なら放っておいても、ナセルは異端者の扱いを受けているため誰の助けも得られないだろうし、手を差し伸べるものもいない。はず……。

だが、腐ってもA級。無力な市民というには少々手強い。

ゆえに、早期に取り除こうと考えたわけだ……。で、この雑な刺客と言うわけ。刺客をけしかけ、ゴブリンに食わせれば――――あっという間に、間抜けな異端者がひとりゴブリンの腹の中に消えるって寸法だ。

――舐められたものだ。

「早く行け！」

ゴロツキ５人は、自分たちの手を汚すよりもそれをゴブリンにやらせたいのだろう。

槍の穂先でナセルを突く。

「クソ！」

棍棒ひとつでは、剣や槍持ちを前にしては相手にならない。いずれ殺されるにしても、ゴブリンを倒してからでないと最悪どちらからも攻撃を受ける。

今は、素早くゴブリンを殲滅するのが先決だった。

……いや、冷静に考えろ。わざわざ倒す必要もない。あの群れを突っ切ってしまえばいいのだ。

乱戦に持ち込んでから、わざとゴロツキどもの存在を明らかにする。

そして、ゴブリンとゴロツキを衝突させて、その隙に逃げ出すのがベスト――――。

「――とか、考えてるだろ？」

ドスッ……。

「グァ……！」

ガクリと膝をつくナセル。薄くではあるが、ナセルの足を切り裂いたゴロツキどもの一撃。

「ほぉら、これで走れねぇな。……じゃ、行ってこい」

ゴロツキの容赦ない一撃を背中に受けたナセル。ドカッ！　と蹴り飛ばされた勢いでゴロゴロと転がり、ゴブリンの群れに意図せず躍り込んでしまう。

ギャギャ!?

ギャギィィ!!

驚いたのはゴブリンの方で、突然の闖入者に腰を抜かしている。

目の前に現れたゴブリンは一般的なゴブリン。そいつらは特徴的な汚い面の緑肌の連中だ。

幸いにも上位種はいない。武器も貧弱。せいぜい棍棒に素手程度。

やれるか――――!?

戦闘態勢を取ろうとするナセルだが、体に力を入れたとたん、足が鋭く痛みを訴えた。

クソ！　あ、足が……！

ズキンズキンと痛む足に思わず屈み込む。それを見て、ナセルを侮ったゴブリンが一斉に襲いかかる。

その様子を、遠くからニヤニヤと眺めているゴロツキども。

くそ！　……考えるまでもない、全部ギルドマスターの差し金だ。なるほど、フリークエストを受けた物乞い同然の元冒険者が森でゴブリンに挽肉にされたところで、不審な点もないということか……。

そして、そのうちに誰も彼もナセルのことなど忘れてしまう。

残るのは華々しい勇者の活躍と、美しく若い妻――そして、コージとアリシアの間には、かわいい子供が――――ああああぁ!!　させるかよぉぉ!!!　コージぃぃぃい!!

ズガン!

根性で起き上がり、不用心に突っ込んできた1匹を、振り上げた棍棒で殴りふせる。子供程度の体格しかない連中には、ナセルの渾身の一撃は致命傷。奴は再起不能だろう。

「かかってこい!!」

こいつらを殲滅しても、まだゴロツキどもがいる。きっとナセルを見逃しはしないだろう。何か手を考えないとならないが……!

――今はここを凌ぐのみ。

「うおおおおおおお!」

次は連携して突っ込んできた2匹を横薙ぎにしてまとめて吹っ飛ばすが、その分威力がそがれて致命傷には至らない。とどめを刺したいがその暇などなく、次から次へ襲い来るゴブリンのラッシュに棍棒を振り回し凌いでいくが――――。

「グア!」

ガツンと、頭部に一撃。見ればいつの間にか取り囲まれている。

「クソぉぉ!!」

いい一撃をもらった礼だ!　とばかりに渾身の一撃で反撃する。その威力は絶大で、バッキン!

と棍棒が折れるほどの一撃。細かな木片とそいつの脳漿が飛び散るが、……それはつまり武器を失ったことを意味していた。

その様子を隠れて見つつ、声を殺して笑うゴロツキども。

くそぉぉ!! これじゃあ、まるであの日の再現じゃないか！

勇者と決闘し、無様に負けたあの日――。俺を異端者に仕立て上げた国王と神官長とギルドマスター。そして、勇者と一緒にせせら笑うアリシアの様子を彷彿させるそれを思い出し、凄まじい殺意が湧き起こる。

どいつも、こいつも！！！！！！！！！

だが、その殺意とは裏腹にナセルにはもうできることなどない。あとはゴブリンになぶり殺しにされるだけだ。身体を丸めて、ガードしても、腕を背中を頭をボコボコに殴られる。

軍人としても、冒険者としても、――剣の腕は並み程度だったナセル。

彼を強者たらしめていたのは召喚術の力と――そして、最強種たる『ドラゴン』だ。

そうだ……。ドラゴンだ。

俺のドラゴン――。

（ドラゴン……ドラゴン!! ――ドラゴン！！！ 俺に力をくれ！ 助けてくれ!!）

頼む！

……頼む!!

Ｌｖ０のドラゴンパピーでもいい。

それだけでも呼び出せれば、ゴブリンくらいなら殲滅できる。

それほどまでにドラゴンは強い。

強い!!

――――強い!!

強いだろう!?　ドラゴぉぉおおン!!!

ナセルは体を丸めつつも、胸の召喚術の呪印に魔力を送る。呪印は崩れてしまえば二度と使えないと言われるが――――。

俺のドラゴンはそんなに簡単に消えてしまうのか?

そんなはずがない!

長年連れ添い、戦場を駆け、冒険者として生きた日々――――。辛い時も、悲しい時も、苦しい時も
――――!!　俺と一緒に乗り越えてきた『ドラゴン』!

それが消える?　二度と会えない?　そんなバカな話があるか!!

こい、
来い、
来ぉい!!

ドラゴン!!

…………ジワリと熱を感じる。それは生まれて初めて召喚術を使った時のような感覚――――徐々に温かくなり、次第に呪印に集まる熱。

今は、文字が潰れて『ド』しか読めない呪印――『ド■■■』…………。完全に焼き潰されなかったので、まだ呪印に魔力が通るのだろうか。そこに必死に魔力を送りつつも、身体を丸めてカメになったナセル。

ゴブリンの攻撃は止まず、次第に意識が遠退き始める。その視界は自らが作る体の遮蔽によって闇の中だ。そして本当に闇に染まりそうになる。意識の帳が落ちんとせんとするが、ここで意識を手放せば二度と目覚めることはないだろう。

――負けるなよ、ナセル。

不意に大隊長の声が聞こえた気がした。

そして、

――助けて、助けて！　叔父ちゃん！！！

リズの、最後の肉親の声が聞こえる――？　巻き込んでしまった憐れで愛しい義妹の声が!!

「うがぁぁぁぁあああああ!!」

叫んだところでどうにもならないが、ナセルの残った気力を体力と魔力に変える。

だから、

来いッ!!

ドラゴン！！！！

なけなしの魔力を受けて、ボンヤリと浮かぶ呪印『ド■■■』――――。

いつもなら苦もなく呼び出せたそれは、全く反応してくれない。

召喚の魔法陣は現れない！！！！

ドラゴンは現れないぃぃぃ！！！！

だけど！

「ぐおおおおおおおおおおおおおおおお!!」

呪印を掻きむしるように、指から直接魔力を送り込むように、『ド』の先の文字が蘇るように魔力を送り込む――――!!

こい、来いドラゴン!!

もう一度、もう一度、来い!!

「ドラゴぉぉぉぉぉぉぉぉぉおおおおおおンンンンンン!!」

ブワッ――――！

その一瞬の出来事。ゴブリンからの手痛い一撃を頭部に浴びた一瞬のこと……。

視界が明転する中……確かに感じた。

魔力が通り、魔法陣が通じる感覚が――――。

『ド[redacted]』

――ド[redacted]。

光る召喚術の呪印！！！

そして、遠のきそうな意識の中、隣に湧き起こった頼もしい気配――――。

召喚魔法陣が確かに――!!

手酷い打撃のために腫れ上がった顔。

ぼんやりと霞む視界に確かに召喚魔法陣が中空に浮かんで現れるのをナセルは見た。

――見た!!

あぁ、来た。来てくれた!!!

それを境にして、ゴブリンの打撃が止み、奴らの戸惑い怯える気配を感じる。

つまり――――、呼び出せた!? 呼び出せた!!!

「ド――――――――」

ボロボロの状態で顔を上げたナセルの横にいたのはドラゴン――――――ではなく?

奇妙な格好をした一人の男だった。

だ、

「誰?」


ナセルの疑問に答える者はなく、召喚されしその人物は奇妙な出で立ちだった。

灰色の衣服に身を包み、体を縛るようなサスペンダーに、腰には剣帯。そこに細々《こまごま》としたポーチを付けて、武装は短い剣が一振り。さらには、剣帯の余積に水筒やシャベルを備え付け、肩から用途の分からない円筒形の大きな筒を下げている。

頭には角無しのツルンとした丸い兜。そして、両の手には木と鉄でできた妙な杖――――。

「だ、誰……ですか？」

ポカンとするナセルにゴブリン達。そして、ゴロツキども。

突如現れた人物はナセルに視線を向けるも黙して語らず。

顔つきは厳つく、金髪と青い目が美しかった。

彼は、まるで召喚したてのドラゴンのように、キラキラと輝く粒子をしばらくの間だけ纏って佇んでいた――。

これは、まさか……。

そこに、

――ブゥン！　と、透明なガラス板のような召喚獣ステータス画面が現れる。

ステータス画面――つまり…………これは召喚獣なのか？

……ということは、
もしや！　ナセルの最強の召喚獣の、

「ド――――――」

ドイツ軍
Lv0：ドイツ軍歩兵《伍長》1940年国防軍《ヴェアマハト》型《タイプ》
スキル：小銃《モーゼルK98k》射撃、手榴弾投擲、

　　　銃剣突撃、ｅｔｃ
備　考：１９４０年に活躍したドイツ軍歩兵。
　　　歩兵《伍長》は一個班程度の指揮が可能。
※　※　※：

ドイツ軍
Lv０→ドイツ軍歩兵１９４０年国防軍《ヴェアマハト》型《タイプ》
（次）
Lv１→ドイツ軍歩兵分隊１９４０年国防軍型
　　　ドイツ軍工兵班１９４０年国防軍型
　　　Ⅰ号戦車Ｂ型
Lv２→？？？？
Lv３→？？？？
Lv４→？？？？
Lv５→？？？？
Lv６→？？？？
Lv７→？？？？
Lv８→？？？？
Lv完→？？？？

…………。

ど、

「――――ドイツ軍？？？」

『ハッ《ヤー》、指揮官殿《コマンデン》‼』

バシン！　と針のように一直線に起立する。

まるで……。そう、この召喚獣は――まるで軍人を思わせた。

いや、違う。

『ドイツ軍』――つまり「軍」なのだ。

え、っていうか、え？

え？　え？　絵？　エ⁇

ド、――――『ドラゴン』じゃなくて⁇

胸の呪印を見れば、『ド[redacted]』のまま呪印が光っている。

そして熱を……。

ま、まさか――――。文字が潰れて、ドラゴンから変化した!?

え⁇　そんな例、聞いたことないぞ！？？

っていうか！！！

「ドイツ軍って――――何？」

状況も忘れてナセルが呟く。

誰も何もわからない。それは周りの者とてそうだ。

突如召喚魔法陣が現れ、そこから異形の人物が湧き立てば――そりゃあ、誰でも驚く。

だが、それも永遠ではない。

ここでいち早く正気を取り戻したのは、なんとまぁ～意外なことにゴブリンどもだった。甚振《いたぶ》っていた人間の隣に、突然もう一人ばかりの人間が現れて驚いたものの、――彼等の小さな脳ミソでも、考えてみればわかる話。そう、単純に数で言うならゴブリンの方が圧倒しているのだ。

ビビらせやがって！　と言わんばかりに、

「ゲギャー！」と叫ぶと、再びナセルを殴打しようと棍棒を振り上げる。

だが、その瞬間――ナセルは迷わず指示を出す。それはまるで……。

かつて、ドラゴンを顕現させて自在に指示していた頃を彷彿させるかのようにッ！

「……や、やれッ！」

魔力を通じてドイツ軍と繋がるナセル。

そして、彼《か》の召喚獣に『援護しろ！』と命令し、さらなる魔力を注いだ――――。

『了解《ヤボール》！　殲滅《ファイニヒトゥンク》します』

――バァァアン！

突如、雷魔法で落ちたかのような轟音が鳴り響く。

その直後――ナセルに躍りかかってきたゴブリンの頭部が爆発した。

は？

ドサリと倒れるゴブリンが1体。

頭部は――――ない。

狂暴そのものであったゴブリンが、わけのわからぬまま死に絶える。その様子に一瞬で静まり返るゴブリン達。それはナセルや隠れて見ているゴロツキどもも同じだ。

誰もが動けぬ中。

のんびりと驚愕できたのも一瞬のこと。

「えぇ？」

ナセルの理解が追いつかないうちに、召喚したドイツ軍が動く。

魔力は十分。そして、なにより……。とっくに命令は課せられている！

ならば、ドイツ軍に動かぬ道理など……――――ない！

そこからは立て続けに雷鳴の如き音が鳴り響く、
バァァァアン!!

ジャキン、バァァァアン！

ジャキン、バァァァアン！

次々に起こる轟音。

その音の度に、ゴブリンがまた1匹、2匹とぶっ飛んでいく。

比喩でも何でもなく、まさにぶっ飛んでいくッ……。頭部はもとより、胴体すら！

「なッッ？　う、嘘だろ!?」

……その死に様は凄まじい。

頭が爆発する様は圧巻。胸や腹に大穴が開く様は凄惨。

――およそ形状しがたい死の饗宴。

もう、ナセルですら何がなにやら――――。

ゲギャ、ギギャアアアア!!

腰を抜かした1匹を残して残りの個体は遁走を開始。すると、件《くだん》の人物は腰から
ジャガイモ潰し器《ポテトマッシャー》のようなものを抜き出すと、その尻から飛び出た紐を引き抜いて投擲した。

ピイン――♪

ヒュンヒュンヒュンヒュン――！　と回転するそれは木々にぶつかりながらも、逃げたゴブリンの程近くに落下し――――、
ズドォォォォォオン!!

大爆発した。

あとには、バラバラとゴブリンの内臓やら腕やら、なんかよくわからない部位やらが降り注ぐのみ。

「ひぃぃぃぃぃ……」

ナセルは腰を抜かした。そして、陰で様子を窺っていたゴロツキどもも腰を抜かしている。

当然、最後のゴブリンも腰を抜かしていたが――……灰色の服の男は容赦しない。

……ナセルがそう命じたからだ。

彼は慣れた手つきで杖のような物を構えると、ゴブリンに向け――、

……バァァァン！　と、容赦なく殺した。

『任務完了《フェイクスィディシュ》』

ガン！　と直立不動で手を頭の前に翳《かざ》す妙な仕草。どうやら敬礼のようだが……。

頷き返すナセルを見ると、腰のポーチから金属の葉巻束のようなものを取り出し――、彼は杖の上部の金属をクルリと回して、金属の葉巻をガリガリと音を立てて入れ始めた。

その仕草を見るともなしに見ると、自分がポカンと口を開けっぱなしだったことに気付く。

こ、これが――あの『ドラゴン』の成れの果て………？

『ドイツ軍Ｌｖ０：ドイツ軍歩兵《伍長》１９４０年国防軍型』なのか……⁇

「なんあななんなん、なんだあれ⁉」

「ば、化け物かよ‼」

「あの異端者――ま、魔法使いを召喚しやがった‼」

慌てた様子のゴロツキの声に我に返ったナセル。

ゴロツキより立ち直りの早かったナセルは、ハッと気付く――、

「やれ！　逃がすなッ」

そうだ……。千載一遇のチャンスだ！

魔力を注ぎつつ、素早く指示する。

『了解《ヤボール》』

スチャ！　と杖を構えた灰色の男は、まるで楽器を扱うかのように滑らかな動作で――――

それを奏でた。

バァアァン！

「ぎゃあああ！」

弓持ちのゴロツキが体を「く」の字に折り曲げ、バタリと倒れる。

次！

ジャキン、バァアァアン！

「ひでぶ！」

槍持ちは顔面に大穴を開けて絶命。

もう一丁！

ジャキン、バァアァン！

「ぐはッ…………！」

斧持ちの頭部が爆散する。

ジャキン、バァアァン！

「ぐあああああ！」

長剣持ちは腹から内臓を零しつつ、しばらくバタバタと暴れて息絶える。

最後――――いや、待て！

「待て！　一人生かしておけッ」

『了解《ファシュタンドン》』

彼の視線の先には、ロクに抵抗もできずにくたばったゴロツキが4体倒れていた。

真っ先に弓使いを狙ったあたり、灰色の男は知恵がある。そして、忠実だ。

唖然とした様子のリーダー格の男が、みるみるうちに顔を青くすると、

「ひぃぃぃぃ！　は、ははは話が違うぞ?!」

リーダー格の男は、今さらヨタヨタと腰が抜けながらも逃走開始……。

はッ!!　逃がすものかよ!!

「足を射止めろッ」

『了解《ヤボール》』

バァアン！

「ぎゃあああああああ!!」

グチャっと、ゴロツキの足が変形する様が良く見えた。灰色の人物の持つ杖はクロスボウのようなものらしい。恐らく、何か目に見えないものを射出しているのだろう。

「ひぃひぃ！　お、おおお俺の足がぁぁ!!」

「――足くらいでギャーギャー騒ぐな！」

ナセルは素早くゴロツキに近づくと、その足を蹴り飛ばす！

大穴の空いた足からは血が飛び散り――、

「ぎぃぃぁぁあああ！！！」

物凄い悲鳴があがる。

「テメェらが先にやったんだろう――が、よ！」

ゴブリンの群れに蹴り飛ばされた時に切られた痛み！

そいつを今返してやるとばかりに、ガンともう一度その傷を踏みつける。グリグリ。

その様子を黙って見ている灰色の男――ドイツ軍の歩兵は、無表情のまま黙して語らず、不動の姿勢でナセルに付き従っていた。

「ぎゃひぃぃぃぃ!!　ひぃひぃ……や、やめてくれ！」

一発で済むか、このクソ野郎が!!

今までの鬱憤を晴らすかのごとく、一種の八つ当たりじみた感情で二度三度と蹴り飛ばし、踏み抜く。あまりの激痛と恐怖に、ゴロツキは顔中が涎《よだれ》と鼻水まみれ。

ションベンまで漏らしている。

「やめてくれ、だぁ？」

グリリリ……――。

とはいえ、完全に八つ当たりばかりでもない。ドイツ軍が召喚できなければ、今頃――骸《むくろ》を晒していたのはナセルになっていたのだろうから……。

「いぎゃああ!!　やめてください！　ごめんなさい!!」

「ふん……いい気なものだ。人をゴブリンの餌にしようとして反撃されたら命乞いかッ」

くっだらない……。

ドラゴンが召喚できた頃のナセルなら、こんな木っ端な雑魚を甚振るような真似はしない。しないが……。

こいつがギルドマスターの差し金だと言うなら話は別だ。

――御目出度《おめでた》いナセル。

彼はなんだかんだ言って、ギルドマスターに命を助けられたと思っていた。ギルドマスターに対する憎しみはあれど、彼は仕事をくれたし――何より、ナセルの命を奪うという最後の一線は越えようとしてこなかった。いや、ギルドマスターだけでなく、今のところ――誰も彼もナセルを殺すという最後の一線は越えてこなかったと……そう考えていた。……考えていたんだよ。

形振《なり》り構わずに見えて、ナセルの中にある理性といった感情が、まだ――辛うじて……。

そう、ナセルはまだ辛うじて抑えていた――――遠慮というものを。

本当だったらとっくに、盗賊にでもなるか、魔王軍にでも降伏すればよかった。

そして、人類を呪い……全て無茶苦茶にしてやればよかった。それをしなかったのは、なぜか？

王も神官長もギルドマスターも、アリシアでさえ命を取るのを躊躇っていると思っていたからだ。

しかし、それは違った。命を取らないのは慈悲でもなんでもなかった……。

ただ、自分の保身のみ。みんな自分のことだけを考えていたのだ。ナセルの命なんか……、
本音ベースで言うと、誰も彼もが――どーーーーーーーーでもいいと思っていたのだ。

「いでぇよ！　いでぇぇよぉぉぉ！」

ゴロツキは男の矜持も何もなく、大声で泣く。

（こんな奴に殺させようとするなんて……）

……ナセルの命などゴミ以下だとされていると否が応にも理解できた。

そうだ――そのことを今さらながら悟ったナセル。

だから、彼も遠慮を捨てる。慈悲を捨てる。良識などいらない。

だから――――。

涙と涎でベトベトになったゴロツキを見ても、ナセルの心が同情など覚えるはずもなかった。

……今はフツフツと湧き上がる怒りを、ただただ感じていた。

国に、
教会に、
冒険者ギルドに、
勇者に、
そして、妻アリシアに――――。

彼女に捨てられたあの時の怒りが湧きかえってくる。

その怒りは、ナセル個人だけのものでは――――ない!!　なにより、彼の大切な人達をゴミのように殺し、奪い、攫っていった連中に怒りを!!

ナセルの怒りは、ギリギリのところで抑え込まれていたが――――。

今、まさに!!　大切な人達を殺されて、自らすら殺されかけたことで、最後の箍《たが》が外れた。

全員、……そうだ――――全員、

「ぶっ殺してやる――――」

■第5話　ドイツ軍召喚

ぶっ殺してやる――――。

そうだ！　ぶっ殺してやる！！！

俺の敵。怨敵!!

――大隊長と家族の仇ぃぃぃぃ!!

「がぁぁあああああああ!!」

ドラゴンが召喚できれば、真っ先にぶっ殺してやりたかったのは勇者コージ！

一度は負けたが、そんなことは知るかッ！

次は殺す。必ず殺す。念入りに殺してやる！

今度は前とは違うぞ？　アリシアを取り合うんじゃない。……俺のプライドのためじゃない。

俺のドラゴンと、そして、家族と大隊長の仇を討つためだ!!

そのために――――……まずは、冒険者ギルド!!

ギルドマスターで、剣聖の末裔で、俺の敵ッ。

――首を洗って待っていろ！

せいぜい、ゴロツキの手下と俺を小馬鹿にしたクソ冒険者どもを集めるがいいさ！

——全部まとめてぶっ殺してやる。

殺意をそのままに、ギロリと睨みつけるとゴロツキは震え上がる。

「ひぃぃぃぃぃぃ！　よ、よせ！　やめてくれ!!」

「殺しはしねぇよ（今はな）——ギルドまでついてきてもらおうかッ」

ナセル自身も傷だらけだが、それを怒りと気合で抑え込むと男を羽交い絞めにして真正面から睨む。

「ギルドマスターをぶっ殺す。テメェは証言しろ、俺を殺すように言われたってな！」

「ひぃ！　そ、そんなことしたら——」

チクリ。

ゴロツキの背に当てられる鋭い切っ先。

いつの間にかドイツ軍歩兵が、銃剣を抜き放ちゴロツキの背に当てていた。

「わわわわわ、わかった！　わかったからやめてくれ——！」

「最初っからそう言え！」

ゴキン！　と思いっきり頭を殴り飛ばすと、ゴロツキをドイツ兵に預けて拘束させる。

ここでようやく、ナセルは荒い息をついて膝をついた。怒りのあまり気付いていなかったが、実はかなりの怪我だ。足の傷はもとより、ゴブリンどもに強《したた》かに打たれた体はあちこちが打撲だらけ。

「ぐぐ……」

それでも、気力を振り絞る。
まだだ……。こんなとこで死ねるものか！
もう、遠慮はしないと決めた。国と教会の連中にノタレ死ねと棄《す》てられた命だ。
どうせ死ぬなら、棄てられたなら――復讐のために生きてやる。
勇者の首を取り、アリシアの顔面を変形するくらい地面に叩きつけ、原型を留めないくらいぶん殴って、陥没するくらい蹴り飛ばしてやるためにな!!
ナセルはズルズルと体を引き摺り、ドイツ兵が撃ち倒した男達の荷物を漁り始める。
死体漁りは勝者の権利だ。
鉄の長剣×１
鉄の短剣×４
鉄の槍×１
鉄の斧×１
短弓×１
木の矢×15
傷薬（軟膏）×４
ポーション×２
スタミナポーション×１
携行糧食がいくつか……。

それに、銀貨5枚、銅貨58枚、

はッ！　銀貨とはね。

「――――俺の値段は、銀貨一人頭1枚か……」

ボロボロの銅貨に比べて、銀貨はピカピカだ。鋳造したてで、同じ時期に配られたのだろう。

つまり、ギルドマスターがナセルの殺害を命じた時だ。

「くく……」

その銀貨を握り込むと、ギリギリと折り曲げるほどに力を入れる。こいつの使い道は決まった――――。ギルドマスターよぉ、熨斗《のし》をつけて返金してやるぜ！

男たちから奪った皮袋に銀貨を押し込むと、胸から下げる。街に入ったところで金を使えるあてもないが、回収できるものは全て回収した。

――ちょうどいい。

衣服はボロボロなので、交換させてもらおう。鎧の類はサイズが合わなかったので、大きめの服だけ拝借しその上から胸当てだけ装備した。腰には剣を佩《は》き、投擲用に短剣をあちこちに隠す。短弓は背に負い、斧と槍は迷ったがとりあえず放置した。

最後に、回収した薬で体を癒していく。どれも質が悪くなっていたがないよりはましだ。喉の渇きもあり、ポーションとスタミナポーションは3本とも飲み干してしまった。

そして、男達の持っていた傷薬を塗りつつ糧食を取り出していく。

そこに、

「むぐーーーー！！！」

猿轡《さるぐつわ》をかまされたゴロツキがナセルの目の前に転がされる。

ドイツ軍歩兵は無言で仕事をやり遂げたようだ。ドラゴンとは似ても似つかないが、やはり彼もナセルの召喚獣なのだろう。

「ご苦労さん」

そう言って召喚術を解くと、スーと光の粒子になって消えていった。その姿を見送り、手早く火を起こして湯を沸かすと適当に千切った野草を煮ていく。そこに岩塩、チーズを削って入れ、一煮《ひとに》立《た》ちさせると――スープ擬《もど》きが出来上がるまでに、堅い黒パンを千切ると塩漬け肉を何回かスープの中で泳がせた後、パンの上に乗せて火であぶっていった。

数日振りのまともな食事だ。腹がギュルギュル鳴る中、そういえばと思いつく。

先の戦闘中、実を言うといつの間にか召喚獣のＬｖが上昇していた。

「お……」

Ｌｖ０からＬｖ１への上昇は早い。ゴブリンにゴロツキと、初期の召喚士としては十分すぎる戦闘経験を積んだのだ。ならば、Ｌｖが上がってもおかしくはないだろう。

それに『ドイツ軍』の召喚獣としての実力は未知数。

『ドラゴン』ほどではないにしても、中々に強そうではある。

おそらく、数多いる召喚獣の中でも、あれを召喚したのはナセルが初めてに違いない。少なくとも、ナセルの知識の中では、一度としてそんな変わった召喚獣は聞いたことがなかった。近い所で言えば『英雄』召喚に近いが……。
ブゥン、とステータス画面を呼び出す。

ドイツ軍
Lv1：
※　※　※：
ドイツ軍
Lv0→ドイツ軍歩兵1940年国防軍《ヴェアマハト》型《タイプ》
Lv1→ドイツ軍歩兵分隊1940年国防軍型
　　ドイツ軍工兵班1940年国防軍型
　　　Ⅰ号戦車B型
（次）
Lv2→ドイツ軍歩兵小隊1940年国防軍型
　　ドイツ軍工兵分隊
　　Ⅱ号戦車C型
　　R12サイドカーMG34《軽機関銃》装備
Lv3→？？？？
Lv4→？？？？

Lv5↓？？？

Lv6↓？？？

Lv7↓？？？

Lv8↓？？？

Lv完↓？？？


「？？？？？　な、なんじゃこりゃ!?」

ステータスを見た所でサッパリわからない。

歩兵分隊に、工兵班？？？

それに、…………戦車？

もう一度言う、

「――なんじゃこりゃ!?」

目を剝くナセルの様子にひたすら怯えるゴロツキ。

「もがもが！」

ゴロツキが何かほざいているが完全無視しつつ、パンと肉を頰張るナセル。

「……分隊――兵を呼び出せるのか？　それに『I号戦車』??」

戦車というとアレだろうか、騎馬に牽引された戦闘用馬車。

車軸に連動した鎌を装備し、突進力と鎌で敵陣を蹂躙する兵器――。

ま、見てみるか――。

「出でよ――ドイツ軍!!」

ステータス画面でI号戦車を選び召喚してみる。

何はともあれ見てみないことには――。

パリパリと輝く魔法陣が中空に現れる。……点滅するその魔法陣は想像より遥かに巨大だった。

おいおい、何が出るん――……。

……ズゥゥゥン!!

魔法陣から浮かび出た巨大なもの。地響きを立てて現れたそれを見て、ゴロツキも目を剥いて驚いている……。もちろんナセルも――。

もう一度言う!

「な、ななななん、な、なんじゃこりゃあああ!!」

■第6話　VS　冒険者ギルド

その日の冒険者ギルドはいつも通りの様相だった。冒険者の数は多くもなく、少なくもない。朝から続く冒険者たちによる依頼受注の激務の時間も収まり、小康状態。

「ふわぁぁぁ……」

夜勤明けで帰るつもりだった受付嬢は今朝がた起きたちょっとした騒動のせいで帰るタイミングを失ってしまっていた。そのため、朝の繁忙時間に囚われヘルプ要員として窓口業務を押し付けられたのだ。まだ勤務歴の浅い彼女は、忙しそうに働く先輩らに仕事を押し付けて帰るということができなかったらしい。

「ねむ……」

ショボショボと目をこすりつつ、今朝の騒動を思い出す。

ナセル・バージニア。

退役軍人にして貴重な『ドラゴン召喚士《サモナー》』の凄腕冒険者だ。本人はあまり自覚がないようだったが、退役後に実力一本で——実質ギルドの最高ランクであるA級冒険者にまで上り詰めている。それも極めて短期間に、だ。

人当たりも良く、顔も悪くない。しかも、誠実で冒険者にしては温和。さらに実力を鼻にかけることもないので人に好かれる性格。そのため、彼を信頼している者は多かった。

そう、──多かった。

ナセルが初めて冒険者ギルドに登録した当時から、顔よし、性格よし、甲斐性よしとして──ギルド内部では男性人気ナンバーワンの有望株として女性の中では非常に人気があった。全く無自覚のナセルは気付いていなかったようだが、それはもう猛アタックされまくっていたものだ。

もっとも、それはナセルの持つ実力等を目当てにしたようなミーハーな女ばかりで、大抵は相手にされていなかったのだが……一人猛然とアタックするものがいた。

それがアリシア・バード。

……最近まではアリシア・バージニアだったが、故あって元の家名に戻っている。

若さと美貌。それと体を武器に攻めに攻めるアリシア。色々画策して、ついには嫁の座を手にした小娘。それがアリシアの周囲の評価だ。

あれでいて身持ちは固く、ナセルが初めての男だというが、本当かどうか……。

ともかく、アリシアは有望株のナセルと結婚するに至り、もうそれはそれは有頂天になっていたのだが……、ある日──ナセルを超える逸材が現れた。

それが『勇者コージ』……。

異世界から来た最強の戦士だ。

彼がこのギルドに国王の紹介で顔を出して以来、ギルドは変わった。

実力者で権力者──そして最強の男。この国では神話に近い人物だ。

しかも、若々しく素晴らしい美貌と体軀を誇る、まさに神に愛された男だった。

冒険者の中でも、とりわけ女性陣は色めきたった。もちろん男も。

そりゃあ、もう──凄いものだった。なんせ、美貌、金、地位、名誉が服を着て歩いているようなもの。誰も彼もが取り入るためにあの手この手を使った。

それはコイツ……朝からずっとソワソワしているギルドマスターもそうだ。

ご機嫌取りのため、人当たりが良く実力のあるナセルを世話役に付けたり、彼の家に下宿させたりと何かと世話を焼いていた。

そして、そこにアリシアが『勇者コージ』に乗り移らんと画策しているのを知ったギルドマスターはソレを諫《いさ》めることなく、むしろ奨励した。

なにせアリシアは美人で若い。コージもナセルの家に下宿するようになってから、やたらとアリシアを気にしていることは傍《はた》から見てよくわかった。……気付いていないのはナセルただ一人。

そう。哀れで、かわいそうな優しい男性。だから、彼を犠牲にしてでも、人妻を上手く譲り渡すのだ。そうすればギルドマスターにとっては都合がよく、コージやアリシアにとっても最高のシチュエーション。むしろ……人妻という障害がコージとアリシアを燃えさせているのだろう。

愛と錯覚するほどの障害。

それが『ドラゴン召喚士《サモナー》』ナセル・バージニアだ。それを除去しつつ、アリシアと結ばせることができれば、ギルドマスターの出世は確実。うまく取り入れれば今後も勇者の覚えもめでたくなるというもの。それは、アリシアの利害とも一致していた。

そして……――それらの思惑が合致した時、呆気なくナセルの排除は決まった。

そう、彼の全く知らないところで……。

（最低の話ね……）

受付嬢はギルドマスターの落ち着かない様子を蔑《さげす》んだ目で見ている。大方《おおかた》送り出したゴロツキに何か指示を出していたのだろう。そのくらい誰でもわかる。鈍ちんのナセル以外は……。

そう、ナセル以外は大抵知っているのだ。

ギルドマスターやアリシアのしでかしたことは公然の秘密。ギルド内でのあのやり取りも、ナセルをはめる算段も大抵の人が知るところではあった。

だが、『勇者と聖女は正義《長いものには巻かれろ》』の諺《ことわざ》があるように、もはや誰も口に出さない。もちろん思うところはあるのだろうが、それ以上に異端者認定されたナセルを庇ったり証言したりすることは巻き添えになりかねないのだ。

――受付嬢とて同じ。

彼に対する好意はあったものの、表立って助けることもできない。せいぜいコッソリ差し入れをあげるくらいなもので、それすら憚られる雰囲気があった。

（ふぅ……。嫌な話――）

あの日、勇者とアリシアの不貞宣言を聞いていたし、コージの奴がナセルにわざと殴るように仕向けたのを知っている。そして、ギルドマスターの差し金も含めて、ナセルが無実のまま異端者扱いを受けたことも――皆が知っている。

ただ、言わないだけだ。

もはや死んだも同然の男のことを誰一人口にしない。誰もナセル以外は得をしないから……。

ナセルは凄腕の冒険者だが、いなくなったところで特に誰も困らないということもある。むしろ今なら喜ぶ人間の方が多いという。この冒険者ギルドは退役軍人からなるため、予備兵力の蓄積は減るとはいえ、たったの一人だ。しかも、……もう彼はドラゴンを呼び出せない。……つまり二流以下の冒険者だ。

――だからって……。

「はぁ……辞めよっかな。この仕事――」

受付嬢がボソリと漏らし、それを目ざとく聞いていたギルドマスターがジロリを受付嬢を睨む。

「余計なことを考えるな！　さっさと、しご、と――？」

「やってます！　私は超過勤務《ブラックおしごと》してる、んです、よ――？」

語尾の怪しくなる二人。

「「んんー……??」」

それもそうだろう。彼らの視線の先、開きっぱなしのギルドの扉から何かが見えた。

――そう、何か。

フィールドグレーの……大きな馬車のような？

そいつは――ギュラギュラ!!　と妙な音を立てて爆進してくるらしい。

街の人々も呆気に取られて見送る者、慌てて隠れる者、槍を構えて遠巻きに眺める者――、それはもう、人それぞれ様々な反応だった。もちろん衛兵もいるにはいるが、対処に困っているらしい。敵にしては攻撃もしてこないし、――かといって街中で騒音を立てて走られては困るということ。

だが、件《くだん》のそれは全く気にした風もない。

ギュラギュラギュラギュラギュラギュラ――。

と、騒々しい騒音と、石畳が揺れるほどの振動。それにともない、パラパラと天井から埃が落ちてくる。それはつまり、あの馬車が立てる振動がかなりのものであると理解できるのだが……。

ただの馬車1台で――？

「な、なんですかあれ？」

「お、俺が知るか！」

啞然とする受付嬢とギルドマスター。

「な、なな、なんかこっちに来てません？」

「だから、俺が知るか……ってあれは!?」

受付嬢の問いに対して、興奮しつつも冷ややかに返していたギルドマスターだが、途中で何かに気付いたのか顔面蒼白になる。

「ど、どうしたんですマスター!?　顔が真っ青――――あ、あれ？　あの変な馬車の先端に、その……だ、誰か乗ってません？」

受付嬢がジィ――と目を凝らすと、徐々に近づきつつあるソレに人影がある。

鉄製らしき馬車の先端には――――、

「あ！　アイツ、確か……今日の朝送り出した、例のフリークエストを受注したゴロツキじゃ……？」

「…………おいおい、まさか」

受付嬢の言葉を軽～く無視したように、聞き流しているギルドマスターだが、なぜかダラダラと汗を流している。冷や汗のような、脂汗のような……。

そして、
ギュラギュラギュラギュラギュラギュラ――ギキィィィィ……。

そいつは冒険者ギルドの前で止まった。直後、ガコンと重々しい金属音がしたかと思うと、

「よぉ――――クエスト完了したぜ」

そう言ってナセルが鉄の馬車から顔を出し、ポイっ――と投げ寄越したのは、血の滲んだズダ袋。

様子を見るために外に出たギルドマスターと受付嬢、そして野次馬の冒険者の面々。

「な、ナセル……か？　な、なんだそれは？」

「うるせぇ、とっと換金しな――――ゴブリンの耳と、」

たまたま、ズダ袋が近くに落ちてきたため、受付嬢が恐る恐る袋を開けると……。

「ひぃぃぃぃ！」

叫び声をあげて袋を取り落としてしまった。

そこから転がり出たのは、ゴブリンの討伐証明の耳と……明らかに人間の――――。

「――それと、殺人未遂犯の討伐証明だ。……こいつは証人さ」

スパンと頭を叩《はた》かれているのは、猿轡《さるぐつわ》をかまされ、鋼鉄の馬車の上に括りつけられているゴロツキ。反撃がないのをいいことに、ペチペチと繰り返しその頭を叩くナセル。

――ええ？　あの人当たりのいいナセルが？

その様子に受付嬢を含めてナセルを知る人々は目を剝いて驚くが……。ナセルは一向に気にした風もない。まるで、チンピラのようにゴロツキを小突いている。

その様子を見ても、誰もゴロツキごときに同情はしないが……、なぜか、顔面蒼白のギルドマスター。一瞬、皆がギルドマスターの様子に怪訝な顔をするが、いち早く気付いた彼は素早く視線を切り返した。そして、ふてぶてしくも、すぐに顔色を戻すと、

「ナセル・バージニア！　貴様ぁ……、墜ちるとこまで墜ちたな！　ついに人を殺したのか⁉」

「あ？　正当防衛だっつの……。コイツらはお前の手下だろ？」

スルリ、猿轡を外されたゴロツキは、

「ふざけるな！　そ、そんな奴は知らな――」

「だ、旦那ぁ！　た、助けてくださいよ！　こんな仕事割に合いませんよ‼　一人頭銀貨1枚で命まで取られたんじゃかなわねぇ！　旦那！　旦那ぁぁ！　――助け……」「やかましいッ」

否定しようとしたギルドマスターに、必死で命乞いをするゴロツキ。

「う、うるさい！　貴様なんぞ知らん！　おい、お前ら――アイツを殺せ！　緊急クエストだ！」

ギルドマスターは認めるどころか、突如、ナセルの首を獲れと言う。もちろん、その場にいた者

は、ゴロツキの話から、なんとなく事情を察せられていたものの、冒険者は所詮金で動く生き物だ。滅茶苦茶怪しいとは思いつつも、『ギルドマスター』と『異端者』では喋る言葉の重みも、価値も違う。どっちについた方がいいのか、考えるまでもなく明白だった。

それに、なんと言っても男の冒険者のうち結構な数の者が、実力があり女性に人気のあったナセルに嫉妬していた。……若くて美しいアリシアを娶《めと》ったという事実もまた彼らには面白くなかったらしく、そのナセルが、妻を勇者によって寝取られ、あげく異端者に落とされたのを見ているのは実に気分が良かったと考える者もいた。

実際、積極的にギルドマスターに協力し、ナセルに不利な証言をしたこともあるし、異端者となったナセルに市民と一緒になって石や汚物を投げたものだ。

さらには、直接的に暴力に出た者もいるし、彼の家族に起こったことを楽しそうに話しては酒の肴《さかな》にするロクデナシどもも多くいた。

「ぐひひひ、よしよし！　やはり冒険者はこうでなくちゃなぁ……」

乗り気な様子の冒険者の様子を確認すると、ギルドマスターは口の端を歪めて笑う。

そして、畳みかけた。

「お～し、よく聞けッ！　緊急クエストを受けた者は特別昇任の査定をしてやる！　さらに報酬も奮発しよう。参加するだけで金貨1枚！　そして、首を獲った者には金貨10枚くれてやるぞッ!!」

うおおおおおお！！？？

ザワザワ、ざわざわ!!

「ま、マジか？」

「異端者の首を1個で!?」

「やるぜ！」

「俺も」

「「俺も俺も俺も！」」

単純な冒険者はこの場にいた者のほとんどが抜刀して、ナセルにその切っ先を向けた。

「おーおーおー……やろうってのか？　冒険者って奴はどうしてこう短絡的なのかね――」

以前のナセルでは考えもつかないような冷たい目線で集まる冒険者どもを睥睨すると、

「マスターよぉ……そう言うのは職権濫用っていうんだぜ？　フリークエストとはいえ、ギルドが正当な依頼達成を拒否。そして、刺客を送り込んでの殺人未遂。……あげく殺人の教唆か？」

「うるさいッ！　今さらグダグダぬかすな、異端者がぁぁ！　女を寝取られて、無一文になった貴様に味方なんぞいるか！」

それだけ言いきるとマスターは仁王立ちでふんぞり返る。その顔はナセルの死を信じて疑わない。

周囲には下卑た顔の冒険者どもがウジャウジャと――まぁーいるわいるわ。不義理を嫌って逃げた者もいるようだが、少なくとも味方は一人もいなかった。受付嬢などの事情を知っている者は、周囲の理不尽な暴力に満ち溢れた空気に怯えて、そそくさとギルドの中に隠れてしまった。

「へへへ！　そこから降りて来いよナセル」

「前々から気に食わなかったんだ、オッサンのくせにイイ女に囲まれやがってよ～」

「けけけ。姪っ子だか、義妹だかいたよな？　俺ぁ、前線に出たらあの子を見つけて散々なぶってやるつもりだぜぇ」

「うひゃははは！　金貨10枚の首だ！　悪く思うなよ」

剣の腹をペシペシと叩きながら冒険者どもが群がり始める。

その様子を見て顔を青くしているのはただ一人。この場で縛り付けられているゴロツキただ一人。

「お、おい！　みんなやめろ！　死ぬぞ！　……ナセルの旦那ぁぁ――後生ですから俺を解放してくだせぇ」

まるでこれから何が起こるのか知っているかのように、ゴロツキは涙がちょちょ切れ、ぐすんぐすんと命乞いを始める。

「……諦めろ。俺を殺すつもりでゴブリンの森まで連れて行ったんだ。その時点でお前の命は俺のモノだ」

そう言い放つと、ナセルはI号戦車の砲塔に潜り込んでしまった。

あとにはガコン！　と重々しいハッチを閉じる音がするのみ。

そして、砲塔の2連装のMG13《重機関銃》の前に縛り付けられているゴロツキは叫ぶしかなかった!!

「ひぃぃぃぃ!!　や、やめてくれぇぇぇぇ！！！」

それを完全に聞き流したナセルは、砲塔内の銃座に取りつく。彼はここに来るまでに、召喚した『I号戦車』の使い方を、今彼の膝前あたりの位置で操縦桿を握っている戦車兵に聞いて熟知していた。そう……。ここに来るまでに、召喚したドイツ軍に繰り返し話をし、見て、聞いて、『ドイツ軍』の武器の扱いを徐々に熟知していったのだ。

何より、召喚獣とナセルは魔力で繋がっている。ある意味一心同体なのだ。理解は当然ながら早い。そして今――。

召喚した『I号戦車』――操縦手付き。

召喚時には、任意で砲手も同時に召喚できるが、今はナセルがその位置にいた。

……これは、ドイツ軍の戦車。2人乗り小型軽戦車『B型』である――。

装備火器はMG13、7・92mm重機関銃を2挺。

速度、最大40km／h
装甲、最大13mm
……この場所において最強の兵器だった。

だが、そんなことは微塵も知らぬ冒険者たち。

「おらおら！　出てこい！」

「ナセルちゃ～ん♪　ビビってないで、はーやくー♪」

「うぇ～い。異端者のクセに街に出てくんなよッ！」

ガンガンガン！

――さっきから微動だにしない鋼鉄の馬車。

そいつが動かないのをよいことに、ぐるりと取り囲んだ冒険者ども。内部にいるナセルにも、ガンガン！　と剣で装甲を叩く気配が伝わる。しかし、音がするだけで小揺《こゆ》るぎすらしない。

　小型軽戦車とは言え、Ⅰ号戦車の重さは6ｔもあるのだ。剣でどうにかできるはずもない。

「軍曹、微速後退――後進しつつ、一斉射で連中を薙ぎ払う」

『了解《ヤボール》』

　ナセルは砲塔に潜り込んですぐに、喉頭マイク付きのヘッドセットを頭に乗せた。

　小さい戦車とは言え、鉄の塊を動かすのだ。そのエンジンの騒音たるや――。

　マイバッハ社製のＮＬ38ＴＲ直列６気筒液冷ガソリンエンジンは、なんと100馬力!?　――ヘッドセットとマイクなしには顔を相当に近づけないと会話すらままならないのだ。

　そして、ナセルが『軍曹』と呼んだ操縦手が流れるような手つきで、後進レバーを引いた。

　彼はⅠ号戦車を召喚すると同時に戦車とともに現れた。どうやらセットらしい。

　そして、動かし方のわからないナセルに代わり、指示をするだけで適確な方向に操作してくれるのだ。そのおかげで今まで微動だにしなかったⅠ号戦車がエンジンの唸り声をあげると、ギュリギュリリ！　とキャタピラを軋ませて後退し始める。あの巨体が驚くほど滑らかに、そして徐々に後退していくのだ。突然動き出した巨体に腰を抜かす冒険者ども。

「「うぉ、なんだぁあ?!」」

　あたふたと飛び退いて見守る始末。かと思えば、ガンガン叩いていい気なもんだ。

　微速で後退する戦車なら歩きでも余裕で追従できるが、ビビった冒険者どもはその動きについてこようともしない。そればかりか、仲間を押しのけ我先に驚いて飛び退く冒険者！

「こ、こいつ――動くぞ！」

「な、ナセルの馬車は化け物か！」

ワタワタと蜘蛛の子を散らすように逃げ散る冒険者ども。

最初はビビりまくっていたくせに、ノロノロと後退する戦車を見て、御しやすいと侮ったらしい。

すぐに、ろくな反撃手段がないことに気付いたようだ。

「び、ビビってんじゃねぇ！」

「そうだ！　腰抜けはすっこんでろ。報酬は俺が頂いた！」

再び群がり始める冒険者ども。しかし、少し後退したお陰で冒険者とナセルの間に距離ができる。

ナセルにとっては運が良く、冒険者どもには運悪く……ギルドの建物と戦車に挟まれる形で冒険者どもが一塊になっている。

（ははは……こいつの威力も知らないで、バカな連中だ）

それを視察孔で覗いていたナセルは、目の前にある銃座に肩を押し当てると――そっと照準を覗き込んだ。

ツァイス社製の照準鏡は凄まじく明るい。拡大された目標がはっきりと映し出される。

そして、その照準の脇には、無骨な重機関銃のＭＧ13がヒンヤリと横たわっていた。

ＭＧ13……ドイツで開発された、大戦前の名機関銃。それを２挺搭載しているのがＩ号戦車。そう――２連装のＭＧ13がＩ号戦車の主武装だ。

装弾方式は固定弾倉型で最大１挺あたり75発のダブルドラムマガジン。次発装填以降は25発弾装を使用するのが常である。当初の２挺で１５０発も装填できるが、連続射撃を続ければあっという間に撃ち尽くすもので、再装填が欠かせない。

ナセルは森でコイツも召喚して以来、操縦手の軍曹に話を聞いてある程度の操作法を熟知した。

今ならちょっとした分解と組立すらできる。

その上で、照準を覗き込み、冒険者どもの集団に狙いをピタリとつけている。

装填に若干の時間がかかることを考えれば、あまり無駄撃ちをしたくはないが……容赦もない。

（ギルドのマスターよぉ……まずは、お前からぶっ殺してやるぜ！）

もし、もしも……だ。異端者認定されたとして、呪印が焼き潰されずに、昔と同様に『ドラゴン』が召喚できていれば……これほど激情に駆られることがあっただろうか？

――多分、答えはＮＯだ。

異端者の誹《そし》りを受けても、以前のナセルならひっそりと人目に付かないところで自分の召喚獣と暮らす道を選んだだろう。

だが、……ドラゴンは消え。家族は殺され、最後の肉親は攫われた。

……そして大隊長は――――ナセルの大事な大事な……理解者は目の前で焼かれた。

その後に……――――ドイツ軍が現れた。

それは、ナセルの怒りを体現したかのような黒衣の軍隊だ。

魔王「軍」でもなく、王国「軍」でもない……。

ドイツ「軍」……。

ナセルのための軍隊だ。いや……ナセルだけの軍隊。彼らは基本聞かれたことにしか答えない。

「話せ」と命ぜれば話し、武器の扱いも教えてくれる。だが、それは全てナセルの意思から生まれたもの。彼らドイツ軍は、命令を粛々と遂行するのみ。

『英雄』のように自ら正義を体現することもなく。

『ドラゴン』のように信頼関係を築くこともなく。

『アンデッド』のように生者を羨むこともなく。

ただ、ただ……『ドイツ軍』は命令を遂行する。

行けと言えば行くし、やめろと言ったらやめる。

まさに軍隊だ。そして、ナセルはその指揮官だった。『ドラゴン』ならあの猛々しくも知性ある目でナセルの怒りを体現しつつも、その心情を汲んでくれただろう。だけど——ドイツ軍なら？

（本当にやるのか……）

と最後に自問するナセル。だが、その瞬間瞼の裏に浮かぶ家族と大隊長の顔……。そうだ彼らはもういない——呼べない。会えない——。

（誰のせいで……？　誰の——……）

そう、二度と……会えない。

だから!!

「軍曹、頼むぞ」

だから、彼らに頼る。黒衣と、油と、銃火の軍勢に——。

このナセル・バージニアの怒りを一身に体現してくれる軍隊に！

『了解《ヤボール》』

感情の籠らない声で返す軍曹に苦笑いをするナセル。彼の視線を受けて、ハッチから身を乗り出し後方を確認する。黙して語らないが、意味は分かった。「後方の確認をお願いします」ってとこかな。軍曹曰く、戦車を操縦する際は砲塔にいる車長が後方を確認しないと後ろは通常見えないらしい。……なるほど、それは今ナセルの役割だろう。

召喚獣に使われるという奇妙な感覚だが、もはやあまり気にならない。さっきまでの軍曹の操縦は完全に目隠し運転だったらしい。戦車の背後に人がいれば轢き殺してしまうだろう。もちろんそれを気にするナセルと軍曹ではなかったが……。

――だが、それでも構わないとばかりに戦車は動く。

それは軍曹の意思ではない。彼は命ぜられたからそうしているまで。轢き殺しても構わないという意思を示したのは、ほかならぬナセルだった。

冒険者？

ハッ！　死ねばいいさ。

通行人？

ハァ？　俺の家族が殺されるのを笑って見ていた連中だ。死ねばいいさ。

「俺を蔑み、石を……汚物を投げ――そのままノタレ死んでもいいと思っている国の連中だ……」

だから、もう容赦などない。

いいいいいい、いかいい
死んでもいいと思われたなら、

俺も死んでもいいと思うことにする。

「軍曹、停止」

『了解《ヤボール》』

ギィイイイ!! キャタピラが地面を削り、車体が軋んで止まる。カコンと小さな音を立てて視察孔から前方を確認すると、ようやく追いついてきた冒険者どもが銃口の前に綺麗に列を作っていやがる。

……まるで、殺してくださいといわんばかり。

それはまさに――――カモだった。

だからよぉ――――、

「俺は、もう容赦をしない――人を殺してもいいと思うなら殺される覚悟もしとけ、ボケェ!」

砲塔内の引き金に指を掛けると、照準鏡を覗き込んで、並み居る冒険者を捉える。

「さぁ……復讐の狼煙を今、ここであげてやる」

死ねや!

ボケどもがぁぁぁ!!

引き金を…………。

カチリ――――。

発射《フォイアァァァァ》ぁぁぁぁ!!

※　ギルドマスター視点　※

——————発射《フォイァァァァァ》ぁぁぁぁ!!

ギルドマスターは、遠くで……いや、どこか狭い場所で叫ぶナセルの声を聞いた。

……目の前には、突如現れた鉄の馬車。それは馬もないのに走り、王都の石畳を砕くほど力強い歩みをしていた。

そして、その馬車にはナセルを殺すため送り込んだゴロツキが一人縛り付けられている。一瞬何事かと思ったが、その馬車から顔を出したナセルを見て理解した。

あぁ、奴が意趣返しに来たと——。

その直後——。

ババババババババッババッ!!

あの鋼鉄の馬車から突き出す2本の棒から火が吹きあがった!

「ンギャアアァァァ!!!」

その一瞬の後に、棒の前に括り付けられていたゴロツキが殲滅魔法でも喰らったかのようにブッシャアァァ!!　と血しぶきを上げてぶっ飛んだ。

……いや、違う!?　ゴロツキだけじゃない!?

見れば、今まさにナセルの馬車に切りかからんとしていた冒険者の一団がバタバタと倒れていく。

もう、ほんと……バタバタと!!

バババババババババババババババババババ！！！

ギラギラと光る棒の先端、あの馬車からは常に猛烈な轟音が発せられる。

「な、なんななんなんだぁぁ!?」

半分近くがあっという間にミートソースをぶちまけたような有様。ビクビクと震えている死体は軒並み頭部がない。

（な、何が起こった!?）

ギルドマスターは半分近くに減った冒険者を見て、ポカンと口を開けるのみだが……。

このままではマズい!!　ナセルの馬車は魔導兵器って奴だろう。きっとどこかで魔王軍の兵器でも手に入れたに違いない。――でなければ、あんな鉄の代物は見たこともない。

つまり魔王軍しか考えられない。……奴は本物の異端者に成り下がったのだ。

（ナセルの奴。マジで魔王軍に寝返ったのか?!）

……ならば、容赦などいらない。

もともと容赦などしていないが、……これでも、罪悪感くらいはあった。

だが、今のナセルを見てそれも消えた。『ドラゴン』を行使できない召喚士など何ほどのこともない。――そう思ったギルドマスターは冒険者を嗾《けしか》ける。

バン！　と半開きになっていたドアに向かって叫ぶ。

「何をしている！　仲間がやられたぞ！　仇を討て！　報酬は倍……いや、3倍出す!!」

さ、3倍?!

「「「う、……うおおおおおお！！？」」」

先に飛び出してきた冒険者連中とは違い、中でのんびりと構えていたベテラン連中が色めき立つ。

報酬が3倍だって!?

その提案に乗ったのは、どいつもこいつも屑ばかり。ベテラン気取りでいるが、名も知られぬ雑魚ばかりだ。それがゆえに連中ときたら、強く優しく、頼りがいのあるナセルに以前から嫉妬していたらしい。そんな奴らに限って、これ幸いと緊急依頼に乗っかってきやがった。

「いけ！　異端者の首をあげろ！」

ギルドの中にいた連中も残らず繰り出していく。その数と勢いを見てほくそ笑むギルドマスター。

(勝ったも同然よ！　グヒヒヒッ)

数で押せば鉄でできていようが何だろうが、魔法や鈍器で攻撃すれば――あっと言う間にぺしゃんこにできる。と、そう思っていた――。

「「「うおぉぉぉぉおおおおおおお!!」」」

さらに増えた冒険者が雄たけびを上げて突っ込む中、その勢いに恐れをなしたのか鉄の馬車がソロソロと後退りし始めた。

その様を見た時のギルドマスターといえば、心底笑い転げそうになっていた。

恐れをなして逃げるナセルに――。あのベテラン冒険者でA級の『ドラゴン召喚士』が尻尾を巻いて逃げているのだ。……たかだかB級以下の冒険者に！

「ははっははは！　見ろ、あのザマを！」

自分の子飼いの冒険者が、ナセルの首をあげるところを夢想して大笑いするマスター。

ナセルに被せた異端者のレッテルと国家反逆罪のそれ——行った悪事もこれで握りつぶせると思うと、心底ホッとする。……二度と話題にする奴も現れないだろう。

あばよ。……俺の出世の肥やし。

尻軽女のアリシアと、おバカ勇者をくっつけただけで俺のギルドは安泰だ————。

——と？

だが、大笑いするギルドマスターの目の前で、信じられない光景が広がる。

ババババババババババババババハババッババババ!!

バンババババババババババハバッバババッ!!

大音響！

大音響!?

大・音・響！！！

ババババババババババババババババババババババ!!

「突撃ぃぃ——ぎゃぁ！」

「金貨10枚、頂だ——べぶ!?」

「うひひひ、首1個なんて安——ハブ？」

「うおおおお！　しね——ビギャ！」

「ぎゃあああああ!!　う、腕があぁあ！　ぐはッ」

何かが……。何かが冒険者の命を食い荒らしている！

「うぎゃあああ!!　いでーいでーよ……」

腹に大穴を開けた野郎がジタバタと転げ回り、ギルドマスターに縋りつく。

大挙してナセルを追い詰めていった冒険者だったが、何もできず、何もない所で理解できないままグッチャグチャの死体に成り下がる……。

そして、現在進行形で、ギルドマスターの周りでも、あれほどいた冒険者が、ボン！　グシャ！　ブチュ！　と、…………えええ!?

「な、え？　な、ええ？　ななな!?」

たっぷりいた、冒険者があっという間に片手で数えるくらいに……。

だが、ここにきて何とかナセルの馬車に取りついた冒険者がいた。

（おぉぉ!?）

明らかに少ないが、それでも一人、二人と突撃に成功したらしい。

片腕を失いながらもヨロヨロと――――。……って、死にかけとるやないかい!?

冒険者にしては根性があるらしく、片腕の彼はなんとかナセルの馬車に取りつくが……。

そんな満身創痍な状態で何を？　……というか何かできるのか？

ガコン！

「死ねッ」

突如、ナセルが馬車の上部から顔を出し、手にした武器らしきものを構えると、パパパパパッパパパパパッパパン!!

竹がはじけるような音が連続で鳴り響き、冒険者が呆気なく殺された。

「あ、あの野郎!? 躊躇《ためら》いなく殺《や》りやがった!!??」

元は冒険者仲間だというのに、簡単に殺していくナセルを見て理解が及ばないギルドマスター。

残りの生き残りの冒険者も満身創痍で、近づいてもナセルによって至近距離で殺されている。情けや容赦の二文字は彼からは感じられない。ギルドマスターがキョロキョロと見渡す頃には生き残りなど……。

って、うそぉぉぉぉ!? さ、30人以上はいたぞ!?

驚愕して固まっているギルドマスターに向かって、ババババババババ! と! まるで空から稲妻が落ちたかのような恐ろしい轟音が鳴り響く。途端に、ギルドの窓ガラスが割れ砕け、内部から職員が「きゃーー!!」と悲鳴を上げている。

っていうか、ギルド職員なら俺をまず助けに来い! 中に隠れてるんじゃねぇぇ!!

「な、何をしている!? 異端者を討て!!」

踵を返して、ギルド内から冒険者を引っ張り出そうとしたギルドマスターだが、

「れ、連中はどこだ!?」

「とっくに逃げましたよ!!!」

昨夜からずっと勤務している受付嬢がヒステリックに叫ぶ。

「そんなことより、私の超過勤務の給料ください!! いーえ、退職金よ! 慰謝料よ! もう、こ

んな仕事辞めてやる!!」

「今そんなこと言ってる場合か――」

そして、……ビュン！！！　ピシィ――！

何かが高速で飛来しギルドマスターの耳を引き千切っていく。

「あヅッ！！？？」

パタタッ！　突如飛び散った血に、今さら痛みが込み上げてくる。

って、な、なんだ!?　――うお!?　み、耳がぁぁ……！

思わず、顔を押さえたその手にはべったりと血が――「ひぃぃぃぃい!!」

な、ナセルぅぅう！　お前か!?　お前がやったのか?!

激痛と驚愕と困惑にギルドマスターが腰を抜かしていると、

「やべ!?　出遅れたぁ！　俺も異端者狩りにまぜ――ドピュ」

たまたま出先《でさき》に行っていた冒険者が一人！　帰りざまに噂を聞きつけて、ナセル討伐に参加したらしいが……。そのまま何もできずに、ナセルに向かっていき途中で頭部を爆散させて石畳に骸を晒す。

（おいおい?!　おいおいおいおいおいぃぃぃぃい！）

マジかよ。容赦ないにも限度があるぞ？　せ、せっかく冒険から帰ってきたのに……。

他にもパラパラと冒険者が駆けつけてくるが、悉《ことごと》く撃ち滅ぼされる。

A級？　B級？　いやいや、C級だろうが何も関係がない。ナセルの首をあげんと飛び出してき

た冒険者どもは哀れにも――――ボォン！　と、ぶっ飛ばされて身元不明死体に……。そして、
シーン……――。

「あ、あれれ⁇」

ぼ、冒険者どもは……………？

ポカーンとギルドマスターが顔を間抜けに歪めているのも、無理なきこと。「ナセルの首を捕れぇえ！」と、凄くカッコつけた格好のまま硬直している。

さっきまでの騒音とはうってかわって、シーーーーーンとした、ギルド前。

代わりにあるのは、ナセルの馬車が立てるドルルルルル……という低い音のみ。

静まり返ったギルド前には、あれ程いた冒険者はほとんどが物言わぬ骸になっていた。

「え？」

…………え？

「は？」

…………は？

「な、何が起こった――？」

ギュラギュラギュラギュラギュラ――――。

呆然とするギルドマスターの前には冒険者どもの屍《しかばね》の道ができている。そして、戦闘の成り行きを見守っていた者は冒険者ども以外にも職員や出入りの商人がいたが、連中ときたら、あっという間に逃亡！　冒険者が全滅したその様子に気付いたギルド職員らは、悲鳴をあげて一斉に奥に引っ

込むか、ギルドから外へと逃げ散っていった。

そして、一人残されるギルドマスター。あれ程いた冒険者どもは、今は路上で顔や腹に大穴を開けて息絶えている。……辛うじて生きている者も、じき死者の群れに加わるだろう。

そう——今、ギルドマスターを護るものはもう何もなかった。

「ば、ばばっば、ばかな!? な、なななん、何をした！」

狼狽し、震えているギルドマスター。その様を嘲笑うかのように鉄の馬車は動き出し、死体を無造作に轢断していく。——グシャ、ブシュ「ぎゃあああ！」ブチ、グシャ!!

肉袋と成り果てた死体、または死体未満の立てる肉の弾ける不協和音が、ギルドマスターの恐怖を煽り立てた。

だが、それでも逃げ出さないのはマスターとしての責務——いや、違う。

恐怖してはいた、それは間違いない。だがそれ以上に——かつては王国軍の将官で、いかつい体つきで歴戦の勇士のごとき姿から、「豪傑マスター」とまで呼ばれている男だ。

そして何より——これでいて彼《か》の剣聖の末裔なのである。……千年の時のうちに血は薄まり、剣の腕も剣聖というにはおこがましいレベル。だが、間違いなく強者の部類なのだ。

たとえ、前線で戦った経験は少なく、実質は指揮官タイプであったとしても、ギルドマスターはギルドマスターなりに、それなりの修羅場を潜り抜けている。——その矜持があった。

だから、ギルドマスターは冒険者の持ち物であった、地面に転がる大剣を拾い上げると、死体を引き潰しながら前進する鉄の馬車に真っ向から立ち向かうことにした。

ただ、既に全身はガクガク。股間からは生温かいものが……。

それもそのはず。数多の死体を引き潰した鉄の馬車は、その車体を真っ赤に染め上げ、あたかも地獄の死者の如し――――。

それは恐怖の対象としては最上級のもので、全てを目の当たりにし、恐怖の吐息とともにギルドマスターは、ジワリと浮かんだ涙をぬぐいもせずにへっぴり腰で剣を構える。

そして、

「あ――――」

※　ナセル視点　※

ガガガガガガガガガガガガガガガガガガガガガガガガガガガ！！！！

狭い砲塔内に充満する銃声と硝煙の香り。薬莢受けから零れ落ちた空薬莢が車内で、キィンチィン♪　と派手に舞いおどっている。

ナセルが取りついているのは、頑強な作りの機関銃。その典型たるＭＧ13は全然故障もせずに快調に銃弾をばら撒いていった。

彼にとっては、ほんの最近に習い始めたばかりの銃。だが、その扱いは恐ろしく容易だった。

――扱いやすく、簡便で、強力、
そして、いともたやすく人を殺すことができるものだった。鍛えた筋肉も、積み重ねた剣技も、技巧を凝らした鎧も意味をなさない。

それは、もぅ。

ええ、えぇ、それはもう、無慈悲なまでの7・92mm《暴力》弾だった。

今も目の前で、頑丈な鎧に身を包んだ冒険者が突っ込んできた。盾を構えて、急所を鋼鉄で補強したハーフプレートアーマーの重戦士。「ん？　コイツは確か……？」冒険者ギルドに所属していただけにナセルは多少なりとも、冒険者どもの顔を覚えている。もっともギルドにいるよりも、ダンジョンやら街の外で冒険者稼業をしている時間の方が多かったので、それほど顔見知りがいるわけではない。なので――――今目の前に、突っ込んできた奴も顔は見たことがある。

え〜と。

あー……アイツだ。…………名前忘れた。

ただ、先日――俺に死ねとか言って馬糞と石のコンボを投げつけてきたことは覚えている。

覚えているよ？　名前は――。

ガガガガガガガガガガガガガガガ!!

「(あぎゃぁあっぁあああああ)」

思い出す前にそいつは穴だらけになって絶命する。

盾？　鋼鉄の鎧??　…………防げるわけ、ねーーーーーーだろッ！

だが、さすがは重戦士。その背後に隠れていた冒険者は辛うじて無事だったらしい。……最後に壁の役割をしたということか――――無駄だがな!!　そして、背後にいたのは魔術師風の女。

（こいつも見覚えあるな……）

えっと、前々からしつこく食事に誘ってきた――――あ、ダメだ。思い出せない。

「（はぁああ!!　豪火球《グレートファイヤ》!!）」

いちいち魔法名を叫んでぶっ放してくるバカ女？

一瞬、視察孔からムワッとした熱を感じたが……。

ぺし――。

「（命中!!　……あ、あれ？　な、なんで??　あ、鉄かぁこいつ！）」

女魔術師は無防備に突っ立ち魔法を錬成。

ナセルからは装甲ごしのため、彼女の声はくぐもって聞こえる――――。

（相手する必要もないな……）

魔法がどれ程かと思ったが、単純に戦車の装甲は厚い。かすり傷一つ負わせられないようだ。

じゃあ、死ね――、

「っと、……弾切れか」

ぶっ飛ばしやるつもりが、引き金を引きっぱなしにしたせいで、1挺あたり75発入りのダブルドラム弾装は空になっていた。っと、予備弾装はーっと、

「（あれ？　でも、効いてる!?　静かになった！　よ、よし！）」

よし！　じゃねーよ、バーーーーカ。

（ただの弾切れだっつの）

よっこいしょ。――ナセルは二挺のＭＧ13からドラム弾装を取り外すと、代わりに予備弾装の25発入り弾装を叩き込む。あとは、コッキングレバーを引いて――。

「（と、とどめぇぇええ!!　大風刃《ヒュージウィンド》!!）」

ガシャキ！　初弾を薬室に送り込んで――照準を。

うを！　女魔術師のおパイが!?　――……発射《フォイヤ》!!

「（やった！　無抵抗になった!!　アタシが倒――）」

ガカガガガガガガガガガガガガガガガ！！！

「（した――ピブゥ!!）」

ボン！　と、立派な双丘が弾け飛んでくたばる女魔術師。

「すっさまじいな……！」

弾装交換後も丁寧に冒険者どもをぶち殺していく。少なくともコイツらは困窮している俺を嘲笑い、ギルドマスターの手下として動いてきた連中だ。しかも、俺の家族が殺された時、大隊長が焼かれた時、笑って見ていたことは知っているぞ！！！

人の死が楽しいか！　俺が汚物と血反吐にまみれて這いずりまわるのを見ていて楽しいか!!

あぁ?!　楽しいかよッ!!　楽しかったんだろッ?!

だったら自分の殺される様と、腸《はらわた》ぶっ飛ばされて出てくる汚物と、ぶちまけられた血反吐にまみれて這いずりまわれやボケェ!!　――最後は自分が殺される様を見て笑うがいいさ!!

だがなぁ、……それがお前らのやったことだろうがぁぁああ!!

――ガガガガガガガガガガガガ！

真正面に撃ちまくるだけで、冒険者どもは、たちどころに壊滅。

む!?　……一人だけ上手い具合に戦車の側面に駆け込みやがった。

「逃がすか！」

ナセルはゴロツキから奪った剣を手にして立ち上がるも――。

『これを』

操縦士から金属の塊を渡される。こりゃぁ……。

――たしか、ＭＰ40短機関銃??

ギルドに攻め込む前にナセルは呼び出した召喚獣達から、彼らの武器について一通り説明を受けていた。最初は面食らったものの、ナセルの産み出した召喚獣だ。なぜか彼らの言うことも、その武器についてもすんなりと理解できる。これはドラゴンと意志疎通ができた頃の感覚に近い。

……つまり、召喚獣とはそう言うものなのだろう。

「ありがとう」

素直に礼を言って受けとると、ハッチを開け様に素早くコッキングレバーを引いて初弾を叩き込む。あとは引き金を引くだけ――子供でも扱える。

ハッチから顔を出したナセルの目の前には、片腕だけになった冒険者が一人。

確か――……………B級の有望格だったか？　名前は忘れたけど、ギルドで飯を恵んでもらう時に散々俺をいたぶってくれた奴だ。コイツ自身の汚物も投げられたたっけな。

「よぉ」

「ひっ!? な、ナセル!?」

見りゃわかるだろうが――――そして、

「ぐおおお!! 闘気防御《オーラガード》!!」

戦士系スキル、防御技の闘気防御……。鎧を含む防具と皮膚を強化する防御スキルだ。

で――――? ………死ね。

パパパパパッパパパパパッパパン!! 軽快な連射音のあとには、全身をぶち抜かれて死のダンスを踊るB級冒険者。――軍用の装甲鉄板すら貫く銃弾が、人が着れる程度の鎧で防げるわけがない。

スキル? なにそれ?

シュウウウとMG13とナセルの持つMP40が放熱する蒸気音を立てている。

それは、冒険者どもの全滅を意味した。……あっという間に冒険者の群れ《ボンクラども》をぶち殺すと、引き金から指を放す。視線の先ではギルド職員が逃げ散り、茫然と佇むギルドマスターが一人――ポツねんと残されていた。

それを見て、ナセルは口の端を歪めて笑う。……別にわざと外したわけではない。巻き込まれて死ぬならそれでもよかったのだが、なんの悪戯か――ギルドマスターを一人残して冒険者ギルドは全滅してしまった。

その様に胸のすくような気分だ。……思えば居心地の悪いところだった。退役軍人の受け皿と言えば聞こえはいいが――実質はただの職業斡旋所だ。そこでデカい顔をしているだけの退役軍人たち。

そして、定職にもつかずブラブラしているだけの若者たち。……どうりでアリシアみたいなビッチがいるわけだ。奴らは冒険だのなんだのは、どーーーーでもいいんだ。

若者は楽な仕事を取り合い適当に日銭を稼いで、退役軍人どもは補助金でうまい汁を吸う。

若い女は有望な男を見つけて取り入り、あとは楽して男に永久就職《結婚して嫁になれば》すればいいとばかり。

「はっ、せいせいするぜ」

そりゃ、真面目にコツコツやっている俺が目障りなわけだ。

ベテランだのA級だのと持て囃す以上に、裏で嫉妬や陰口が飛び交っていたことを知っている。

そうだ、知っているともさ！　真面目で温厚な冒険者ナセルだと思っていたか？

――んな、わけねーだろ！　実は知っているともさ！　腐っても最前線で魔王軍と戦っていた兵士だぞ？　……鈍くて生きていけるか！

もちろん、アリシアのこともな！　そう、

(信じたかった……信じたかったんだ――)

だけど、俺が今まで真面目にコツコツやってきたのはなぁ！　一人の王国人として国に貢献するため身を粉にして働くことが国のためになると思っていたからだ！

それが、これか《異端者》!!

バンッと、胸を叩いて異端者の焼き印を示す。砲塔に足をかけて立ち上がり、ギルドマスターの前に姿を現す。

「よくもやってくれたな！」

そうだ、

「よくも全てを奪ってくれたな！」

――これがお前ら《異端者》のやり方か！

バリバリと、服を破り開けて『ド[redacted]』の呪印を晒す。醜く焼け潰れた皮膚には、くっきりと輪っかの中に十字紋。いわゆる教会十字で……、これが胸にあるということは異端者の証だ。

これから復讐する奴らには、全部これを見せつけてやる。異端者の証と『ド[redacted]』の呪印を!!

自分たちが呼び寄せた召喚獣だ。

……そして、思い知ってもらおう。

「な、ナセルぅぅぅ!!」

ワナワナと震えるギルドマスターは大剣を構えてみせると、ナセルに斬りかからんと突っ込んできた。なるほど――中々速い。剣士としては、並み程度の腕しかないナセルから見れば十分な速度と膂力だ。正面から立ち向かえば勝ち目はないだろう。

「貴様、この人殺しがぁぁ!!」

ダン！　と踏み切り、飛び上がったギルドマスターは血に濡れたI号戦車に突っかかり正面装甲を足掛かりにしてナセルに斬りかかった。

「ナぁぁぁぁセぇぇぇぇぇルぅぅぅぅぅぅ!!」

ダン！　ダン！　ダァン！　と、一歩一歩重々しい足音とともに、踏み切り、踏み切り、踏み切り────!!

────死ねぇぇぇぇナセルぅぅぅ。

そう言っているのだろう。何かのスキルが発動し、ギルドマスターの持つ長剣が発光している。

噂で聞く、剣聖の技でもぶっ放すつもりか?

だけど、

「────テメェにゃ腐るほど借りがあるぜ！　クソマスターがッ」

ジャキリ！　と、金属音も頼もしく、ナセルの手に握られているのは────ギラリと輝くスチール加工の短機関銃。こいつが、ＭＰ40《マシーネンピストーレ》だ！

「まずは、謝罪しろや────この、ボケぇぇぇ!!」

ナセルの気合一閃！　そして、気合の全自動射撃《フルオート》!!

パパパパパパパパパパパパパパパッパン！！！

ドイツ製9mmパラベラム弾が唸りをあげてギルドマスターの体を貫いていく────。

「ぎゃあああああああ！！！」

戦車に乗り上げた姿勢のままカウンター気味の射撃を喰らって、もんどりうって倒れるギルドマスター。そのままベシャリと路上に投げ出されて、冒険者の死体にまみれる。

「いい格好だな！　ええ、おいぃぃぃ!!」

ヤクザ口調で砲塔から身を乗り出したナセルは、血だまりの中でもがいているギルドマスターを見下ろすとＭＰ40を構えてとどめを刺そうとする。あれほど乱射を喰らったというのに、呆れたことにまだ息がある。……だが、それも長くはないだろう。

もっとじっくり甚振ってやりたいところだが、ここは街中。それも王都だ。

そう時間もかけられ――――。

「いたぞ！　あれだ!!」

チッ！

舌打ちをしたナセルの目に映ったのは完全武装の王都警備隊だ。――今の今まで姿を見せなかったのは態勢を整えていたからだろう。ザッザッザ!!　と、乱れのない歩調を見ればかなり前から捕捉されていたらしい。……まぁ当然だろうな。

「東門警備の一個中隊か……そこに補助の自警団つき――――。約200名……」

200名…………。

その数に、ナセルを天を仰ぐ。――あぁ、なんてこった。

「200名――――……」

………………ははッ！

「――楽勝だなッ！」

ニイィと乱暴に口を歪めると、実に狂暴な笑みをつくる。かつてのナセルを知る人なら、彼がこんな表情をするなんて思いもよらないだろう。そして、その笑みの意味など知らず、王都を荒らした暴漢を殲滅せんと警備隊が隊伍を揃えて前進開始。

それを好機と見た男が一人。

「『ドイツ軍』召喚ッ！　――――って、あの野郎ッ！」

召喚魔法陣を呼び出したナセルの目前で脱兎のごとく駆け出すのはギルドマスター。

どうやら冒険者の死体の中からポーションを偶然見つけたらしい。

「ち……まぁ、いい。あの怪我じゃそう遠くへは行けないだろうしな」

銃弾を何発も喰らったのだ。即死じゃないのは運が良かっただけ。安物のポーションじゃ血止めくらいにしかならないだろう。事実、ギルドマスターはヨロヨロと走り、ギルドの建物に籠ってしまった。……あれでどうするつもりなんだか。

「――サクっと片付けてから、じっっっっっっくり甚振ってやる」

その前に、

「出でよ!!　『歩兵一個分隊！』」

ナセルの叫びに応じるように召喚魔法陣が現れる。それはI号戦車のものよりも一回り大きく、かなりの規模のものが召喚されそうだが――――。

『集合終わり《アンゲトレーテン》！』

バシリと敬礼する軍曹の階級を付けた兵の他10名――計11名の完全武装のドイツ兵が現れた。

「軍曹、敵は増強された王国歩兵一個中隊だ。逐次援軍が来ると思う。…………全部蹴散らせ」

『了解《ヤボール》!!』

簡潔に命令を伝えればそれだけでいい。愚鈍な召喚獣なら一々指示を出さねばならないが、彼らは違う。統制され訓練され指揮された軍隊だ。

ナセルの命令を聞けば、あとは『軍曹《フェルトベーベル》』が任務を遂行する。

……あとは彼らに任せておけばいい。

さて、俺はお楽しみを始めるか――。

再びⅠ号戦車の砲塔に潜り込んだナセルは、ＭＧ13の弾倉を交換し、冒険者ギルドに照準を指向する
すると、ニィィ……と笑う。

（くくくッ。簡単にくたばってくれるなよ）

■第7話　王都警備隊ｖｓドイツ軍歩兵分隊

※　ギルドマスター視点　※

（ひぃ、ひぃぃぃいいい！！！）

ギルドマスターは死体の中を這いつくばっていた。それというのも、クズでゴミで役立たずのイカれた異端者のせいだ。そう……女を盗られた腹いせに冒険者ギルドを攻撃してきたイカれた殺人鬼。――さっさと森で殺そうと考えたのは間違いではなかったらしい。

あの野郎！　俺の最強技を鼻くそみたいにぃぃいいい!!

「くそぉ！」

手にしていた大剣の残骸を骸の中に放置して逃げ出す。無様に這いつくばる前の光景が何度もフラッシュバックして股間が緩んでしまう。……ホカホカと立ち上る湯気に、血生臭いそこにアンモニア臭が加わった。これで本日何度目の失禁だろうか。

さっきまでは、最強技でぶち殺してやるはずだったのに――ほんの少し前に立場が逆転した。

それをやってくれやがったのが、無防備に鉄の馬車からまんまと出てきた異端者ナセルだ。

そのナセルに鉄の大剣を叩き込んでやろうと、スキルを練りに練った！　あとは、得意の『縮地』と『筋力倍加』で一気に接近！　……そして、トドメは我が家に伝わる剣聖奥義――『ギガスラッシュ』をぶち込んでやれば、奴は晴れて天国の両親のもとへ行けたと言うのに!!　……のに！

（な、なんだ、あれはよぉ!?）

ジャキリと向けられた金属の塊――。そして、

「まずは、謝罪しろや――この、ボケぇぇぇ!!」

パパパパパパパパパパパパパ!!

と、竹の破裂するような音を聞いたのを最後に無様に死体の中に倒れていた。

なんだよ！　なんだってんだよ!?　何が……俺が何をした?!

全部お前がトロ臭いから悪いんだろうが！

嫁を盗られたのも、ギルドの連中に不利な証言されたのも、異端者になってからイジメ倒されたのも、ぜーーーーーんぶ、お前のせいだろうが！　俺はちょっと手を貸しただけだっつの！

ギルドマスターはその考えに囚われて、ただひたすら逆恨みをしている――と、彼なりの考えに基づいてナセルを罵倒した。

そして、心の中で散々に罵る。次は殺してやる、と――。

…………？

ん？　次？　そんなものあるのだろうか？

ふと疑問に思ったその時。

「いたぞ！　あれだ!!」

（おぉ、ようやく来たか!!）

こんな大騒ぎだ。当然衛兵が駆けつけてくるだろう。誰もがそのことは予想していた。

そして、地面を這いつくばるギルドマスターからすれば、ちょうど運よく王都警備隊が騒ぎを聞きつけたように感じたらしい。

「せいれーーーーーっ！」ザッザッザ!!

すぐさま警備隊は隊列を組むと、この「戦場」に乱入してくる。

それを見て、勇気百倍。体中激痛に苛まれてはいても、腐っても元は軍の将官で、現冒険者ギルドのマスターは飛び起きる。剣を握らなくなって随分と経つが、これくらいで死ぬほど、生半な鍛え方をしていない。だが、予想外なことを言えば、並み程度の腕しかない元召喚士など一蹴できる、そう考えていたのにこの体たらくを晒してしまったことだろうか？

まさかまさかの、蓋を開ければこれだ。

「ゲフッ！」

血反吐をしこたま吐くと、視界の霞みを感じ始めた……。失血の症状が出始めている。

（くそっ！　まだだ！　まだ死んでたまるか!!　ようやく国王にも勇者にも覚えがめでたくなったというのに！）

俺の出世が一番大事なのに！　そう言わんばかりの執念でギルドマスターは生き汚く這いずり回る。もちろん彼の目当ては冒険者の道具袋だ。

新人や貧乏冒険者はともかくとして、並み以上の冒険者なら傷薬やポーションは必須アイテム。外から戻ってきた冒険者なら使いきっている可能性もあるが、幸いにしてギルド内にいたのは、ほとんどがこれから冒険に行く冒険者たち。……そして、思った通りポーションが見つかった。

狙い通りではあったが、残念ながら見つかった物のうち中身が無事だったのは1個だけ。

「ち……！」

それも普通のポーションだ。

高級《ハイ》ポーションや、最上級《エクストラ》ポーションが望ましかったが、今の状態では贅沢と言うものだろう。

――地面に転がるポーションを血だまりの中でペロペロと舐める。

（いててて……）

酷く血の味が口に残ったが、ポーションの効果はたちどころに現れる。

妙な武器で穴だらけにされた傷がふさがっていき、血が止まる。………だがそれまでだ。

失った血は戻らないし、激痛は未だ残っている。閉じた傷も今にも開きそうだ。

「く、くそ……」

ナセルの野郎は王都警備隊に気を取られているようだ。対抗するために、新たな魔法陣を生み出しているらしい。

……チャンスだ！

ナセルが召喚を叫んだ瞬間――その一瞬を見計らってギルドマスターは走り出した。

「ッッ――――ッ！」

背後でナセルの罵倒が聞こえたが――知るかッ！　ギルドに戻ればポーションがある。武器もある。多少は冒険者も職員も残っているだろう！

それに王都警備隊がいる。チラリと見た限りでは一個中隊相当の兵がいた。

あれだけの数なら十分すぎる。

（グチャグチャにされるがいい！）

冒険者を大量に殺した異端者だ。オマケに俺まで殺そうとしやがった。許せるものかよッ！　簡単に殺してやるものか。

元将官であった権威を笠に着てでも、王都警備隊のリンチから奪い取るつもりで画策する。

ヨロヨロとした足取り。自分でも腹立たしいくらい鈍《のろ》い。だがそれでも逃げきれた。

「はぁ、はぁ……！」

ギルドの扉に手を掛けると中に滑り込む。

そのまま、受付窓口に向かい――カウンターに体を押し付け無様な格好でドスンと乗り越える。

「ぐふ……ぐほ……くそ、ナセルの野郎ッ！」

乱暴な手つきでカウンター裏の引き出しを漁り、冒険者に売り出す最高級ポーションを取り出した。いくつか零れて派手に割れてしまうが知ったことか！

「んぐんぐんぐ……ぷはー」

飲み干したとたんに体中に血が巡るのを感じる。ポーション由来ではあるが、多少なりとも血も戻るのだ。さすがに全快するほどとはいかないが、傷は全て塞がった。

あとは肉でも食って安静にしていれば元通りだが、

「そんな暇はねぇ！　ナセルの野郎をぶっ殺してやる！」

傷がふさがったおかげで元気が出たのか、ギルドマスターは憤怒の表情でギルドを闊歩する。

武器の確保と手下の募集だ。

「おい誰か――――」

声を掛けようとしてギルドを見回せば――……まー見事にすっからかん。

誰一人残っていない。

「腰抜けどもが！」

吐き捨てるように悪態をついた後、ギルドマスターは2階にある自室へ向かうと、中の武器棚を漁ると、デッカいボウガンと両手剣を持ち出し、今度こそ本気でナセルを仕留めようと窓から覗き込む――――、

「な、なんだありゃ!?」

そこにいたのは異様な集団。――灰色の服に身を包んだ角無し兜を被った男達。

手には木製の棒を槍のように構えている。

「ププ……！　ありゃ兵隊か？　なんとまぁ……」

整然と並んだ王都警備隊に比べるとなんと無様な連中だろうか。ギルドに逃げ込む寸前、召喚魔法陣の出現を確認していたので、アレがナセルの召喚獣だとすぐに理解できた。

理解できたが、……それでも困惑せざるを得ない。

なにせあんな召喚獣は見たことがない。『英雄』召喚のように、人間を召喚する術は確かにある。またはモンスターと言った既存の魔物を複数召喚する術もある。あるが……——あれほどの規模の人間を呼び出すなど、見たことも聞いたこともない。

そして、ナセルの潜んでいる鉄の馬車。

恐らくあれも召喚獣なのだろう。

ナセルは当時、腐ってもＬｖ５のドラゴンを呼び出すことのできる召喚士だった。

その練度と魔力総量を鑑みると、Ｌｖ０や１程度の召喚獣なら複数呼び出すこともできるのだろう。だが、あれはいったいなんだ!?　……疑問符を浮かべるギルドマスターの目前で戦端が切られた。

——ガシャ、ガシャ！　と重々しい靴の音を威圧的に響かせる王都警備隊。彼らは深い青色の鎧に身を包み、同系色のタワーシールドを構えて壁を作る。特に王都での反乱に備えた彼らの戦い方は、辻々に人間の壁を作り暴漢を押しとどめる事を想定して編成——。

そして、今まさにその成果を遺憾なく発揮しようとしていた。

ギルドから続く通りを盾の壁で埋め尽くし、一歩も通さない構え。彼らの背後にも視界は行き渡らず全容が、ようとして知れない。

そのため、一個中隊しかいないのか——あるいは大兵力が後詰として控えているのかを敵に気付かせないという心理的な圧迫感をも与えうる。それだけならばタダの平民でも家具を使ってバリケードを作ればなし得るが、彼らの任務はそれで済むはずがない。反乱を鎮圧することが目的なのだ。

ゆえに、彼らの盾にはちょっとした細工があった。……なんということはない、左の縁に槍掛用の窪みをわざと作っているのだ。そこから槍だけ出して、敵を貫くという――攻防一体の構えを見せるのだ。

一方でナセルが召喚した兵隊の一見して無様な様子と言ったらない……。こっそりと様子を窺っている住民から見れば……こんな風に見えただろう。

幾人かは恐怖のためか地面に這いつくばり、

幾人かは体を寄せ合い、金属の棒っこに縋《すが》り付いている。

立っている者でさえ体を家々の壁に張り付かせたり、積み上げた死体の陰に隠れている始末。

まったく統制もクソもない。

「く、くそ！　あの分だとナセルも王都警備隊にミンチにされるぞ！」

ギルドマスターとしては、それは望むところだが、ボッコボコにされた剣聖の末裔としては腹立たしい。致命傷を負わされた挙句に子飼いの冒険者を大量に殺されるわ、ギルドを無茶苦茶にされるわで、そう簡単に許せるものではなかった。第一また、鉄の馬車に隠れているのも気に食わない。

「ナセル！　そこから――」

『傾注《アハトゥング》ッ』

怒りを滲ませたマスターの声。そこに被せる者がいた。

……召喚獣の一人だ。

そいつだけは、ナセルが召喚した兵隊11人のうち一番後方にいて、偉そうに他の召喚獣にあれこれ指示を飛ばしているようだが……その動きがピタリと止まる。まるで、あの無様に這いつくばっている男達が一個の生物のように呼吸を咬み合わせたかのような感覚……。

一方で、整然とした動きを見せる王都警備隊一個中隊。

ガシャ、ガシャ、ガシャ、ガシャ――！

「「前進《マーチ》ッ！　前進《マーチ》!!」」

脚の動きに合わせて盾が軽く上下している他は、まるで動く壁だ。その威圧感たるや……。

ガシャ、ガシャ、ガシャ、ガシャ――!!

「「前進《マーチ》ッ！　前進《マーチ》!!」」

ギラギラと光る槍……。王都警備隊、暴徒鎮圧装備――――。

そいつらの先端がナセルの召喚獣に触れ……、
すううう……！

『――MG《マシーネンゲヴェーア》いいい！　撃ち方始めぇえええ《フォイアリヒトゥウウン》!!』

その一声が合図だった。それはまさに、蹂躙の始まりだった。

『了解《ヤボール》!!』

地べたに這いつくばっていた兵のうち、金属の棒っこに縋りついていた兵が威勢よく声をあげたかと思えば――指を掛けていた引き金を……。

クククン、と――カタン。

――バン。

ババババッバアッババババババババババッババババババババババッバババババババッババ！！！！

「ひぃ！」

思わず首を竦めたギルドマスター。

「ひゃあああ！」

「きゃあああ!!」

そして、家の窓から扉からコッソリと様子を窺っている住民が悲鳴をあげる。

突然雷よりもデカイ轟音が響き渡れば誰でも驚く！　当たり前だ！

「ま、魔法使いなのか連中は！」

ギルドマスターの見当違いの予想があったかと思えば、

「「あ、悪魔だぁぁ!!」」

住民たちはただただ、恐れおののく。

だが、そう見えても仕方がないだろう。なにせ、ナセルの召喚獣たちの咆哮はまさに魔法のそれだ。いや、魔王の咆哮だ――――！

そして、その威力!!　窓から覗く人々の目前では信じられない光景が繰り広げられていた。

カキンッ！　パキィ……!!

這いつくばる兵の魔法が炸裂したらしく、盾を構えた王都警備隊が――――、

「「ぎゃあああああ！！」」

「ひ、ひぃ!!」

「た、盾が！　盾が貫かれる‼」

「腕が、う、腕がぁぁぁぁ‼」

――――なぎ倒されていく⁉

バタバタと！

バタバタ、バタバタバタと！

それはもう圧巻。何が何やら、わからない⁉

まるで見えない死神の鎌ででもあるかのように、横へ左へ右へとうねるように隊列がなぎ倒される。

その余波は後列の警備兵をも巻き込んでいき…………あっという間に、そう、あっという間に……――中隊の中核であった王都警備兵の正規部隊は全滅。隊列の奥の方で、一人軍馬に騎乗していた指揮官もどっかに消えてしまった。逃げたのではなく、魔法によってズタボロにされてしまったのだろう。

あ、あれはまさに……。

さっき、鉄の馬車の咆哮とともに、冒険者たちを皆殺しにした魔法攻撃だ！

「ば、化け物め……！」

ドラゴン召喚士《サモナー》であった頃のナセルも確かに強力なドラゴンを使役していたが――……これは違う。これはタダの召喚獣ではない！

ドラゴンなら強く猛々しく――等しく生物を畏怖させる何かがあり、それに対抗する気など起こさせない。そして、ソレを知っているがゆえにドラゴンと言う生物には、人に対する優越感からくる手心があった。……そう、そうなのだ、……ドラゴンは寛大だったのだ――――。

だが、コイツらと来たら……ナセルの召喚獣どもと来たら！　――人を殺すことに慣れすぎている。

まるでそれが仕事と言わんばかりのぉぉぉぉ！！！

「「「ぎゃっぁぁあああ!!」」」

ある程度、掃除が終わったとでも言うのだろうか。唐突に轟音が止むと、地面に這いつくばっていたナセルの召喚獣たちがガチャガチャと金属音を立て始めた。

『弾切れです《オウスデスクーゲル》！　援護願います《ビッテカプトミァデコン》！』

『わかった《ファシュタンドン》！　総員小銃射撃用意《アーレメナーゲヴェーアフォバハイトゥン》！』

『『『了解《ヤボール》！』』』

一見して隊列も取れていない兵かと思えば……そうではない。そうではない。そうであるはずがない！　こいつらの有様は、そうだ……。全て散兵戦術だ。

（な、なるほど……！）

彼らの戦い方は、同じ武器に対抗するためのそれだ。あの魔法攻撃から被害を局限するために、彼らは遮蔽物を盾に分散しているのだろう。

ギルドの陰から様子を窺っていた将官経験のあるギルドマスターは短時間でソレを看破した。

――看破したが……。それが何になる?!

ガチャ、ジャキキキ！

鉄と木の混じった棒を構えた兵士《ナセルの召喚獣》たち。一種、それはそれは美しい姿と形を取る彼らに向かって——、現場指揮官らしき召喚獣の一人が兵に合図を下す。

『……———撃て《フォイア》!!』

バババンバンバンバンバンバン！

指揮官の合図とともに、伏せたり隠れたりしていた兵が一斉に起き上がり魔法を放つ。

その精度は情け容赦のない正確無比なもので、壊滅した正規部隊の後方で震えあがっていた自警団などの二線級部隊を次々に撃ち倒していく。

『続けて《ネイスト》撃て《フォイア》、——各個《フォイア》自由射撃《フライ》！』

ババッババンババッバンバッババン!!

ギルド前の道はあっという間に死体で埋め尽くされていった。

そして、仕上げと言わんばかりに——。

『MG《マシーネンゲヴェーア》　装填完了《ラーデンアプゲシュロセン》！　撃てます《イッヒカィンシーセン》！』

よし《グート》！

『撃てええ《シィィィセン》!!』

バァン———……。

バンババッバババババババッババババッババババッババババッババババ！！！！

指揮官の号令に従い、あの恐ろしい魔法使いどもがその狂おしいまでの魔法を練り上げて、憎しみの炎をこれでもかと吐き出した。時折まじる光の槍のようなものが死体の山を切り裂き――その直線上の王国軍の体を真っ二つに千切り取る。

「「うぎゃぁっぁぁあああ!!」」

右に左にと死の嵐がまるで死神の鎌の如く、兵の命を収穫していく。

『いいぞ《グート》！　良いぞ《グート》！　殲滅しろ《ファイニィヒトゥン》！　分隊《グルッペン》は再装塡《ナッハラーデン》、MGの弾切れと《ゲヴェーア》銃身交換に備えろ《フォヴァハイトゥン》！』

既に壊滅しているというのに、彼らはまだまだ刈り取るつもりだ。

それこそ落ち穂を拾うが如く――――。

「ひぃぃぃぃい！」

「ぎゃああああ！！！」

「た、たたたた、助けてくれぇぇぇ!!」

血まみれ！

臓物！

骨片!!

死体、死体、死体、死体、死体未満、死体、死体！！！！

もはや精強なる王都警備隊はどこにもいない。そこにいるのは地面に染みになった小汚い死体か、呻くだけの死体未満。そこにトドメと言わんばかりに、

『手榴弾《グラナート》――――投擲《ヴォウフ》ッツ』

指揮官の合図に従い、複数の兵がジャガイモ潰し器《ポテトマッシャー》のようなものをブン投げる。

ヒュンヒュンヒュンヒュンヒュン…………カン、コン――――。

ヅバババババァァァァァァァァン!!

「あああああああああああああ!!!!」

「ぎゃあああああああああああああ!!!!!」

生き残ってジッと息を殺していた者や、勇敢にも立ち上がろうとした者――。

逃げようとした者、よくわかっていない者――――。

ボォォォォン!!　と、そいつらがまとめてぶっ飛んでいく。

抵抗?

防御?

鎧??

――関係ねーーーーーーーよ!?

バラバラバラーーーと、臓物とか手足とか目とか色々吹っ飛んで、もうグチャグチャだ!!

「ひひひひぃぃぃぃぃぃぃ!!!」

「ばばばばば、化け物だぁぁ!!」

そして、もはや烏合の衆と化した自警団などの二線級部隊。たまたま手榴弾の破壊圏から逃れてはいたものの、戦う勇気など最初から持ち合わせていない。

おまけにこの惨状だ!!

数合わせと賑やかしのためだけに呼ばれたような彼らには、踏みとどまる勇気も義理も人情もないッ！　――知るか、ぼけぇ!!　とばかりに、彼らは一刻も早く逃げ出すべく道をひた走る。

だが、この大騒ぎだ！

その途上で、応援に駆けつけた別の王都警備隊と激突して――――もう無茶苦茶だ！

「――む、無茶苦茶じゃねぇか！」

頭を掻きむしるギルドマスターに向かって声をかけるのはナセル。

「……そうだ。無茶苦茶だ。無茶苦茶なんだよ!!　――だから無茶苦茶にしてやるよ！」

ええ、ごるぁああ!!

ナセルから憎しみと怒りの籠った眼を向けられて、ギルドマスターは怯んでしまう。

■第8話　冒険者ギルドをぶっ潰せッ!!

戦車の後方では派手に戦闘が繰り広げられているらしい。

『軍曹《フェルトベーベル》』の威勢の良い号令とともに、阿鼻叫喚の地獄絵図が生み出されているのだ。その結果には毛ほども興味はない。……こんな国など消えてしまえばいいのだ。

そして、まずは――――。

「てめぇだ!!」

啖呵を切って最後通牒。

――無茶苦茶にされたのだ。

人生を……。

誇りを……。

家族を……。

俺の大事な人々を……。

未来も、将来も、先行きもなくなり――――。

大事な、大事な、ナセルのドラゴンさえ奪われた。

だからさ――――……。

思い知らせて何が悪い。全てに復讐をして何が悪い。

「――何が悪い！！！」

空に吼えるナセルに対し、それを全否定する無粋な一発が……。

バキィン！

――と、盛大な音を立てる。

見れば、砲塔に巨大なボルト弾が当たって火花を散らしつつ跳ね返っていた。

何事かと思えば、ギルドマスターの奴が大型ボウガンを構えてナセルを狙っているじゃないか。

ほぉぉぉぉ――……。

じょー、

「――等じゃねぇか！」

「ッッ!! くそ、外した……！ ナセル！ てめぇぇやり過ぎなんだよ!!」

ハッ??

はぁぁぁぁぁ!?

あああん、ごらぁ!?

おいおいおいおいおいおいおい、お〜〜ぃ！

なぁにが……。

――何《なあに》がやり過ぎだ、このボケェェェ!!

「テメェが言うな！！！」

ガシャキ！　砲塔に潜り込むと、すぐさまクランクハンドルを回し、砲塔を操作し仰角をとる。

クゥイイイン……と、MG13《重機関銃》をギルドマスターに指向した。

――正確には奴がいる部屋だ。

照準の先にて、奴が慌ててボルト弾を再装塡しているのが見えたが……。間に合うかっての！

つーーーか、効くか、ボケ!!

――はっはっはぁぁ!!

「簡単に死ねると思うなよ!!」

「ひぃぃぃぃぃ！」

散々、機関銃の威力を見せつけてやっただけに次に何が起こるのかを理解しているのだろう。

すぐに頭をひっ込めるギルドマスター。だが関係ない。

その薄っぺらいギルドの壁で――――――……機関銃が防げるかッ！

「死ねッ、クソギルドマスターが！」

ナセルは大雑把に狙いを付けると引き金に指を掛ける。

そして、一拍の後――その指が、ククン……と、引き金を引くと、
ガァン――――……。

ガンガガッガガガガガッガガガッガガガッガガガガッガガガガ!!

ナセルの怒りを代弁するが如く、MG13の銃口からは7・92mm弾がこれでもかと吐き出される。

一発一発が全ての恨みだ、怒りだ。兵も戦車もナセルの召喚により生まれたもの――。

これはまさしく怒りなのだ。そうだ！　これはまさしく、恨みで怒りなのだ!!

「しぃぃぃねぇぇぇぇぇぇぇ！！！」

ガガガガッガガガッガガガガッガガガ!!

銃弾が当たる度に木と石組で作られた冒険者ギルドが穴だらけになっていく。

パラパラと舞い散る土に木材。

そのうち……。ズゥゥゥゥン……！　と、何発も撃ち込んでいけば、破壊に耐えきれなかった正面の壁がすっからかんになった。

まだだ！　まだまだだぁぁ!!

次ぃ!!

ガガガガッガガガガガッガガガガッガガガガ!!

弾倉を交換して撃ちまくれば今度は屋根が抜けた。

ガラ、ガラガラッ……ドゥゥン――――……。

エンジン音と銃撃の合間に、確かに中から悲鳴が聞こえた。

「(ひゃあああああ!!)」

いいぞ、いいぞ。

はっはっはぁぁぁ！

まぁぁだ、生きてるよなぁぁ――弾倉交換っと、

「まだまだぁぁぁっぁぁ!!」

ガンガガッガガガガガガッガガガガッガガガガッガガガガッガガガガ！！！

撃ちまくりに、撃ちまくる。

ズズズ……ドッスゥゥゥン！！！

そのうちに2階が抜け落ちた。ボファァァ……！　と盛大な音とともに砂埃が立ち昇る。

あれでは建物の下にいた者は全員まとめて潰れているだろう。もっとも、この状態で建物に残っているのは——アホのギルドマスターくらいか。利に聡い冒険者ならとっくに逃げているだろうし、ギルド職員にも、ギルドとともに殉職する意思などあるはずがない。

あの瓦礫の下にギルドマスターが一人で埋もれていると思うと……。

あーーーーーーいい気味じゃぁぁぁ！！！

昔の職場……。

俺をはめて殺そうとした職場……。

汚物を投げて殴り蹴られた職場……。

そして、アリシア《クソビッチ》と知り合った思い出の場所————。

セイセイするわッ！　消えてなくなれぇ！

「おらぁぁぁ！」

最後に、ガガガガガガガガガガン、と弾倉に残った弾を全部叩き込んでやると、四隅の柱も砕け散ったのか——おもちゃ箱の箍《たが》が外れたように四方の壁が外側にバターン！　と倒れて冒険者ギルドは吹きっ晒しになった。

ははは！

見ろ、まるでゴミ箱のようだ!!

だけどよぉぉぉぉ……。これで死ぬタマじゃねぇだろッ。あぁぁん!?　クソマスターめが。

剣聖の末裔の根性見せてみろや!!

ナセルはギルドマスターがこれしきで死ぬような男には思えなかった。

そして、その確信があったからこそギルドをぶっ壊してやった。

さぁ、あとは仕上げだ!!

「軍曹《フェルトベーベル》、戦車を前へ《パンツァーフォー》」

『了解《ヤボール》』

操縦手たる軍曹に命じると、バリバリ！　とギルドの成れの果てを踏み潰しながらナセルは戦車にて乗り込む。とたんに、木材やら石組が崩れて無茶苦茶になっているが、ギルドマスターを仕留めた手ごたえはない。だから、炙り出すように丹念に戦車の履帯で轢き潰していく。

６ｔの戦車だ。

木片や人の手で組んだ石組などボロボロに踏み潰す。

時々、瓦礫を噛んで履帯が詰まりそうになるが、エンジンの轟音はそれを乗り越えていく。

そして、ついには全ての瓦礫をぺしゃんこにして冒険者ギルドを更地にしてしまった。

残すは――――。

「はは……!!　あれか――」

ポツネンと瓦礫の山に残った金属の箱……ギルドの売上金を納める金庫だ。これは基部に固定されているため持ち出すこともできない不動の要塞。人が優に2、3人入れるほどで、中にはお金以外にも貴重品や重要書類がギッシリ詰まっているのだろう。

そして、今まさに――中からは人の気配が色濃く漂い出ていた。

「はッ。ギルドマスター様の最後の家か？」

ガコンとハッチを押し開けると、ナセルはケリをつけに向かう。手にはMP40を持っているが
……さすがに鋼鉄製の金庫には効かないだろう。

だが、

「よう？　居心地はどうだい？」

ゴンゴンと外から叩けば、中からくぐもった悲鳴が聞こえる。

「(な、ナセルか?!　ううう……お、俺が悪かった！　だからもう許してくれ！)」

「悪いな……良く聞こえない」

ジャキリ。

「ノックしてみるか？」

パパパパッパパパパパパパパパパパッパパパパパパパパン!!

MP40の9mm弾は快調に連射を叩き出す。

その全ては耳障りな反跳音を立てて跳ね返されるも、中にいる人間からすれば恐ろしい振動だろ

う。鍋を被ったところをハンマーで連続で叩かれるようなものだ。想像しただけでも頭痛がする。

「(ひぃぃぃ!!　や、やめてくれ！！！)」

「はぁ？　はあぁぁぁ!?　やめてくれダァ？　……お前よぉぉ――……俺の身に起こったことで何か一つでもやめてくれたことあったのか？」

「(おおおおお、俺は反対したんだ！　本当だ！　だけど、国や教会の圧力もあって――)」

「――……ふ。…………嘘をつくんじゃねーーーー!!!」

ガキィン!!　ＭＰ40を棍棒代わりにして思いっきりブッ叩く。

それくらいでは小揺るぎもしないが、中の人間には派手な音がしてさぞ驚くだろう。

「――テメェのせいで、コージがうちに来た！」

「(そ、それは――お前の将来を考えてだな)」

ガキン、ガキィン!!

「――アリシアとコージがヨロシクやってたのも知ってたんだろうが！」

「(よ、よせよ！　それはお前の女房の扱いが――)」

ガッツッキィイイン!!!

「――やかましいわ！！！」

「(や、八つ当たりだろうがそれは!!)」

ガンッ――。

「だったら何だってんだ!!　俺を殺そうとしたのは事実だろうがッ！」

「(ぐぐぐ……大人しく聞いていればいい気になりやがって！)」

手元のMP40は既にボロボロ。もはや鈍器にもなり得ない。だが、これも召喚獣の一種らしい、ポイッと捨てれば光の粒子になって消えていく。

「オマケにギルド中でグルになって俺の悪評をばら撒いた挙句――！　散々コケにしてくれたよなぁぁぁ!!」

「(………あ、当たり前だ！　当たり前だろうが!!　お、お前はクズだ！　異端者だ!!

…………だ、誰がテメェの話なんて聞くかーーーー！)」

中で叫べば自分だって苦しいだろうに、それでも逆ギレしたギルドマスターはナセルを罵倒する。

「(手も足も出ないくせに、わけの分からん召喚獣を連れてきたくらいでいい気になるな！　国が本気になればなぁぁ)」

「――教会や騎士団……そして、勇者が出てくるってか!?　上等だ!!」

むしろそれを望んでんだよ!!

ゴカァァアン!!　と、苛立ち紛れに思いっきり蹴り飛ばしてやる。

はッ――教会に騎士団に勇者がどうした？　……上等上等ぉぉ、望むところだ!!

「(……おらぁぁ！　どうした！　俺を殺してみろよ～)」

内部でギャハハハハハと笑う声まで聞こえてくる。金庫が破壊できないと思って余裕でいやがるらしい。だが、甘いんだよ……。

「あ～おーあー、殺してやるよ。そろそろテメェの、くそダミ声も聞き飽きたぜ」

「(ほざけッ)」

今のうちに吼えてろ。手も足も出ないってか?

……舐められたもんだよ。だから、目にもの見せてやる――――。

「来い!!　『工兵一個班!』」

ナセルの叫びに応じるように召喚魔法陣が現れる。

歩兵一個分隊を呼んだ時より遥かに小さく――……。少数の規模の者が召喚されたらしいが、

『集合終わり《アンゲトレーテン》!』

バシリと敬礼する軍曹の階級を付けた兵の他5名――大量の荷物を担いだ、完全武装のドイツ兵が現れた。彼らは、背嚢の他に、胸の前に雑嚢まで持っている。

特殊なところでは小銃を持っているものの、それよりも目立つのは大型のスコップだろうか。

なんというか……兵隊というよりも、現場の土工と言った雰囲気がする。

「軍曹、コイツをこじ開けてくれ」

『了解《ヤボール》』

バシリと敬礼をしたあとキビキビと動き出し、あれこれと金庫を触り始める。

「(お、おい!　何をするつもりだ!　いい加減諦めろ、このクズ野郎!)」

せいぜい言ってろ……。

『報告します!　3kg梱包爆薬による爆破、……または成形炸薬による爆破が可能です』

律義に敬礼する彼の言葉を吟味する。

「成形炸薬というのは？」

『はッ。これであります』

工兵隊軍曹が取り出したのは、背嚢に仕舞われていた金属製の漏斗《ろうと》のお化けみたいなやつだ。

『これは指向性爆破薬であります。固定した方向に向かって高熱のジェットを吹き出し、分厚い装甲を溶かして穴を開けることが可能です』

ドイツ軍工兵器材。成形炸薬筒。

これは、爆薬にすり鉢状に溝を付けたことにより、高熱のジェット噴流を生み出し指向性を与えて焼き溶かす爆薬である。ドイツ軍では、ベルギー侵攻の際に、エバン・エマール要塞攻略時に空挺部隊が使用して大きな成果をあげている。

と——ツラツラと工兵が器材の説明をするが、ナセルには半分も言葉の意味は理解できなかった——。できなかったが……。

「ほう……溶かすのか」

それは良いことを聞いたと言わんばかり。

ニィイと凶悪に顔を歪める……。多分子供が見たら泣く顔で——。

「ならばそれで行こう」

『了解《ヤボール》！』

※　ギルドマスター視点　※

その頃、ギルドマスターは金庫内で震えていた。

彼の周りには溜め込んだ財貨が大量にある。

もちろん、これはギルドの金でギルドマスターのものではないので、ギルドの長とは言えど好きに使えるわけではないが、そこはそれ――ちゃんと裏帳簿をつけて、せっせと私腹を肥やした金もある。

この金の中には、ナセルを売り渡し、アリシアの軽いケツをくれてやった謝礼として勇者からたんまり貰った礼金もある。

……さらには、金だけではなく多数の貴重なアイテムが保管されており、ギルドマスターの家が伝える先祖伝来の由緒正しい剣聖の使っていた刀もある。

この刀はギルドマスターの腕では使いこなせないが、装備するだけで能力は上昇し、伝説のスキルも使えるというとんでもない代物だ。もっとも、今のへたれた剣聖の末裔たるマスターが使おうと思えば、せいぜい一度きり。魔力を使い尽くし、次の使用には時間をおかないと使えなくなる。

スキル名は、剣聖闘気《ソードマスターオーラ》という、まんまのそれ。だが、名前の割に能力は優秀――一時的に身体能力を限界値まで上昇させる効果がある。最悪、それを使ってナセルを討とうかと考えたが、ナセルの召喚獣は数が多い。彼奴《きやつ》に到達する前に力尽きるのは目に見えていた。

――それにしても、ナセルの野郎!!

さっきから引っ切り無しに建物の崩れる音が聞こえていたかと思うと、あの鉄の馬車が周囲を走り回る音が響き始めた。

何をしているのかよくわからないが、小さな空気穴から見る限りでは土埃しか見えない。幸いにも、この金庫はドワーフ謹製。特別に仕上げた頑丈なつくりだ。ドラゴンの炎でも焼けず、ベヒーモスが踏んでも凹みはしない。入り口を開けて出入りする以外に、この金庫を害することは絶対にできない！　ゆえに、建物が崩壊してもこの金庫だけは無事だろう。とっさの判断としては悪くなかったと思うが……。

――逆に言えばここから出られないということ。

「う～む……」

じっと息を殺していても、あのナセルが見逃すとは思えない。それだけの執念と怨念を感じた。

「ぐむむ、どうしたものか。……あの野郎ぉ！」

将官職を退《ひ》いてから、国の補助金で運営される準軍事組織である冒険者ギルドのマスターに収まることができた。

……仕事は実に簡単。偉そうにふんぞり返って職員に指示するだけ。

あれをやれ、これをやれ。……それだけで十分だった。あとは職員と冒険者が勝手に働いてくれる。モンスター駆除に、薬草採取、護衛に盗賊退治。

軍隊が魔王軍の戦争にかかりっ放しなので、前線から離れられないのだ。そのため、国内での仕事はいくらでもあった。ギルドマスターからすれば冒険者の仕事は実に楽で簡単で気分のいいものだ。退役軍人の所属も多く、彼らはそのほとんどが元将官のギルドマスターを敬った。

おかげで信頼のおけるギルドマスターとの専《もっぱ》らの評判だ。

だが、それも――――全て消えた。

子飼いの冒険者も、気心の知れた職員も、そして、俺の城《冒険者ギルド》も……。

くそ！

くそ、くそッ！

くそくそくそぉぉおおお!!

もう少し、もう少しで――もっともっと稼げたはずなんだ！　尻軽女を一匹、性欲猿《勇者》に宛がうだけで俺は勇者のお気に入りになり、優秀なギルドマスターとして名を馳せるはずだったんだ!!　うまくいっていたんだ!!　……そうだ！　うまくいっていた！

……いずれは元老院に入ることも！　それ以上の地位や名誉だって!!

そ、そ、それをあの野郎ぉぉおお!!

ナセル！　ナセル！　ナぁぁぁセぇルぅぅぅううう!!

大して強くもないくせに！

ドラゴンが召喚できなければカス同然のくせに!!

若い嫁を貰って満足しただろ!?　お前にゃもったいない女だ！

あとは、死ね!!

一人で、死ね!!

さっさと死ねぇえええ!!

悔しくて、腹立たしくて、やるせなくて――狭い金庫の中で地団太を踏んでいると、
ギャラギャラギャラギャ………ギキィィイ!!

――鉄の馬車の咆哮が止んだ。

ガシャン、と瓦礫に降り立つ音。

ジャリ、ジャリ、ジャリッ――と、瓦礫の上を誰かが近づく音。

確認せずともわかる。……今この場で縦横に動けるのはナセルだけだ。

「(よぉお! くそギルドマスター!!)」

ガン!! ガン、ガン!

乱暴に金庫の外壁が叩かれ、当時に外からナセルの喚き声が聞こえる。

棍棒のようなもので執拗に叩かれているのが嫌でもわかった。

(くそ! ふざけるなよ……! 異端者になって人生終わったクソ野郎が! 俺の華やかな老後の邪魔をするんじゃねー!!)

あれほどいた冒険者も王都警備隊もナセルの暴走を止められない。奴の余裕そうな態度からして……とっくに全滅しているのだろう。

くそ!

クソ!

クソぉぉ!!

外からガンガン叩かれ、それに言い訳しかできない自分が見苦しい。あまりの恐怖に失禁し、金

庫内は異臭に満ちていた。ギルドマスターはさっきから恐怖に耐えきれず、ジョボジョボと尿を漏らしていたのだが……。ぐぅぅ、本日何度目かわからない！

だ、だがなぁぁぁあ！　ま、まだだ！　まだ脱糞まではしていない。していないぞぉぉお!!

どーだ、まいったか！

「手も足も出せまい！　バーーーーーーカ」

挑発するギルドマスターに、外で喚くナセル。

「（──教会や騎士団……そして、勇者が出てくるってか!?　上等だ!!）」

はッ！　そうだよ！　その通りだ！

教会の神殿騎士団に、国王直属の近衛兵団！

そして、勇者コージがいる!!　かなうと思ってんのか！！！

それに見ろ。ナセルはナセルで手も足も出ないようだ。……叩けど叩けど、そんなものでドワーフ謹製のこの鋼鉄の金庫が破れるものかッ。

そのことに安心したのか、ギルドマスターはナセルの安い挑発に思わず乗ってしまう。

「おらぁぁ！　どうした！　俺を殺してみろよ～」

──ギャハハハハハ！！！

やれるもんならやってみろ！

ここで隠れていれば、そのうち騎士団だの、勇者だのが来る！　俺の勝ちだ！

「（あ～おーあー、殺してやるよ。そろそろテメェの、くそダミ声も聞き飽きたぜ）」

「ほざけッ」

好きにほざいているがいい。

そのうちに金庫を叩く音がしなくなったかと思うと、一瞬諦めたのかなと期待した。

しかし、それはすぐに裏切られた。

なにやら複数の気配を感じると、ゴソゴソと外壁を探られているような気配。

（な、何をする気だ？）

ちらりと四方に設けられている空気穴から外を窺うと、ゴソゴソ動く黒衣の兵が見えた。なにやら探っているようだが、どうにも嫌な予感しかしない。ついには、ゴトン、ゴト……と重い金属がぶつかる音とともに、外の人の気配がなにやら言っている――。成形炸薬がどうのこうの……。

――せいけいさくやく？

「（よぉクソマスター。今からじっくりローストしてやるぜ）」

「あ!?　やれるもんならやってみろ！　ドラゴンがいなけりゃ何もできないカス召喚士《サモナー》が！」

「（ははは！　もうドラゴンはいない。…………お前らに奪われたからな――あるのは俺の憎しみの体現さッ――――やれぇ!!）」

『（了解《ヤボール》）』

ナセルの号令が響いたかと思うと――。

『（3《ドライ》、2《ツヴォー》、1《アインス》――点火《ツゥドゥウン》ぁ!!）』

はッ？

『(爆発するぞぉ《フォオレデコォン》！　伏せろぉぉ《ヒンレェーゲン》!!)』

な、何を!?

ギルドマスターが疑問を持ったその瞬間――――。

ブシユゥウウゥ！！！！

突然金庫の中の気温が猛烈に上昇し始めた。

そして、あっという間に扉にあたる分厚い部分が真っ赤に焼けていく。

な、なななな!?

ま、まるで熱した鉄板のように――――。

「あ、アヅ！　あづづづ!!」

ブシユゥゥゥウウウウ!!

(ば、ばかな!?　焼け――……溶けているだと!?)

「あづあぁぁぁぁ！！」

や、やばい!!　……死ぬ!?

ふ、ふざけろぉぉおお!!

ここに至りギルドマスターは本気を出す！

「うおおおおお!!」

金庫室に保管している剣聖の刀。それを一挙手で抜き放つと――。

「剣聖闘気《ソードマスターオーラ》！！！」

カッ――――！

金庫室でギルドマスターの体が輝く。

そして、筋力、防御力、魔力、魔力耐性などがみるみる上昇していく！

うおおおおおおおおお！！！

だが、

――ブシュゥゥウウッ!!

突如、金庫室を破って吹き出してきたまっ白な炎!!

それがギルドマスターの視界が最後に見た光景だった。

あとはまるで太陽のように焼けた熱線が金庫の壁を溶かして貫いてきた。

――――ッ!!

――――ッッ!!

「ぎ――――ゃぁ――――ッ!!」

（い、息が……ぐぁぁぁぁぁぁ――）

噴き出してきた熱線が目を焦がし、内部の貴重品や金貨が燃え溶けていく。

そのおかげであっという間に狭い金庫内の酸素は消化し尽くされ、肺を押し潰した――。

だが、一瞬で焼き尽くされないのは、さすが剣聖闘気《ソードマスターオーラ》といったところか？　皮膚を少しばかり焦がすも、上昇した身体能力が熱線のそれらを防ぐ。

防ぐが――――これは鉄を溶かすジェット噴流だ！

あづぅぅぅうううううう！！！

ブシュウと目玉が沸騰し、弾ける。むやみに能力が上昇しているものだから即死できないだけ、なお性質《たち》が悪い。そして、

（目がー目がぁぁ）

ブクブクと泡を吐き、沸騰した目玉のまま白目を剝いたギルドマスターは——ブリブリブリィ!!　と脱糞をして意識を失い金庫の床に倒れる。その横で高熱ジェット噴流によって焼け溶けた鉄が、金庫の縁に流れ込み入り口を封鎖してしまった。

それは二度と開かない、開かずの金庫の出来上がり。

肺と喉が潰れた状態で気絶したギルドマスターは多分、それこそ伝説のドワーフにでも解体してもらわない限り、一生金庫から出ることはできないだろう。

死ねればまだ良かった。だが、彼は選択を誤った……。

ギルドという老後の職を手に入れたはずの小役人——ギルドマスターの最後は、狭い金庫の中で名剣や財貨とともに蒸し焼きにされるという悲惨なものだった。地獄の沙汰も金次第——。

「老後のためにシコシコ溜めた金と一心同体だ。本望だろう？」

フリークエストを受注した際、ゴロツキどもから巻き上げた銀貨5枚。

ナセルの命の値段だ。

「釣りはとっとけクソ野郎」

実際に中からは糞便の匂いが色濃く漂っている。それを塞ぐように空気穴に銀貨をしっかりとは

め込んでやる。それはまるで誂《あつら》えたかのようにピッタリと空気穴の中に収まった。

……最後に成形炸薬のジェット噴流で開いた小さな孔にもきっちりと銀貨をはめ込む。

「足りたな、銀貨５枚——きっちり払ってやったぜ？」

ナセルをはめて自身の保身を図り————命を奪おうとした老獪……ここに閉じ込められる。

内部から漂う糞尿の匂いが中の悲惨な様子を物語っていた。

ははははは！　良い気味だぜ！

クソギルドマスターは本当に糞ギルドマスターになりましたとさ。

「どうだいクソの味は？　俺も投げられ食わされたよ。糞ってのはよぉ……クソのような味がするんだぜ？　ええ！　クソギルドマスターよぉぉ！」

もはや語ることも——言い訳も罵倒も逆ギレもできないギルドマスター……改め、金庫のクソ溜めにナセルは吐き捨てた。

老い先短い将来だ！　一生そこで安全に糞でも食って暮らしていろ!!

——はっはッぁぁ！！！！

すぅぅうう……。

「——ざまぁぁぁぁぁぁあああああ！！！」

ああああはははははははははは!!

ひとしきり笑うナセル。そこで顔を歪めると、ポツリ——、

「まずは一人————……」

殺してやるつもりだったが、これはこれでいい。……いいじゃないかッ!?

そうだ、そうだ、そうだとも!!　簡単に殺してやってはつまらない！　満足できない！　殺され、焼かれ、辱められ、攫われたんだ。

俺と、俺の家族と…………大事な人達と同じ目に――――いや、もっと悲惨な目にあわせてやる！

待ってろよ……勇者コージ。

そして、そして……――――愛しい愛しい俺のアリシアぁぁ!!

■第9話　悪徳の教会

リンゴーン……。

リンゴーン……。

厳かなる空間。

巨大な聖女の像を祀る大神殿の中に鐘の音が鳴り響く。朗々と響く音は神殿内の聖堂部分の空気を震わせていた。その内部で鐘の音を聞くともなしに聞いているのは複数の教会関係者で——。

「暴徒ですか？」

「はッ、恐らくそうではないかと——」

聖堂内で報告を受けるのは、王都付神官長だ。その居住まいは豪華な法衣に身を包んだ神官のもので、細かな刺繍で金色に縁どられている。

彼に対して向き合うのは、直立不動の姿勢を取る神殿騎士。その騎士は質実剛健を絵にかいたような装備に身を包んでおり、その纏う空気からは堅物の印象しか受けないだろう。

そして、そんな彼から報告を受けた時、王都付教会本部神官長は思わず首を傾げていた。

ここは王都の南端に広大な敷地を持つ教会本部。——大神殿。聖女の像を祀る聖女教会の王都における最大拠点だ。そこはやたらと天井の高い平屋構造の巨大な建造物で、内部には参拝者を見下ろす聖女の像が収められている。

一見して集合住宅程度ならスッポリと収まりそうなほど内部は広く、そして高い。……巨大な聖女像を祀るため、見事な建築技術で築き上げられたそれはアーチ構造を描いているのだ。

それは職人技で組み上げられており、天辺に向かってカーブを描きつつも頂点で見事に応力を調和させていた。

そして、今はその広大な空間にもかかわらず、聖務の隙間時間であるため、だだっ広い礼拝堂には神官長と神殿騎士――そして護衛を兼ねる数名の拷問官しかいなかった。

それにしても――……暴徒？

「それが私と何の関係が……」

至極もっともな問いかけに、

「――そ、その、例の異端者であります」

例の異端者と聞いて、神官長は「はて？」と首を傾げる。

「お忘れですか……？　監視せよとおっしゃったではありませんか……」

困ったなといった雰囲気の神殿騎士は、取りあえず補足の説明をする。

「例の――――勇者の子を身籠ったビッ……女性の元夫《もと》ですよ」

勇者の子と聞いて、ようやく合点がいったらしい神官長は、

「あー！　あの召喚士ですね。……ふむ？　力を失った召喚士が暴徒になったと？」

「はい」

ふむ……？　神官長はますます首を傾げる。

「確か召喚の呪印は焼き潰したはず……ドラゴンは呼べないはずですが？」

「それが詳細までは……。見張りに使っていた小者も逃げたか、何かで行方知れずです」

「ふむ？　それほど心配いらないでしょう。あれ程の目にあったのなら、大抵は自殺するか短絡的な考えで世に報復に走るものです」

そう。それが狙いだ。……異端者と言えど、一度は赦し――教会の慈悲を世間に示す。

だから異端者は自殺するか悪党になって世に反旗を翻《ひるがえ》すかのどちらかだ。

自殺すれば、それはそれで面倒はないし、悪党になればなったで殺す大義名分を得ることができる。いや、それればかりか、ますます異端者への風当たりが強くなり取り締まりが強化される。

どっちにしても教会に実害は少ない。

「それが……未確認ですが、先ほど入ってきた情報ですと、その……例の異端者によって冒険者ギルドが壊滅させられたとか」

「はぃ？」

な、何を言っているのだこの男は？

「ど、どういうことですか？　冒険者ギルドは準軍事組織……並みの自警団よりも遥かに強いはずです。それにギルドマスターはクズですが、あれでいて……剣聖の末裔ですよ？」

簡単にやられるわけがないでしょうが……。

そう言って胡乱な目を神殿騎士に向けると、

「しょ、詳細までは――――」

語尾を濁して、冷や汗を掻く神殿騎士。しかし、それも長く続かず――……。

だだだだだだだ！　――――――ばぁん!!

神殿騎士と神官長が首を傾げている所に、物凄い勢いで飛び込んできた者がいた。

そいつは教会本部の正門守備を担当する部隊長だった。その勢いに反応した拷問官たちが一斉に武器を構えるも――。一瞬でシンと静まり返る場。……そして、それを破ったのもやはり闖入者だ。

「し、神官長！　き、きききっき――」

「落ち着きなさい……神は静謐《せいひつ》を尊ばれ――」

「緊急事態！　い、異端者が攻めてきました！」

「――ますぅうう……。ん、何だって！！！？？」

この場で一番驚いて、一番でっかい声を出す神官長。しかし、取り繕う暇もなく、
ヒュルルルルルルルルルル…………………――。

何かが空気を切り裂く音が――、……ズドォォオン！

「ひぃ！」

「ひゃああ！！！」

お互いに抱きつく神官長と神殿騎士。拷問官たちも右往左往。

「なななななん、何事ですか！」

「おおおおお、落ち着いてくださいい神官長！」

これが落ち着いていられるかと言わんばかりに、ゼロ距離で密着した男子と男子がピョンピョン飛び跳ねる。

しかし、無理もないだろう。

愉快な二人と、恐ろしげなマスクを被った拷問官たちがウロウロしている最中《さなか》に、ズドーーーンと、巨大な石材が降ってきた。

見上げれば、天井の材料が一部剝離して降り注いでくるではないか。それを合図にしたかのように、ガラガラガラ〜！！！　と教会本部の屋根が音を立てて崩れていく。アーチ構造の欠点とも言うべきそれは、互いに支え合っているがゆえに――片方が崩れると連鎖的に全てが崩れるのだ。

「うおおおおお！　し、神官長はやく！」

「ひえええええ！！！」

ガラガラと崩れていく教会本部。

あれほど威容を誇っていた巨大建造物も崩れ始めればあっという間だ。

「あわわわわわ！！！　は、はやく走ってくださいい神官長！」

「う、うるさいですね！　ほ、ほほほ法衣が鬱陶しくて!!」

走りながら器用に罵り合う彼らの背後に次々と降り注ぐ瓦礫。

それらは一つ一つが巨大で凶悪。

ズシン、ドコーン！　と物凄い轟音を立てて砕け散り、神官長たちを外へ外へと追いやっていく。

「ど、どどどど、どきなさい！　あなたは教会の騎士でしょう!?　教会を、いえ……私を守りなさい！」

「はぁぁぁ？　守ってる場合ですかッ!?　ちょ、ひっぱんな！」

ワタワタと押し合いへし合い、神官長と神殿騎士は前へ行ったり後ろへ押し込んだり、とにかく二人とも足を引っ張りつつもなんとか逃げ延びていく。

広い聖堂を抜ける頃には、お互いひっぱり合ったり、蹴飛ばしたりで服がボロボロ。

……酷い有様だ。

そんな二人に追従してきた拷問官たちは顔を見合わせているが、主人たる神官長の前なので黙って控えている。

ぜぃぜぃぜぃ……。

「ななな、なんということ……これは神の怒りか――!?」

息を切らせた神官長が背後を振り返り全壊した聖堂を見て天を仰ぐ。

あの清楚で美しい聖女像が太陽の元に剝き出しになっているのだ。

おぉぉ、神よ！　聖女様よ！

幸いにも聖務時間ではなかったため、ほとんどの人間が外で作業中。ついでに言えば、参拝客もいなかったことによりほとんど人的被害が出なかったのは不幸中の幸い。

不幸な事はと言えば、建物が崩れて聖女をモチーフにした巨大な像がむき出しになってしまったことくらいか……。

なんたる……！　なんたる……!!

これは、神の怒りか？　いったい何が!?

そう嘆く神官長たちに被せる声が一つ。

はっはっはぁぁぁ!!

「――――神じゃねぇ……俺の怒りだ」

衣服を半裸に、胸の呪印を高らかに示した男がそこに――。

崩れた教会本部から這々《ほうほう》の体《てい》で逃げ出してきた神官長の目の前にはズラリと並んだ灰色の服に身を包んだ男達と……――奇妙な鉄の馬車に乗った、あの『異端者』がいた。

「な、ななな………あ、アナタは異端者ナセル・バージニア！」

開いた口が塞がらないとばかりに呆然と呟く神官長。それに、素早く反論するのは――、

「誰が異端者だボケぇぇ！　勝手にそう呼んで、勝手に俺の全てを、勝手に奪っただけだろうがぁぁ!!」

鉄の馬車に跨《また》るナセルは、以前では考えもつかない暴力的な口調で吐き捨てる。

神官長をして、本当にあの男かと二度見してしまうほど。

だが、間違いない……。

ナセル……――ナセル・バージニア。

「お、お黙りなさい！　これは貴方の仕業ですね！」

背後を指し示し、崩れて濛々《もうもう》と土埃を立てている教会本部を見ろとばかりに神官長は言う。

「はぁ？　当ったり前だろう……。まさか、こんなに簡単に崩れるとは思わなかったけどな」

「なんたる！　なんたる!!　か、神をも恐れる所業――恥を知りなさい!!」

わなわなわなと震える神官長は恐れを知らず！　とナセルに詰問する。

「はぁぁぁ？　恥だぁ!?　おうおうおうおう、お～ぅ。それはコッチのセリフだっつの。人の女房欲しさのクソ勇者に肩入れしやがって。……オマケに俺の全てを奪いやがったな？　あ？　……だったらよー、」

そっちも、全てを奪われる覚悟はあるんだろうな!?

ナセルはそう啖呵を切って神官長に真っ向から立ち向かう――。

■第10話　ドイツ軍歩兵小隊

ナセルが教会を攻撃する少し前のこと――。

敵を排除したナセルは、ギルドマスターが脱糞したであろう金庫室の上によじ登り、そこに腰掛けのんびりと召喚獣ステータスを開いた。

「もうＬｖが２に……」

目の前に浮かんだ召喚獣ステータス画面に目を向けていたナセルは驚く。

ドイツ軍
Ｌｖ２：
※　※　※：
ドイツ軍
Ｌｖ０→ドイツ軍歩兵１９４０年国防軍《ヴェアマハト》型《タイプ》
Ｌｖ１→ドイツ軍歩兵分隊１９４０年国防軍型
　　　ドイツ軍工兵班１９４０年国防軍型

　Ⅰ号戦車Ｂ型
Ｌｖ２↓ドイツ軍歩兵小隊１９４０年国防軍型
　ドイツ軍工兵分隊
　Ⅱ号戦車Ｃ型
　Ｒ12サイドカーＭＧ34《軽機関銃》装備
（次）
Ｌｖ３↓ドイツ軍歩兵小隊１９４２年自動車化
　※（ハーフトラック装備）
　ドイツ軍工兵分隊１９４２年自動車化
　※（３ｔトラック装備）
　Ⅲ号戦車Ｍ型
　メッサーシュミットＢｆ１０９Ｇ《戦闘機》
Ｌｖ４↓？？？？
Ｌｖ５↓？？？？
Ｌｖ６↓？？？？
Ｌｖ７↓？？？？
Ｌｖ８↓？？？？
Ｌｖ完↓？？？？

まだ1日も経っていないというのに、Ｌｖの急上昇に驚く。それにしても見たことも聞いたこともない召喚獣がズラリと並び、ただただ圧倒された。

Ｌｖ1であの圧倒的な強さだ。特に対人戦においては無敵を誇るとさえ思える。

チラリと目を向けた先では、ドイツ軍が残敵を掃討しているらしい。

未だにパーンパーン！　と銃の発砲音が響いていた。

王都警備隊や冒険者が散発的に強襲をしかけているようだが、周囲では召喚したドイツ軍一個分隊が戦闘を継続中で、小銃に機関銃が激しく撃ちならされ、盛んに周囲を威嚇射撃している。

他にも警備隊以外の正規の王国軍らしき部隊とも、何度か接触はあったものの――そのほとんどを撃退していた。おかげで、こちらには被害らしい被害は何もない。

「Ｌｖの上昇が早いのは冒険者を相手にしているからか」

モンスターを倒せば経験値が手に入り、一定を越えるとＬｖが上がる。ナセルの場合は身体能力が向上するのだが、実際には向上した能力が目に見えるわけではないので実感はない。

だが、召喚獣のステータスは画面を通して知ることができるというわけだ。それで次の召喚獣を呼び出してみるかと思い、ステータス画面を取り出し――初めて、このＬｖ上昇の変化に気付いた。

「そういえば、召喚獣をいくつ呼んでもそれほど負担はないな……」

Ｉ号戦車に歩兵一個分隊に工兵一個班――これらを同時召喚したというのに、魔力にはまだまだ余裕があった。……恐らくだが、ナセルが『ドイツ軍』を召喚できるようになるまでの『ドラゴン』のステータスがそのまま引き継がれているのだろう。

つまり、ドラゴン召喚士《サモナー》であった時と同等以上に魔力があり、最低でも召喚獣Ｌｖ５程度には、召喚獣を呼び出す魔力があると見ていい。今ならもっと余裕があるかもしれないが、Ｌｖ２の召喚獣なら、２体くらいはかなりの長時間呼び出せるだろう。

「ははは…………今なら誰にも負ける気がしない」

『ドラゴン』はもういないが……『ドイツ軍』はナセルとともにある。

ナセルの復讐の助力としてこれほど頼もしいものはいない。

「だが、この騒ぎで王都も激しく動き出すだろうな……」

そうだ。もう賽《さい》は投げられた。あとは最後までやりきるだけだ。

「待ってろよ……勇者コージ――――そして愛しい愛しい～俺のアリシア……」

ドロリと濁った目を元ナセルの家の方へ向けつつも、その思いを一度しまい込む。そして、向ける憎悪は、まず――他の連中からだと、そう決める。

……さっさとアリシアと勇者をぶっ飛ばせばいいのだろうが、それでは生ぬるい。きっと怒りの根源たる勇者とアリシアに復讐を果たした時点で――ナセルの怒りは収まってしまうかもしれない。

それじゃあダメだ！　俺は全部に復讐したい。

たとえば、国王や教会……俺をコケにし、馬鹿にした国――。

たとえば、家族を殺し、最後の肉親を攫った国……。

たとえば、大隊長を――あぁ、そうだ。あの人を焼き殺した国!!

そうだ、そうだとも！　俺を……俺達を嘲笑《あざわら》った――この国家への復讐をしたい!!

だから、この身を焼き付くさんばかりの復讐心を維持するためには、勇者とアリシアは最後の最後だ。そうしなければ、この理不尽に対する怒りを失うかもしれない。

それではダメだ。

そんなの許せない………。

「絶望」と「激痛」を思いしれ。

俺に絶望をくれた……――だから国王にも絶望を
俺に激痛をくれた……――だから教会にも激痛を
必ずだ……。必ず送り届けてやる……――！

「来い――『Ⅱ号戦車C型』!!」

――……俺のドイツ軍がな!!

ズゥゥウウンン!!　と、ナセルに応えるように、Ⅰ号戦車より遥かに大きな戦車が顕現し、戦車兵とともにナセルに従う。そして、Ⅰ号戦車に代わる新たな戦車を呼び出したあと、さらなる戦力として、躊躇なくドイツ軍歩兵一個小隊を召喚した。

「出でよ――ドイツ軍!!」

ブワッ――！　中空に巨大な魔法陣が出現し、多数のドイツ軍歩兵が現れる。それは分隊以上に統率が取れた精強なる男達の集団だった。初めて見るタイプの兵もいる――。洗練された軍服に、シャープな印象の武装。……恐らく、下士官ではないのだろう。服装、装備……そして出で立ちが明らかに異なる。見た目からして、将校なのだろうとあたりを付けたナセル。

『集合《アンゲ》終わり《トレーテン》！』

小隊の指揮官がまとめて報告する。

いつもの敬礼。型通りの報告――――はは、そうだ。これが俺の軍隊だ!!

戦車1両に、歩兵一個小隊。この王都において、最強の戦力。……ならば、やることは一つ。

「………教会を滅ぼす――――ついてこい」

『『『了解《ヤボール》、指揮官殿《コマンデン》』』』

整然とした敬礼の列。彼らの動きだけで空気が震える。

「目標、聖女教会本部!!」

――ビシィ!!　と、ナセルが鋭い目つきで教会の方向を指さすと、

『確　認《ベシュテシュゴン》!!』

小隊長はキリリと表情を引き締め、教会を視線の先に見据える。

「……思う存分に破壊し、思う存分に蹂躙するぞ！」

『了解《ヤボール》』

指揮官のみの敬礼――。

すぅぅぅ……、

『右向けーーー《レヒィィト》右ぃ《ウム》!!』

ズドドン！

号令に従い、一斉に右を向く30名程の男達。その動きは一糸乱れぬもの。

『小隊《ツーク》……前へ《マァシュ》!!』

ザッザッザッザッザッザ!!

勇ましい軍靴の音。勇ましい兵士の行進！　勇ましい復讐への音頭!!

『左《リンクス》……左《リンクス》……左《リンクス》、右《レヒツ》――』

歩調をとる将校に従い、整然と行進。

――ザッザッザッザッザッザ!!

『左《リンクス》、右《レヒツ》、左《リンクス》、右《レヒツ》――』

――ザッザッザッザッザッザ!!

頼もしい軍靴の音が王都の石畳を叩く。彼らドイツ軍一個小隊が行進する先に向かって、ナセルも進撃を開始する。

そして、召喚したII号戦車に誇乗《こじょう》すると高らかに宣言した!!

「戦車前へ《パンツァーフォー》!!」

『了解《ヤボール》』

操縦手席からハッチを開けて顔を覗かせている戦車兵が明確に答える。

ガコン、ガガッ……！　車内でクラッチを操作する気配がしたかと思えば、――ギャラギャラギャラ!!　と、I号戦車よりも遥かに重々しい音が響き、II号戦車が一個小隊と肩を並べて進軍を開始した。

「待ってろよ……クソ教会め」

ナセルは砲塔から上半身を突き出しつつ、憎しみと怒りを滲ませた目で行く先を――教会の豪奢な建物に向けた。

ギャラギャラ！　と地面を打つ激しい履帯音を聞きつつも、疼き始めた胸の呪印に手を当てる。

（この胸の痛み――存分に返してやるッ！）

暗い炎を灯した目でナセルは誓う。

そして、
広大に過ぎる王都を整然と行進し、ナセルの軍隊は進みに進む。

戦車とドイツ軍の整然とした行進は街の住民をして畏怖の対象となるのだろうか。住民のほとんどは窓に扉を固く閉じて、その身に災禍が降りかからないように震えるのみ。

まばらに接触する王都の警備部隊もドイツ軍歩兵の敵ではなく。散発的に襲ってくる警備兵は鎧袖一触。小隊の自衛火器であっという間に蹴散らしてしまった。

それはまるで無人の野を行くが如く。

もはや、この地区の警備兵はあらかた駆逐されてしまったのだろう。今のナセルを止められる戦力はこの地区に存在しなかった――。

そう……。見える先には教会へと続くだだっ広い道しかない。

■第11話　神殿騎士団ｖｓドイツ軍歩兵小隊

そして、再び舞台は向き合う二人に戻る。

――崩れ去った教会を背後にナセルと向かい合う神官長は、全身でワナワナと震えている。

恐怖ではない。これは怒りから来る震えだ。

それというのも……。目の前にいる、粗末な服に身を包んだ異端者の男。あの日、絶望の底に叩き落としたナセル・バージニアのせい！

どうやったかは知らないが、教会を破壊したのはこの男で間違いなさそうだ。

パチンッ！　と指をはじく神官長。すると、ズササ！　と素早く周囲をガードする恐ろしいマスク姿の拷問官たち４人。

その陰に守られる安心感もさることながら、愚か者には一言言ってやらねばなるまい。

「かか、か、神をも恐れぬ所業！　恥を知りなさいッ！」

「恥だぁ!?　はッ。お前に言われても、クソほども響かねぇよ――攻撃用意《ヴァハイズムアングリフ》！」

語るに及ばず、とばかりにナセルは黒衣の兵に指示を出している。

「愚か者め！　ここをどこだと思っている――我が教会、聖地ぞ！」

――たかだか30人程度の兵。何ほどのことがある！

そう啖呵を切った神官長。

彼の目には――どこで雇ったか知らないが、武器らしいのは妙な棒に、腰のナイフ程度しか持たない雑多な傭兵にでも見えているのだろう。……確かに、初見で見るドイツ軍の装備と、その変な丸いヘルメット姿は、いかにも弱そうだ。

「……聖地だぁぁ？　そぉぉれがどうした。ほらよ、自慢の神殿騎士団とやらを呼んで来いよ」

「言われるまでもありません。さぁ！　アナタは早く騎士団を招集しなさい」

神官長は傍らにいて、今にも抜刀しかねない勢いの神殿騎士に指示を出す。

「は！　……しかし、それまで護衛は――」

チラリと拷問官たちを見やると、それに気付いた神官長は不敵に笑う。

「彼らなら大丈夫です。……いいから行きなさい。この男は私が責任をもって相手をしましょう」

自信ありげに笑う神官長に納得したのか、神殿騎士は一礼し、兵が詰めているであろう兵舎へ向かって駆けていった。

「いいのか？　お友達が逃げていって、チビってんじゃないよな？」

「まさか……、ふははは。貴方こそ、たかだかその程度の人数でよくも教会本部を攻めようと思いましたね？」

「テメェらクズども相手には、十分すぎるくらいだぜ」

どちらも余裕の表情を崩さない。

特に神官長の自信は、いったいどこから来ると言うのか――。

「いいでしょう。見せてあげましょう――我が聖地を護る本物の神殿騎士団をッ」

本来の神殿騎士団は、信者から募った志願者からなる僧兵部隊だ。その練度は比較的高いものの、生粋の騎士というわけではなく、元は商人だったり農民だったりで、平民から神殿騎士団に入隊した者も多い。つまり、貴族階級の騎士と同じように、騎士団と名がついていても、王国の騎士団と教会の騎士団は全くの別物だった。

……いや、そうだとすれば――神官長の言う、本物の神殿騎士団とは？

「能書きはいい。俺はテメェに地獄を見せるために来た！」

「はっはっは！　異端者風情が地獄を語るとは――――教会を……聖女様を――そして、神を舐めるなよッ」

ギンと表情を激しくした神官長は、ゆったりとした法衣をブワサッ！　と翻すと、錫杖を取り出し天に翳す。

「見なさい！　これが我が教会を護る神殿騎士たちです。……起き上がれ！　聖なる僕《しもべ》たちよ！」

――――カッ!!

神官長の持つ錫杖から「黒い光」が噴き出し、一瞬だけ周囲を揺るがす。

それは空気でも熱でもないが――……鼓膜を僅かに刺激するような振動を感じた。

「む？」

「ふふふ……この都市で死したものは全て教会が埋葬します。その数たるや――」

ボコッ！

ボコッ、ボコッ!!

地面が沸騰――？

いや、

「――数万とも数百万とも言われます。その全ては我が教会の管理するところにあるのですよ！」

「てめぇ……まさか――」

ズボォォ！

地面から白骨化した手が突き出す。

ズルゥ……！

別の場所からは腐乱したソレ。

「な?!」

死蠟化したものや、割合に新しいものまで――。

全て死体だ。

「彼らは、かつて名を馳せた冒険者や、英雄的な働きを見せた兵士であった者。その中でもさらに選りすぐりの強さを誇った強者です。……教会は彼らの死後も管理しているのですよ！」

「なるほど……教会の裏の顔は死霊使い《ネクロマンサー》ということか？」

「失敬な――。聖なる戦士たちですよ」

どこがだよ……。

本物の神殿騎士団とやらが、まさにアンデッドだと言うことは、もはや誰の目にも明らかだ。聖なる乙女を祀る教会が、これまた実に悪趣味なことで。

「うううヴヴヴ……」

「ああ～……」

ボロボロの装備と身体。それはどう見ても禁忌であるとされる死霊術《ネクロマンシス》のそれだ。

そして、蘇った死体たちは……とても戦士には見えないものだった。

それはまさに動く死体……。アンデッド。いや……哀れな傀儡《くぐつ》だ。

「この敷地に眠る戦士たちは1000体を超えます。さぁ、ドラゴンを呼べないあなたがどこまで戦えるか見ものですね！」

「1000!?　1000体だって？」

驚愕しているかのようにナセルの声が跳ねる。

そこに神官長は満足げに被せた。

「ええ！　1000体もの戦士です。我が神殿騎士団の威容に――」

「ハッハハッハ！」

しかし、ナセルはそれを笑い飛ばす。その様子に青筋を立てた神官長。

「な、何がおかしいのです！　さては恐怖でおかしくなりましたね」

「いやいや、いやいやいやいやいや、今のところ俺が正常だ、……多分な――」

「ならば何を笑う!!」

気に食わない……。異端者の分際で……。ドラゴンを呼べないようなクソ雑魚なら、もっと怯えるべきだろう！

そうとも……！

さぁ怯えろ、竦《すく》めぇ――――。

神官長は顔を醜悪に歪め、ナセルの表情が一瞬でも恐怖に濁る瞬間を見逃すまいと身を乗り出した。

……だが、だが笑う。

いや、ナセル・バージニアは嗤《わら》う。声を上げて朗らかに――。

ハッハハッハッハッハッハッハッハ！

「ハッハァ～！　――おかしいからさ。……たったの――たったの1000体の死体で俺に――俺の軍隊に勝てるとでも？」

不敵に笑うナセル。

だが、神官長の目にもそれは根拠のない自信には見えなかった。なぜかは知らないけれどもそう感じたのだ。それにしても、その純然たる自信はどこから来ると言うのか……。

「強がりを――！　ええい、やれぃぃ！　我が神殿騎士たちよ、聖なる戦士たちよ――――異端者を殺しなさいッ！」

ぐぐうううううおおおお！！！

ああああうううううう！！！

恐ろしげな表情で迫りくる1000体の動く死体……。

それを見下ろすナセルは、

「はっはぁ!!」

——鼻で笑い飛ばす。

すぅぅ……、

「………やってみろ————!!!」

ナセルと『ドイツ軍』——そして、神官長と『本物の神殿騎士団』の戦いの幕が切って落とされる。

——グルゥァァァァァァァァァ!!

——ゴルゥァァァァァァァァァ!!

「来るぞ！　少尉——殲滅《ファイニヒトゥンク》しろ！」

『了解《ファシュタンドン》しました！』

迫りくる1000体の動く死体《リビングデッド》を見ても眉一つ動かさないドイツ軍人たち。

彼らは一度命令を下せばあとは自分たちの判断で動くことができる。

『砲手《シュツァ》、迫撃砲《モウター》、用ぉぉ意《フォバハイトゥン》！』

《ザ……了解《ヤボール》》

召喚したドイツ軍一個小隊の指揮官である少尉は傍らに置いた無線機に指示を飛ばす。

非常に高性能のそれは鮮明に声を中継してくれる。

それにしても、無線で返答した迫撃砲手はいったいどこに――――？

………。

……。

バコォォン!!

教会に続く大きな通りの遥か先。

それは、隠れる気もなく、堂々とした様子で軽迫撃砲一個班が5ｃｍ迫撃砲をズラリと並べていた。

軽迫撃砲――小さなそれはまるでスコップを地面に押し付けたような形状。

先端に開いた口径の大きさからドイツ兵なら小型迫撃砲の『5ｃｍ leGrW36《ドイツ製迫撃砲》』とあたりがつくだろう。

彼らのうち数名がそれぞれ3門の砲に取りつき、軍曹の階級章を付けた迫撃砲班の指揮官が着弾観測と修正射の指示を出している。

『着弾確認《ランドシェイク》！　敵隊列の《ファインデンロング》後方《クレェッ》に着弾《ランドゥン》！　仰角プラス2°あげぇぇ《イヴィバヴゥンクリンツヴァインガーズ》――修正《コレクトゥ》射《ショウス》、……いっぱぁあつ《アインショウス》！』

『了解《ヤボール》、半装填《フェアテイヒ》！』

『撃て《フォイア》!!』

砲の操作手は迫撃砲の弾を半分だけ装填した状態で待機――半装填から、軍曹の指示に従い引き金を落とす。

ズドォォォン！！！

口径の割に大きな音。そして、底板が石畳にめり込みヒビが大きくなる。恐らく迫撃砲の発射の衝撃は凄まじいものがあるのだろう。

下から見上げると、迫撃砲弾がヒュルヒュルと打ち上がるのが見えた。

そして、一瞬ののちにそいつは１０００体の動く死体《リビングデッド》の群れの只中に着弾する。

ヒュルルルルルルウゥゥゥ…………、――――ッ。

――ボォォオン!!

『小隊《ツーク》基準砲《レファレンスカノーナ》ぅぅの着弾《ランドゥン》を確認《ベシュテェゲンス》!!　――……命中《ヒッツ》、命中《ヒッツ》!!　続けて《ザィンズィバィタヒィ》効力射《エッフェクティブ》ぁ！　……効力射《エッフェクティイブ》ぁああ』

『『了解《ヤボール》！！！』』

ガチャガチャと砲を操作する砲手たち。

基準となった迫撃砲と同じ照準に設定しているのだ。

手慣れた様子で操作を終えると、５ｃｍ砲弾を半装填。

『『準備よし《ベハイズシイグゥト》！』』

『小隊全力効力射《ツークファルスエッフェクティブ》!!　……撃てぃ《フォイアァァ》――』

ズドドドォォォォン！！！

３門同時一斉射！

それは曲射火力の威力をまざまざと見せるに十分だった。

砲門からの噴き戻しに、兵の軍衣がバタバタと波打つ。

その先には、ギラギラと輝きながら硝煙の尾を引いた3発の50ｍｍ榴弾が１０００体の動く死体《リビングデッド》に降り注ぐ――――。

降り注ぐ……降り注ぐ!!　降り注ぐ！！！

――ドガァァッァアン！

それが何発も、――さらに何発も、何発も、だ！

ドガァァァアン！！！

　ドガァァアアン！！！

　　ドガァァアアン！！！

発射《フォイア》！

　発射《フォイア》！

　　発射《フォイアァァ》ぁぁ！

※　※　※

ヒュルルルルルルーー……ズドーン!!

空気を切り裂く音のあと、頼もしい爆発音が響き渡る。

その音が飛来する度に奴等が木っ端微塵に砕け散る。今も、ナセルの目の前で、ドッカ～～～

ン！　と爽快に吹っ飛んでいくのは、教会の言うところの本物の神殿騎士団とやらだ。

連中ときたら、腐った死体に白骨死体。おまけにミイラ化死体に死蝋化した死体どもだ。

……臭《くせ》ーのなんのって！

そいつらが迫撃砲弾の爆発を受けてバラバラと吹っ飛び、ぶっ飛び、かっ飛んでいく。

ううう――……。

あうあう――。

ぐるるる……。

唸り、ボロボロの剣や槍を構えた動く死体《リビングデッド》の群れがナセル達を食い殺さんと迫るも、その鼻先にドカン！　ドカン！　ドカ〜〜ン！　と連続した砲弾が降り注ぐのだ。

ジリジリと接近しているも、連続して降り注ぐ迫撃砲弾により、その大半がただの死体に戻る。

1000体の神殿騎士たちは――その悉くが射程に捉えられていると彼らは知らない。ただ、漫然と砲弾に焼き尽くされていくのみ。

その様子に自信満々だった神官長が、口をパクパクとさせて言葉がなくなっていた。

それというのも、ここに来るまでにナセルは小隊長の助言に従い、戦端を開く前に迫撃砲班を展開させていたのだ。

元々は教会本部をぶっ飛ばしてやるために展開しておいた迫撃砲班だったのだが、もう役に立っている。

………それにしても彼らはどこから？

――その正体は、『ドイツ軍歩兵小隊』だ。

彼等は単独で呼び出した召喚獣ではなく、歩兵小隊――一個戦闘単位のセットとして召喚された。

その歩兵小隊であるが、ステータス画面を呼び出して確認したところ召喚獣Ｌｖは短期間で上昇していた。

しかも、Ｌｖ１の分隊から小隊に進化したとたん、ドイツ軍のやれることは飛躍的に増えて、選択肢もまた多岐にわたった。

その内訳として、通常の分隊が３個の他に、指揮官として小隊長が一人。そして、今大活躍中の軽迫撃砲班が一個追加されているのだ。

……これで一個小隊。

ドイツ兵一人でも馬鹿のように強いというのに、その分隊が３個も！　そしてさらに、迫撃砲班が追加されているという贅沢な編成。

その戦力たるや、やべーのなんのって。鎧袖一触どころか、触れてもいない。

……改めて思うがドイツ軍は強い。その上、この曲射火器と言うものは初めて見たが凄いものだ。

敵の武器の届かない遥か遠くから一方的に叩くことができる。

その威力は遺憾なく発揮されており、ズドン、ズドン、ドカ～～ン！　と降り注ぐ砲弾により、面白いくらいに動く死体どもが吹っ飛ばされていく。

奴らは鈍く、臭く、脆い。

確かに恐ろしげな風貌で、見る者の嫌悪感と恐怖を誘う。その上、元々死んでいるのだ――少々の撃ったり、切ったり、くらいでは死なないのだろう――。

だが、

「――バラバラにぶっ飛ばせば、生きていようが、死んでいようが同じことだろう？」

ニヒルに笑うナセル。その笑いの向こう側で神官長は顔面真っ青だ。

「な、ななななな！　なんですかこれは!?　ああ、あ、アナタは雷魔法を使っているのですね！」

ドイツ軍の兵器を知らないものからすれば――なるほど……魔法だろう。

――だが違う。これは人の……。いや、殺しの叡智の結晶なのだ。

「や、やはり異端者ですね！　隠れてコソコソと魔法を使う者がいる――……たが、私を舐めないでもらいたい！」

ドン！　と錫杖をついた神官長は朗々と詠唱を開始する。

「――……神よ。不浄なるものから我らに守りを。神聖結界《ホーリーバリアー》!!」

シュパァァァ！　と神官長を中心に光のドームが広がっていき、神殿騎士団を含む戦場を大きく覆っていった。

「見なさい！　これが神の奇跡の賜物……！　神官術最高位の結界魔法です！　いかなる魔法をも弾き、時には術者にお返ししてみせる奇跡の御業！　異端者ごときの魔法等、なにほどの――」

ドカン、ボォン、ズゥン！！！

物言わぬ屍どもが、グッチャグチャになって吹っ飛んでいく。――もう～……、臭気が凄い。

「…………え？　あ？　あれ？」

「ばーか、魔法なものかよ。……もういい、ケリをつける。テメェらの匂いにはうんざりだ——少尉、さっさと殲滅しろ」

『了解《ヤボール》！　——小隊《ツーク》、各個自由射撃《フォイアフライ》！　目標《ズィエル》、正面敵隊列《フォンタルファイルビィルドゥ》』

『『『準備よし《ベハイズシィグゥト》！』』』

ジャキジャキジャキジャキジャキジャキジャキ!!　凄まじく暴力的な空気を漂わせてドイツ兵達が一斉に銃を構える。

ナセルもⅡ号戦車の砲塔に潜り込んだ。

『撃てえええ《フォイアァァァ》！』

バンバンバンバババババババババババババン！

なんとか5cm迫撃砲による砲弾のカーテンを切り抜けた動く死体《リビングデッド》が数十体。

しかし、彼らが攻撃しようとしている相手は無防備な兵ではない。

ドイツ軍歩兵。彼らの構える小銃はモーゼルK98k——ボルトアクション小銃、口径7・92mmの高威力小銃弾を発射することができる。

こいつぁ、人間なんて一発でも当たれば、グシャリと潰してしまえる。

動く死体《リビングデッド》なら——頭部に当たればボォンと、木っ端微塵だ。

そして、連続射撃のあとに、バタバタと倒れ伏す動く死体《リビングデッド》。何体かは生きて？　いるようだが、それはただ破壊を先延ばしにしただけ。ドイツ兵の隊列に取りつくこともできない。

そりゃそうだ。

真打ちは小銃兵じゃない。戦場の神――いや、戦場の死神――――、

『各分隊《イーバアカーダァ》！　MGいい《マシーネンゲヴェーア》！　撃てぇ《フォイアァ》！』

攻撃命令を受けた各分隊の下士官はMG34《軽機関銃》を操作する機関銃手と装塡手に射撃号令をかける。それが各分隊ごとに一つ。計3個班の3挺だ。

『『了解《ヤボール》！』』

澱みのない動作で機関銃を操作する兵たち。その動きは洗練されており、一個の機械のよう――。

彼らの動きが暴力に満ち、殺気が溢れた時――――……カタン、と無慈悲に引き金が落とされた。

バババン……。

ババッババババッバババッバババッバババババッバババッバババ！！！

いや、それは慈悲だ。……死してなお囚われ、酷使される哀れな死者たち。それを解き放とうというのだ。

そう、魂を――……。

腐った肉体と言う枷。

骨という檻――。

――そして、教会という鎖から。

彼らを旅立たせるのは機関銃。分隊ごとに1挺の支援火器。

その名は、MG34――多用途機関銃。二脚で運用すれば軽機関銃として、三脚に乗せれば重機関

銃として運用可能。７・92ｍｍ弾を毎分８００発で発射できる優秀な武器である。

それは、それは、無慈悲で苛烈な戦争の道具。黎明期のドイツ軍を支えた傑作機関銃――。

「な、なななななな！　何ですかそれは、何なんですか貴方達は！」

銃弾降り注ぐ戦場と化した教会跡地で、我には関係ないとばかりに無防備に突っ立つ神官長。

拷問官たちに守られているも、その周囲にもブスブスと銃弾が突き刺さるが、奇跡的に一発も当たっていない。

奇跡？

違う、ナセルがわざと当たらないようにあらかじめ指示をしているのだ。

だってそうだろ？　流れ弾で死なれては堪らない。もっと酷い目にあってもらわなければな。

「少尉、後は頼む――Ⅱ号戦車ッ、出るぞ！」

『了解《ヤボール》』

少尉の敬礼を受けて、ナセルは砲塔に体を潜り込ませると操縦手に前進を指示する。

「戦車前へ《パンツァーマルシュ》」

『了解《ヤボール》』

ギャラギャラ!!

Ⅰ号戦車よりも遥かに力強いエンジン音。そして速度！

動き出した鋼鉄の騎馬は石畳を砕きながら前進する。

その前には、迫撃砲の弾幕を抜け――銃弾で撃たれつつも取りつかんとする死者の群れがいたが……────いたが？　それがどうした。

バリバリバリ!!　と、まるで製材所で木を加工するような音を立てて死体をドンドン轢き潰していく。

時々、コンコン、と装甲板をノックするような音を立てているのは何だろう？　そっと視察孔から見れば、動く死体《リビングデッド》どもが健気に戦車を攻撃しているようだ。

「はっはっは！　効くわけねぇだろ──軍曹」

操縦している戦車兵に話しかけるナセルは、ニィィィと口の端を歪めて言う──。

「盛大に蛇行運転《ファッキンジグザァァアク》しろッツ！」

その無茶苦茶な指示！

『了解《ヤボール》』

操縦用のレバーをガコンガコンとせわしなく操縦すれば、Ⅱ号戦車がまるで酔っ払い運転のように蛇行《ジグザグに》して動く。

その動きに囚われた動く死体《リビングデッド》どもが、ガッシャ～～～ン、バリ～ン!!　とまぁ、盛大にボッロボロに潰れていく。

「はははははは！　見ろッ、骨がゴミのようだ」

凶悪な笑みを浮かべるナセルは、死体の群れを突き抜けると神官長の前に立ち塞がってみせた。

「よう？　テメェのお友達は、随分と臭いな？」

「な、なんななん！　何ですかその鉄の塊は！」

死体の群れを難なく抜けてみせたナセルに、神官長は腰を抜かして驚いている。

「何を言ってんだよ。……お前らの贈り物だろう？　これはよー」

バリリッ！　と服を裂き――胸の前を開《はだ》けて見せると、そこにはくっきりと異端者の焼き印がある……。それは、輪っかの中に十字紋……教会十字だ。

――そして、そこにあるのは、焼き潰れた『ド[redacted]』の召喚術の呪印――。

「ば、ばかな！　ばかな！　ばかなぁぁ！　あ、あれが召喚獣だというのか！　バカな！」

バカな！　バカな！

ばかばかばかばかばかばか、バカなぁぁぁ!!

「ド、ドドドド、ド『ドラゴン』は二度と使えないはずじゃぁぁ!?」

「そうだ――――『ドラゴン』は去り、……『ドイツ軍』が来た！　俺に復讐せよと彼《か》の軍隊は来た！」

そして、次はお前だ!!

すぅぅぅ……、

「――――戦車《パンツァー》、前へ《マルシュ》！！！」

ギャラギャラギャラ!!　と、履帯音を猛々しく立てると神官長に迫るナセル。

「ひぃぃぃ！　バカな、あり得ない！　呪印は焼き潰した！　潰したんだ!!　あああ、あり得ない！　あり得ないぃぃぃぃぃ！」

「だったら身をもって試せや!!　――轢き殺せ！」

『了解《ヤボール》』

ギャラギャラギャラララ!!

「ひぃ、ひぃぃぃい!!　あ、貴方たち、わ、わわわ私を守りなさい!?」

「「「ひょ!?」」」

表情はマスクで覆われて判別できないものの、拷問官たちが動揺している。

そりゃそうだろう。Ⅱ号戦車相手に、生身の人間に何ができる？

――できるぅぅ??

ハッ。できることなど――――何もない!!

そう、何もないはずだ！

「「「…………ッ」」」

……だが、彼らは忠実だった。

刺又《さすまた》に、絡め棒、十手《じゅって》に投げ縄等を手に、戦車の前に立ち塞がって見せた。

「お!?　……へぇぇぇ、やろうってのか？　……お前ら、あれだよな――」

そうだ。

ナセルとて忘れるはずがない一幕。

「――俺の家族をあっさり殺して、あまつさえ、大事な大事な、最後の肉親――リズを甚振ってくれたよなぁぁぁぁ!?」

両親を貫いた槍……。そしてその槍でリズを甚振ったことも覚えているし、……忘れるものか。

それがたとえ命令であり、職務であっても。

——許せるはずがない!!

「ハッ!!　面を晒せない拷問官殿か……いーだろう。まずはテメェらからだ!!」

両親をあっさり殺してくれた。そう。大事な人を二人とも……あっさりとな!?

だったら、…………こういうのはどうだ！

ガコン、砲塔に潜り込んでハッチを閉じると、ナセルは内部の砲座に取りつく、

「初弾装塡《ナッハラーデン》——」

砲塔内には一名の乗員。

そして、車体部分にもう一名。ナセルを含めて三名の乗員。

砲塔内の一名は砲の装塡手で、手には20発入り箱型弾倉を準備している。

『装塡よし《ラーデンアプゲシュロセン》！』

彼は手慣れた様子で、Ⅱ号戦車の主砲である長大な砲身を持つ20mm機関砲の——その尻の付近にある装塡孔にマガジンを叩き込むと初弾を薬室に送り込んだ。

「微速前進《ランザンフォバーツ》」

『了解《ヤボール》』

車体部分の一名は操縦手で、Ⅱ号戦車を自在に操っており、今もナセルの指示に従い、車体を操

縦している。そして、ゆるゆると動く戦車はその正面を拷問官たちに見せると――、

「まずは――2人」

旋回及び仰角クランクを回して砲を連中に向けてやる。

（ふー……。ふー……）

覗き込んだ照準の先には4人の拷問官。

殺され、攫われ、焼かれたナセルの大切な人たちと同じ数だ。

「あっさり死ぬってのがどういうことか……身をもって知れや!!」

（――ふー………………。照準よし）

ピタリと照準が合うと――。

ハッ！

健気にもさすまたや絡め棒で戦車を威嚇している2人に指向する。

「くたばれ！　ボケェェェ！！！」

万感の思いを込めて発射する！

拷問官、

拷問官、

ごーもんかんどのよぉぉ！

人を甚振り、挙句に責め殺す仕事だぁぁ？

…………昔っから言われなかったか？

「人の痛みを知れる人になりなさい――ってなぁ！」

だったら、まずはテメェで実感しろぉぉぉ!!

すぅぅぅ……、

「発射《フォイアァァ》ぁぁぁ!!」

ドゥカン！　ドゥドゥドゥドゥドゥドゥドゥン!!

大音響！

大音響!!

聴覚に異常をきたしかねない大音響！

そうとも！　20ｍｍ機関砲が唸りをあげる!!

……そいつぁ、Ｉ号戦車のＭＧ13等とは比べ物にならないくらいの音と――――威力！

命中の瞬間、ブッシャァァァァ!!　と何かが噴き出し、真っ赤に染まる。

2発。

そう、たったの2発で良かった。ケリがついた。

「ひゅ～♪」

照準に捉えていた拷問官2人は……こう、なんていうか。

ボン！！！！　って感じで四肢が弾け飛んで、潰れたトマトみたくブッチャァァァァと……、そりゃもう、あっさりと死んだ。あっさりとな。ははは。……あれで生きてたら逆に凄い。

「はは……すげぇ威力」

それが20ｍｍ機関砲の威力。ナセルをして、ＭＧ13よりデカいな〜……くらいの感想しか抱いていなかったが……まさかこれほどの威力。

1発目で、刺又持ちの体が消えた。血煙だけが生きていた証。

さらに、貫通した20ｍｍ砲弾は、絡め棒持ちの拷問官の腕を掠めて、その衝撃だけで引き千切る。

「ひぎぃぃ！」

しかし、奴が痛みを感じる前に胸に2発目が命中。上半身が消える。残った肉片は、どこかその辺にポーンと吹っ飛んでいった。

あとの数発は殺しすぎ《オーバーキル》ただけ。残った肉片やら下半身が着弾の衝撃で細切れになっていった。

「今のが親父とお袋の分……」

「いひぃぃぃぃ!!」「にゃあああああ!!」

残った2人の拷問官は腰を抜かしている。

……そりゃそうだ。生身で戦車の前に立つなんて、魔王を前にするより恐ろしい。

「次は、甚振られた——リズの分だ!!」

生き残りの拷問官2人はあたふたと逃げようとするも、腰が抜けていてはどうしようもない。

そのウチの一人に目を付けると、

「潰せ」

『了解《ヤボール》』

ギャラギャラギャラギャラ!!

「……リズの痛みと恐怖を知れぇぇぇぇぇ！」

バキバキバキバキブチュ！

微速前進で足から轢き潰していく。

「ギィ――――――ァァァ!!」

拷問官が声にならない声をあげている。その奥では生き残ったもう一人の拷問官と神官長が魔王でも目の前にしたかのような絶望的な表情で驚愕し、恐怖した目でナセルの方と潰されていく拷問官を見ていた。……次にそうなるのが自分だと、良く理解できたようだ。

「軍曹……もっとゆっくりだ」

『了解《ヤボール》』

脚が潰されただけではまだ死なない。なんとか戦車の履帯から逃れようともがいているのか、視察孔から見える範囲で拷問官が蠢いているのが見える。

だが、10ｔ近い戦車だ。人の力でどうにかなるものではない。

――ゆっくり、ゆっくりと微速で動く戦車。

履帯がヌルヌルと動き、少しずつ拷問官を押し潰していく。

ブッチ……ブチ……。

「――――――ッッッ！！！」

……ギィィィァァァァ！

ブチブチブチチチチ……プッチン。

「停止《ハルト》ッ！」

ナセルの号令に従い、Ⅱ号戦車が停止。

履帯の下からはジワジワと血が滴るのみで、そこに拷問官がいた痕跡は……ほぼない。

「ゴキブリを踏み潰すのと大して変わらねぇな」

──音までそっくりだぜ。

「なななんたることをぉぉぉ!!」

神官長も腰を抜かしつつも、あまりにも残酷に殺された拷問官を見て、ナセルを詰る。

「そ、そそそそそ……それでも人間ですか!?」

「あ!?」

おい、
おいおいおいおいおいおい、
おぉぉぉいいい!!

「誰に口きいてんだ、このくそボケが」

人間だぁぁ？　脳みそ詰まってんのかこのボケ。

「オマエらが決めつけてくれたんだろうが!!　俺は異端者だってな!!」

人間ですらない。魔族の協力者────そして、人類の敵たる異端者だと。

その俺に向かって、今さら人間だぁぁぁ?!　ハッ！　笑わせるぜ!!

「で～。次はどっちだ!?　ああん!?」

最後の拷問官殿か？　それとも部下より先に潔く逝くか？　神官長殿。

ズルズルと瓦礫の中を逃げ惑う神官長。動く死体《リビングデッド》の援護などとっくにない。

あとは無様に逃げ惑う神官長と生き残った最後の拷問官がいるのみ。彼らは本能か信仰心か、あるいは何か考えがあったのか――屋根が崩れてむき出しになった聖女の像に向かって逃げ出した。

「ぐ、ぐぐぐぐ、軍隊を召喚するなんて聞いたこともない！　なんだそれは!!」

なんとか、神像の前まで辿り着くとガクガク震えて神に祈る。

一人残った拷問官は既に戦意喪失しているのか、素手になり神官長とともに祈るのみ。

「おお！　天にまします我らが父よ――どうか、私をお助けください！」

もはや祈るしか神官長には手がなかった。だが、全く無策だったわけでもない。

はははははは。

ギュラギュラギュラギュラギュラギュラ……。

「……祈って助けが来るなら世話はない。俺も祈った――願った。縋りついた――」

あの日々を思い出す。

普通の日常から転落したあの日々を――。

そして、二度と戻らないあの日々も――。

だからさ……知ってるんだよ。神など……………………………いないッッ！！！！！！

■第12話　報いを受けろッ!!

――神など、いない!!

ナセルはハッキリと言いきった。

「お前は知らない！　――お前らは知ろうとしない！」

ギリギリと握る拳に力が籠る。

「俺も祈った。願った。縋った。毎日、毎日、毎日、毎日、毎日、まいにちなぁぁぁあ！」

握りしめた拳に爪が食い込み血が溢れる。

「神に祈って、願って、縋って……それで助けは来たか？　祈って聞いてくれたか？　願いをかなえてくれたか？　縋って救ってくれたか？　…………………そんなわけねーーーーーだろ!!」

そうだ。

両親を助けてくれ、
リズを救ってくれ、
大隊長を生き返らせてくれ!!

そう願った！

祈った！
縋った！
あの寒い日も、
あの痛い日も、
あの辛い日も、
毎日、毎時、毎分、毎秒、欠かさず――――。
「でも助けなんて来ない！　神はいない！　…………あるのは怒りだけだ!!」
そして、
助け、
救い、
縋らせてくれたのは、
「――ドイツ軍だ!!」
「お、お黙りなさい！　神はいます。ここにいます！　おお、聖女さま！　おおお父なる神よ
――！」
聖女の像に向かって手を伸ばし、助けを乞う。拷問官とともに神に、そして聖女に祈りを捧げる。
「私は今までアナタに仕えました――アナタに尽くしました。だから、どうか!!」
その願いは――――。
「神官長!!」

聞き――。

「お、……おおお！　神よ、感謝します！」

神官長が喜色を浮かべる。その視線の先には応援を呼びに行った、あの神殿騎士がいた。

彼がいるということは、つまり――――！

「よくやりました！　神殿騎士団の招集が終わったのですね!?　は、早くあの男と、その徒党を駆逐なさい！」

「…………いや、その……無理です」

…………ん？

「は、はい??」

「その……。皆は神官長が死霊使い《ネクロマンサー》いだと申しておりまして……その、」

な、なに？

「――全員逃げました……」

「ば、ばかものぉぉぉぉおおお!!」

状況も忘れて怒鳴り声をあげる神官長。

しかし、当然のことだろう。神聖なる教会の周りから死体が起き上がって闊歩する。それを操っているのが教会のボスだ。穢れを祓い、清貧で静謐なる教会に――真逆の存在たるアンデッドだ。

どう見ても、教会のイメージとは異なるし、むしろ魔王の所業だと言っても、みんな納得するだろう。

さすがにこれは――……ちょっとばかり言い訳はできない。

「も、申し訳ありません。ですが、その――」

神殿騎士は、ガラランと、兜を脱ぎ捨て――教会の印章の入った武器等もその場に投げ捨てた。

「自分も逃げた彼らと同意見です……。あれが本物の神殿騎士団ですか……失望しました」

「な!? ば、ばかな! ……いや、その、」

神官長はここに至り、自分の求心力が全て無くなったことを感じ取った。今ここで罵倒しても神殿騎士の信頼は取り戻せないだろう。それどころか、逆に異端扱いを受ける可能性もある。

「……あ、あれは言葉の綾だ。私はもちろん君たちを信頼しているよ、うん」

ニコォ――と笑うも、胡乱な表情の神殿騎士は、

「もう話すことはありませんな。では、これにて――」

ガラァンと最後に鎧をも脱ぎ捨て、市井の姿となった神殿騎士は背を向けて去っていった。

「そ、ちょ。ちょちょちょちょちょ――」

待ってくれ～と手を伸ばす神官長だが、

「……お友達はいなくなったみたいだな」

「ぐぬ! ま、まだです! まだ私には信仰心が、そして――か、神が、ま、まだ神がおわします!!」

バン! 聖女の像を叩き、強気の姿勢を崩さない。

「はっはっは! じゃー最後まで祈ってろよ――」

「む、むろんです！　神は必ず救ってくださる！」

あほらし……。

「見ものだぜ。いつ泣き出すのかがな」

ナセルはそう呟くと神官長の繰り言に付き合うのもバカバカしくなってきた。

もう、淡々とコイツをぶっ殺してやりたいところだが、そう簡単に死なれても困る。少なくとも
ナセルが味わった屈辱をほんの少しだけでも味わってほしい。

なので。まずは、奴がご執心の神様とやらだな。……どれだけ信頼できることやら。

（くく、神なんていやしないぜ）

──それを今から見せてやるッ。

「初弾装填《ナッハラーデン》──」

『了解《ヤボール》！』

Ⅱ号戦車の砲塔に懸架されている大砲の操作部に取りつくナセル。

Ⅰ号戦車のＭＧ13２挺とは違い、こいつには20ｍｍ機関砲と7・92ｍｍ機関銃が並列で装備されている。

──20ｍｍ機関砲。その威力は、7・92ｍｍを遥かにしのぐのはご覧になった通り。

ならば試そう、とナセルは照準を覗き込む。はたして、20ｍｍ機関砲は神に届くのか？　と。

「神の僕《しもべ》──古代の勇者に尽くした聖女さんよ」

目の前にそびえる聖女像を見て、ふと思いついたのだ。

神を信じる盲信者と、
神を信じなくなった異端者。

その二つが激突すればどうなるのか？

もし、神が祈りを聞いて、信者を助けるなら――20ｍｍ機関砲は悉く弾き返されるだろう。それは見ものだ。

……せーの、

「じゃ～、ドカンと行くぜ」

「――おおお、天にましますわれらが神よ、」

照準に合わせて砲塔を回転、そして砲の仰角を付けていく。狙う先は聖女像の顔だ。

……神様がいるなら、反撃してみろよ！

お前らの偶像崇拝の象徴たる、聖女さまのご尊顔をぶっ飛ばしてご覧あそばせよう。

神様とやらは、聖女のご尊顔を守ってくれるかな？　さってっと――。

……すぅぅう、

「ぶっとべやぁぁぁぁあああッッ!!」

気合とともに、ナセルは機関砲を発射する。その途端に――――ドゥカンッ！　と一発!!

「ひぃぃ！　おおお、神よ神よ!!　私をお救いください――」

空気を揺るがす大音響のあと、聖女像の顔が木っ端微塵に吹っ飛んでいく。

「ひゅー。……やっぱ、スゲェ威力だ」

撃ってみてナセルも驚いた。

人間が木っ端微塵になるのも凄いが、まさかいかにも固そうな像もぶっ飛ばしてしまうとは……。

「か、聖女様の顔が！　な、なんていうおぞましい事を！　お、おやめなさい!!　なんという罰あたりなことを!!　おおおおお、神よ！　この異端者に天罰を！　――早くッ！」

「あっはっは、どうしたどうした？　神様とやらは随分寛大だな。手下の聖女さまの顔面吹っ飛ばされてこの反応」

ほらほら？　天罰とやらはどうした？　――20mm機関砲を止めてみせろ!!

「ぐぐぐ、神よ――」

さぁ、次だ次だ！

ドゥン、ドゥン、ドゥン！

命中！　命中！　命中!!

ガラガラガラ！　と砂埃とともに、顔面がボッコボコになって小さくなる聖女さま。

さらには首が吹っ飛び、肩が砕けて腕が落ちる。……もちろん聖女像のことだ。

「あああああ！　神よ、神よ、神様ぁぁ！　テメェも、祈れやボケェェエ!!」「あべしッ」

ゴキン！　と腰の入ったストレートを拷問官の顔面に叩き込みつつ、器用に祈ってみせる。

ひゅー、いーパンチ。

ばらばらと降り注ぐ瓦礫に、傷だらけになりながらも祈り続ける神官長。

中々強情だ。さすがは聖女教会の大幹部。

だ・け・ど、まだまだこれからぁぁあ！　あ、そーれ、

――ドゥンドゥンドゥンドゥドゥドドドドドドドドガン!!

凄まじい轟音を立てつつ、20ｍｍ機関砲が唸りをあげて破壊の嵐を撒き散らす。

命中に次ぐ命中!!　次々に着弾しては聖女の像を削りとっていく。

胸、腹、腕、腰ぃ！

徐々に穴だらけに、かつ小さくなっていく聖女像。それとともに飛び散る破片の量も凄い。

「神よ！　神様ぁ！　いでー、神ぃぃ！」

ドドドドドドドドドドドドドドドゥン！！！

まだまだぁ！

まだまだまだまだ!!　さっさと20ｍｍ機関砲を防いでみろや、神さまよぉぉ！

そんなにのろのろしてんじゃ、聖女さまは足裏だけになっちまうぜぇ？

ほら、ほら、ほらほらほらほらぁぁぉ！

腰、足、股間、膝ぁ！

……ズズゥゥウウン!!

上半身は倒壊し、物凄い轟音を立てて消え去った。

濛々と立ち込める砂埃に、息も絶え絶えの神官長。拷問官も渋々付き合っているが、ウンザリしている様子が見てとれた。実際に、神官長も拷問官も身体はもう生傷だらけで真っ赤っか。

「神ぃぃ！　何やってんだよ！　祈ってるだろ！　助けを求めてるだろ！」

まだまだぁぁ。

ドゥドゥドゥドゥドゥドゥドゥドドドドドドン！！！

膝、腿、踝、踵ぉ!!

腰より下も穴だらけ、神官長は必死になって祈っているがもう聖女像の面影はない。

さらには、時折掠める20mm砲弾に肉を削がれていく神官長。

「いだいいだい!!　神ぃぃ！　あああああ！　さっさと助けろボケェ!!」

はいはい、おーわーりぃ。

――ドゥガガガガン!!

残った膝より下もボッロボロになって木っ端微塵。ぶっ飛んだ破片に頭を打たれて血だらけになる神官長。その形相は動く死体《リビングデッド》とそう変わらない。

「ぎゃあああああ!!　いでーーーー!!　ふざけんなよ神よぉぉ！　何かしろよボケェ！」

「わっはっはっはっは！　どうしたどうした？　神様はどこにもいないみたいだな？」

戦車から出ると、ＭＰ40短機関銃だけを手にしてナセルは神官長の前に立つ。

いや、立つと言えば語弊がある。神官長の体は破片と砲弾の至近弾によってズッタボロ。

ピクピクと動いているがもはや死に体だ。

「あーあー……ションベンもクソも漏らしまくってんじゃねーか、くせぇぞ――神官長さん」

「ぐぐ……おのれぇ」

顔だけをナセルに向けて唸る神官長。

「で――――……神様はいたかい？」

「ほ、」

ん？

「ほざけ異端者がぁぁぁ!!」

突如ガバリと起き上がった神官長。手には錫杖が握られており、金属のそれは実に硬そうだ。

「ノコノコ前に出てきやがって、舐めるな！　これでも元は神殿騎士団だ!!」

最後の力と言わんばかりのそれ。

ブォンと振り抜かれる錫杖をナセルは危うく喰らいそうになる。

「あっぶね！　ッッの野郎ぉ！」ゴキィ！

躱《かわ》しざまに体ごとぶつかるようにＭＰ40の台尻で神官長の顔面をぶっ叩いてやった。

「あぴゅ！」

ブシゥ……と鼻血を吹き出した神官長は半分白目を剝いてぶっ倒れる。

「……こっちも元軍人だっつーの。ふざけろッ、ボケ!!」

錫杖を奪い取ると、連続射撃で真っ赤に焼けた20ｍｍ機関砲の銃口に突っ込んでおいた。

「さぁって、お楽しみの時間はここからだ」

「や、やめ……」

ブルブルと震え出す神官長。だが、

「やめるわけねぇだろう！」

「ひぃ！　やめろ、わ、私が悪かった！」

悪かっただぁ？　……今さら悪かった、だぁッ?!

「聞く耳―――持たぁぁん！」おらぁぁぁぁぁぁぁぁ！

MP40を棍棒のように構えると、腰を入れて猛然とフルスイングッッ！

ゴキイイイイイン!!　と顔面に、さらに一発、追加ぁ。

「ゲブッッッ！　ブブブブブ…………だ、だのむ、やめでぇぇ！」

聞きませ～ん。あ、そ～れ！　――もぉおう、一発ッ！

ガッキイイン！　金属の銃身でブッ叩くように神官長の顔面にさらに一発。すると、ポコ～ン！　と弾け飛んだのは神官長の歯らしい。

「エビュぅ……ゆ、ゆるして……。ッッ！　そ、そうだ！　い、異端者の扱いを取り消すから！　な！」

ニコォ…………。

「ど、どうだ、良い話だろう!?　アナタの名誉は回復するし、……そうだ！　勇者の不貞も私が証言しよう！　な、どうですか!?」

ニッコォ…………！

とっても、素敵な笑顔で提案する神官長。……それを、

「はっはっは。神官長～」

ポンポンポンと、肩を叩いてやる。かる～く、優しげに。

「う、うん。いい話でしょう？　だから――」

ニッコリと、ナセルもいい笑顔。そして――、

「――……今さら聞くわけねぇぇぇぇぇぇえだろうが!!」

ボォキィィィィィィイイン――!!

大上段に構えたＭＰ40をぶっ壊れても構わないとばかりに、思いっきり振り上げて――

振り抜くッッ!!

「はぶぁぁぁぁぁあああああ！！！！！」

前歯を全てへし折られ、鼻が陥没した神官長。ドクドクと色んな穴から血を吹き出している。

うわ……まぁぁぁた、漏らしてるし。

「ううぎゃあああああ!!　あぶぶぶ……て、てめぇぇぇぇええ！　覚えてろぉぉぉぉ！」

ゲホゲホと血を吐く神官長に、
あ!?　覚えてろだ――？　………………ハッ！！！

誰が……、
誰が――。

「だ・れ・が・忘れるかッぁぁああ!!」

「ひぃぃぃぃぃぃぃぃ！！？？」

ナセルの憤怒の表情に怯えて、ジョバァァァァと失禁。……きったねー。

だけど、まだまだ……。

まだまだ、まだまだ――――まだまだぁぁぁぁ！！！

「誰が忘れるかよ。二度と忘れるものかよ。忘れてたまるかよッ！」

ユラ～～リと、肩を回したナセルは、

「……で、よ～。何《な～に》が異端者の取り扱いを消すだ。ん？　もっぺん言ってみ？　ん？」

「あ、それは、その――――まずは、教会総本山に連絡して……」

「……――あのよぉ？」

ガシリと神官長の頭を掴んで起こすと、メリメリメリメリ……！

「あだだだだだだ！」

「――今のお前にぃい、何の権力があると思ってんだぁぁぁ!!」

頭を掴んだまま、自分も倒れ込むように、「ヒッ!!　や、やめ!!」――――思いっきり！　地面に叩きつけたッ!!

ズガァァァァアンッッッッ！！！　と地響きが起こった気さえした。

それは、およそ人の出す音ではない打撃の音……。

「うぐぐぐぐぐ……」

口から血の泡を吐く神官長。

それを見るともなしに見て――、

「さぁって、……仕上げと行こうか」

ニイイイと、凶悪に笑うナセル。

それを近くで見ていた拷問官は、ブクブクとマスクの隙間から泡を吹いている。だが、容赦のない瞳は拷問官を射抜く。

「ぅひぃぃいいい……!?」

「よぉ。……そいつを押さえろ」

有無を言わさぬナセルの言葉に、コクコクコクコクコクコク!!

壊れた人形のように頭を振ると、拷問官はゴキブリのようにシャカシャカと動いて、その勤勉さと手慣れた様を見せつける。

「あ、アナタ!?　――――いづっづづぅ!!」

ガシリと関節を極《き》めるように、神官長を拘束してみせた。

「よしよし……動くなよ？　こいつぁぁ、とっておきだぜ？」

ジャラン♪　と飾りを鳴らしながら、神官長の使っていた錫杖を取り出す。

チリチリチリ……。

今の今まで、連続射撃で熱された20ｍｍ機関砲の銃口に突っ込んでいたので、熱が錫杖に移り――真っ赤に焼けていた。

「あちち……こりゃ火傷するぞー♪」

ナセルの手に伝わる熱からも、相当な温度になっていると分かる。

「な、なにを！　その杖は神聖なもので――――」

じゅううう……！

「ぎゃああああああああああ！！！」

神聖なそれをナセルは躊躇いなく神官長の胸に押し付ける。

それはボロボロになった服を焼き焦がし隠れていた皮膚をジュウジュウと焼いていく。

「あああああああああ！！！」

「うわ、くっせ～」

じゅううううう――――――！！！

ジタバタジタバタ!!

だが、ちょっと押し付けただけで済ますはずがない。

「前に使ってくれたような、専用の機材じゃないからな――ちょ～～っと時間がかかるぜ」

そうだ。

この痛み、
この熱さ、
この屈辱――――!!

「あああああづい！　あづい!!　やめろぉぉぉぉ!!」

「い、や、だ」

ニッコリと微笑むナセル。

それにブンブンと首を振ってイヤイヤをする神官長。だが、拷問官に拘束されて動けずに……

――――。じゅうううううううう！！！

「────ッッ……アアアアアアアアアア！」

え～っと、まずは十字を切って──。

「たって《縦》♪　たって《縦》♪　よっこ《横》♪　よっこ《横》♪　──」

焼けた錫杖をグリグリと押し付けながら、神官長の胸に十字を描く。それは実に書きにくい。

ジタバタ暴れるし、錫杖にへばりついた皮膚が邪魔だ。

だけど、止めません。

「────ぎゃああああああ!!」

だけど、はい。『十字架』完成～！　──次は『真円』を描く……ッと。

「ま～～る書いて♪　チョン♬」

ゆっくり、丁寧に円を描いて──グリグリぃぃ……ッとね!!

じゅううううう！！！

「ああああああああああああああ！！！」

あらら…………？　あ～～……さすがに、冷えてきたな。これじゃただの落書きだ。

う～む…………。

ボロボロと涙を零しているが、まだ意識を保っているとは──なかなか根性がある。

「ひ、ひぃぃぃ、ひぃぃぃ！」

「あ、こういう時は────出でよッ『工兵分隊』!!」

シュパァァァァアアア!!

召喚魔法陣が現れ、例の荷物満載の兵士が現れる。

ギルドマスターを仕留める時にも手を貸してくれたドイツ軍の技術屋集団だ。

『集合終わり《アンゲトレーテン》！』

一個分隊の工兵。

「ひぃぃぃぃ！　ま、また増えた!!」

その威圧感は半端ではない。それ以上に、ナセルの召喚術としてもかなり限界値に近いのだろうか。魔力の減少を感じて少しふらつきを覚える。

以前の『ドラゴン召喚士《サモナー》』のＬｖ並みのステータスを引き継いでいるなら、魔力はＬｖ５～６相当はあるはず。

だが、この１日で随分と召喚術を行使し、今はＬｖ２とはいえ、『Ⅱ号戦車』と『歩兵小隊』、そして『工兵分隊』３つもの召喚獣を同時顕現させている。

そりゃあ疲れるはずだ。だが、ここが正念場。……なんといっても、お楽しみタイムだ！

「軍曹。棒が冷えた。熱くできないか？」

『ハッ《ヤー》。お任せを《バァラスエスミア》』

ナセルから錫杖を受け取ると持ち手の部分を防火布で覆い地面に埋める。

熱する部分には荷物から取り出した爆薬をセットする。

「それは？」

『焼夷剤です。瞬間に高温を発しますが、鉄を溶かしかねないので、量を絞りました――あとは火炎放射器で炙ります』

そう言って兵を呼び寄せると、酒樽を担いだようなゴツイ厚手の服を着込んだ容姿の兵が進み出る。

『やれ《マッハエス》』

『了解《ヤボール》！』

ホースのようなものを錫杖に向けたかと思うと――――。

ブォゴゴォォォォオオオオ！！！！

強烈な火炎が生まれて錫杖を焼き焦がしていく。ムワァ！　とした熱気が押し寄せるほどの膨大な熱量。さらに先端に持っておいた焼夷剤に引火し、目が潰れそうなくらい明るい炎が生まれる。

「ひぃぃぃぃいいいいいい！！！」

その炎に怯えきった神官長がまた放尿する。ホカホカと湯気の立つ様を見てもナセルの中に同情心は浮かばない。奴の胸にはまだ半端な異端者の焼き印しか付いていないのだ。

……全然足りない。

ナセルはジクジクと痛みと熱を覚える胸の傷をギュゥウと握りしめる……。

ほどなくして真っ赤に焼けた錫杖が完成すると、手渡された。

「良い手際だ。……軍曹。歩兵隊の支援を頼む。死体が匂う」

『了解《ヤボール》！』

キビキビとした動作で工兵たちが散っていく。そして、残敵掃討中の歩兵隊と合流すると、すぐさま指揮下に入る。

あとは、効率的に、火炎放射器で浄化したり、焼夷剤をそこらじゅうでボンボン投げて焼き尽くしている。それはそれは丁寧で、実に楽しそうだった。

「さって！　仕上げと行くか神官長殿！」

真っ赤に焼けた錫杖を手にナセルが凶悪な笑みを浮かべる。

それはそれは凶悪で明るくて、陰のある晴れやかな笑顔だった。

「よせ！　やめろ！　やめてくれ！　やめてください!!」

あ？

やめろ？

やめてくれ？

やめてください？

………………ハッ！

「お前は、やめなかった。ただ、それだけだ――」

ニッコリ。

や、
やめろぉぉぉぉぉぉおおおおおおおお！！！！

ブリブリブリブリブリ――………!!

「ぎゃあああああああああああああああああ」ジュウウウウ………――――。

これで、

「２人目――――……」

皮膚の焼ける悪臭のなか、神官長が胸に大きな焼き印を付けられた状態で気絶している。

尿どころか脱糞に涎と鼻水でもうグチャグチャだ。殺してやるのは生ぬるい。そうとも……殺して終わりにするかっつーーの。

……ま、生きられるかどうかは知らん。運よく助かっても、自らが散々生み出した異端者に、お前さんも成り下がってしまったんだ。胸に教会十字――――異端者マークの神官長殿。

これで、もう二度と元の生活に戻ることはないだろう。

石を投げられ、蔑まれ、糞を食わされ、泥を啜って残飯を漁る生活か。あるいは山に籠って野盗になるか。――腕っぷしが強ければ、魔王軍に入れるかもしれないな。

「明日から異端者生活――――せいぜい気を失っている間に幸せな夢でも見るんだな……それ以外に楽しみはない」――ペッ。

これはナセルの実体験だ。皮膚の焼ける悪臭に包まれる神官長を見下ろし、唾を吐き捨てる。

（こいつは、これはこれでいい）

生き地獄を、存分に味わうがいい。

さて、
次の奴も、簡単には殺さない……ナセルの味わった苦しみの何分の一でも味わわせてやらなければ気が済まない。

全員、俺と同じ目に――――いや、もっと、もっと、もっと悲惨な目にあわせてやる！

次は――――国王!!　首を洗って待っていろ。

■第13話　王国の要

「謎の軍隊じゃと？」

「はッ！　神殿騎士団の者はそう申しております」

城内の豪華な執務室で報告を受けていた国王は首を傾げる。

「いずこの国か？　所属の旗くらい持っておろうが――」

「わかりません。目撃証言は多くありますが、どれも要領を得ないものでして……」

執事のような格好をした国王付きの連絡官は困り顔だ。

「ふむ。ま、よい。で――」

「は。教会本部は壊滅……。聖女像は損壊、神官長は現在交戦中らしいですが、長くはもたないだろうと……」

あの神官長殿が、……なんと痛ましい――。そう顔を歪める連絡官に比して、王は逆の表情。

「ほほう!?　神官長もか。うむうむ、それはよい――」

「は？　今何と……」

「ん？　それは良いと言ったのじゃよ。教会本部のここ数年における発言力の増加は、少々目に余るものがあったからのー」

王国での宗教を司る教会と、政治を司る国王。民からすれば、心の拠り所となる教会の方が信じるに値すると思われているので、王としては面白くない。

税を取る王国に対して、教会は寄進を募るのみ。渋々出すお金と違って、教会には人々が自ら喜んで金を差し出すという。それは国王からすれば全く理解の範疇からスポーンと抜けるものだ。

「よいか。今すぐ軍に連絡しておけ。――神殿騎士団は今日をもって解体するであろう。希望する兵は王都警備隊にでも編入してやれ」

「よ、よろしいので？」

「ロクに戦争にも行かん騎士団など目障りなだけだ。まずは教会の軍事力を奪う」

くっくっく、と――意地悪く笑う王は、この事態さえ利用しようという。

王都における教会は、確かに教会における最大勢力ではあるが、総本山は別にある。

あくまで、聖女教会という巨大組織の一部でしかないのだ。とはいえ、世界一の国家たる王国での権威失墜と武力の消滅は容易に回復できる損失ではない。

教会にとっても、かなりの痛手であることは間違いない。

「畏《かしこ》まりました――手配いたします。それと、」

「まだあるのか？」

「――は。例の軍隊ですが……ナセル・バージニアが指揮していたと報告があります」

「………………誰じゃ？」

ううん？　と、怪訝そうな顔をした国王に、

「え〜っと……ほら、勇者の──セフ……女の……元旦那です」

「……ッ！　あ、あーあーあーーー！　あのドラゴン召喚士《サモナー》か！」

「そうです。もっとも異端者の焼き印のせいで『ドラゴン』は二度と呼べないでしょうが……」

天井を見上げて思案しているらしき王は、

「ふむ……そ奴が軍隊を指揮しておるとな……。それは、賊の類と思ってよいのじゃな？」

「はッ。恐らくは……少なくとも、冒険者ギルド、教会本部は奴が指揮した軍隊が破壊したと考えて間違いありません」

「なるほどのー……全てを奪われた復讐か。どこぞで賊を募ったか──」

「えぇ……。しかし、賊にしては強すぎます。恐らくですが、どこかの国の支援を受けている可能性も考えるべきかと……。聞けば奇妙な鉄の馬車すら持っていたと」

ふむ………。

「魔王軍ではないのだな？」

「はい。奴の軍隊は間違いなく人間であったそうです。それと、……轟音を立てる魔法の使用が確認されました。それも複数です」

「……ふむ？　つまり、魔法兵の軍隊か。そんな軍を運用できるのは、我が国か──あとは、帝国くらいなものじゃな」

王国と隣接する『帝国』という巨大軍事国家がある。王国以上に精強な軍隊を誇り、領土も拡大

し続けている気合いMAXの大国だ。現在は魔王軍との戦いがあるため、王国と帝国は同盟を結んでいる。いるが……、魔王を退けたならば、今度は帝国と雌雄を決する時が来るだろう。

「それは、帝国の威力偵察の類であろうな。ナセル・バージニア……帝国に落ちたか、あるいは利用されておるのか――。うむ……よし、近衛兵団を招集するッ。あと――」

「はッ」

「王立魔法兵団から、奴を呼べ」

ギョっとした顔の連絡官。

「りゅ、『龍使い《ドラゴンマスター》』――で、ありますか!?」

「そうだ。『ドラゴン召喚士《サモナー》』は、何も奴だけではない。ふむ――ナセル・バージニアか……。元最強のドラゴン使い――……ならば、ドラゴンに殺されるなら、奴も本望じゃろうて」

しみじみと語る国王の言葉を受けて、カツン！　と、踵を合わせた連絡官は腰を丁寧に折り曲げて一礼。

「畏まりました――」

そのまま、定規のようにキリリとした所作で執務室をあとにする。

あとには国王が残された。すると、立ち上がった王は窓枠に近づく。

「ほーう……燃えておるな――」

彼の視線の先には教会本部があったらしい。今は見るも無残に崩れ去り、巨大な聖女像がボロボロの姿になっていた。……だが、それだけでは済まないらしく、攻撃は継続しているのか、徐々に砕け、潰れ、小さくなっていく聖女像。
彼方からは雷のような激しい音が響き渡っていた。

■第14話　龍使《ドラゴンマスター》い来襲

教会跡地――――。

『任務完了《フェイクスィディシュ》――帰投《ズルックキィハン》します！』

バシン！　と敬礼した少尉に、ナセルは軽く頷く。

「ありがとう《ダンケ　シェーン》……」

その言葉を受けて、ニと口の端を浮かべて笑ったように見える『ドイツ軍』。召喚獣だというのに人間臭い。いや、人間を召喚しているのだから当然か。

魔力のつながりを解くと、キラキラとした光の粒子を纏って砂人形と化していくようにサァァァァ……と風に流れていく。

あとには、僅かに戻った魔力と、彼らの頼もしさだけが残る。それは一種、寂しげでもあり――。

いや。

さて、次に行く……。

ナセルがそう決心した時――――それは来た。

「ん？　今、何か――……」

移動のための召喚獣を呼び出そうとしていたナセルの視界を黒い影が覆った。それは一瞬であったが、間違いなく何かが上空を航過していったのだ。そして、その影が地上を滑っていく――――。

ハッとしたナセルは、空を見上げる。それはナセルにとって、実に馴染み深いものだった。

「なッ！　なに?!」

こ、この気配は――――……！　ガバリと顔をあげたナセルの視線の先にいたもの。

すなわち、

「ど、『ドラゴン』…………!?」

ギイイイエエエエエエエエエエン!!

赤い鱗肌に凶悪な顔つきの巨大なドラゴン――――そして、その背に跨るのはッ!!

「『ドラゴン召喚士《サモナー》』Ｌｖ６……レッドドラゴン（大）を操る男……――！　ドラゴンマスター

……バンメル元帥か?!」

ヴァッサ、ヴァッサ……！

ナセルを視認したのか、そいつはドラゴンをゆっくり旋回させて低空飛行に移る。そのままナセルの目前まで降りてくると、着地せずにホバリング。

ドラゴンの翼が立てる風の流れが埃を舞い上げた。

「ほっほっほ。久しぶりじゃなー、ナセル・バージニア。閑職の魔法学校の校長の時に会って以来かのー？　いやいや、それとも、戦場だったかえ？」

「どちらでもお会いしておりますよ。お久しぶりです……校長先生」

小汚い冒険者の格好をしたナセルと、豪奢なローブに身を包んだ翁《おきな》。

「おー……。久しぶりの呼ばれ方じゃなー……もう、何年になる？」

「…………昔話をしに来たわけではないですよね？」

殺気を纏った状態で言われているのだ。……いくらナセルが鈍くとも気付く。

「せっかちな奴じゃ――――」

ナセルの覚悟と敵対意思を確認した翁は口の端を歪めて笑う。

「ま、だからこそ壊しがいがある！」

「――ッ！　やはり追手か！」

上品に笑っていたかと思えば、年齢を感じさせない猛々しい笑みを浮かべる翁。

むしろ、この凶悪かつ凶暴な雰囲気こそが彼たらしめている気がするほどだ！

「今さら戦闘態勢をとったところで襲い！　さぁ、やれぇぇ！　反撃の暇など与えるなッ」

――コォァアアアアアア！！！

「チィ！」

ナセルの目の前で、レッドドラゴンの口腔に赤い光が溜まっていくのが見える。

別名、炎竜――――奴の……レッドドラゴンの得意技、高熱のドラゴンブレスだ!!

「カッカッカ！　す～ぐに死んでくれるなよ？　小僧ぉ！」

嗜虐心に満ちた顔で笑う翁。

そうだ。こいつこそ、ドラゴン召喚士《サモナー》Ｌｖ６――この国でもっとも強い召喚士。

そして、由緒正しき謎の部隊――――魔法兵団の元帥にあたるその人物――――!!

「龍使い《ドラゴンマスター》」のバンメル！

「やれぃ！　レッドドラゴン！」

「こなくそぉ！」

ナセルは召喚獣のステータスを呼び出し、戦車を召喚しようとする。

あの鉄の中なら大丈夫かもしれないと――。

ブゥン！

ドイツ軍
Lv3：
※　※　※：
ドイツ軍
Lv0→ドイツ軍歩兵1940年国防軍《ヴェアマハト》　型《タイプ》
Lv1→ドイツ軍歩兵分隊1940年国防軍型
　　ドイツ軍工兵班1940年国防軍型
　　Ⅰ号戦車B型
Lv2→ドイツ軍歩兵小隊1940年国防軍型
　　ドイツ軍工兵分隊

Ⅱ号戦車C型
R12サイドカーMG34《軽機関銃》装備
Lv3→ドイツ軍歩兵小隊1942年自動車化
※(ハーフトラック装備)
ドイツ軍工兵分隊1942年自動車化
※(3tトラック装備)
Ⅲ号戦車M型
メッサーシュミットBf109G《戦闘機》

(次)

Lv4→ドイツ軍装甲擲弾兵小隊1943年型
※(ハーフトラック装備)
ドイツ軍工兵分隊1943年型
※(工兵戦闘車装備)
ドイツ軍砲兵小隊
※(軽榴弾砲《10・5cmleFH18/40》装備)
Ⅳ号戦車H型
ユンカースJu87D《急降下爆撃機》
Lv5→????

Ｌｖ６↓？？？？

Ｌｖ７↓？？？？

Ｌｖ８↓？？？？

Ｌｖ完↓？？？？


「れ、Ｌｖが上昇している……!?　これなら！」

その瞬間に、ナセルは間髪入れずにⅢ号戦車を召喚する。

「来い――――Ⅲ号戦車ぁぁぁぁぁ！」

――――ブワァァァァァァ！！！

一回り大きな召喚魔法陣が生み出されると、そこに――――！

ズゥウゥゥゥウウウンン!!　シュゥゥゥ……。

「で、でかい――――――……」

「な、なんじゃそれは!?」

『準備よし！《ベハイズシィグゥト》』

操縦手席、無線手席、砲塔のハッチが開き、４名の乗員が現れた。

「早く乗せろ！　ブレスが来る！」

キユボォォォォオオオオ!!

ナセルが乗員とともにⅢ号戦車に乗り込んだ瞬間を見計らったかのように、ドラゴンブレスが戦車を嘗め尽くす。

ブゴゥゥゥウウウウウ！！！！

ツ――……。

ツ！！！

鋼鉄の戦車の中にムワッとした熱気が押し寄せるが――。

『危なかったですな。M型は特に密閉率が高いので無事でしたが……』

渡河することも前提に入れているⅢ号戦車M型は要部の水密構造がしっかりと取られている。それが故に、ドラゴンの熱も防ぐことができたようだ。とは言え、ドラゴンブレス――とりわけ熱量に特化した、炎竜ことレッドドラゴンの炎はフルプレートアーマーを着込んだ騎士をドロドロに溶かすくらいには高熱の炎を吐く。

「くそ！　死ぬかと思った……。バンメルの野郎――龍使い《ドラゴンマスター》と言われるも、別の二つ名は殺戮翁《さつりくおきな》と言われるだけあって容赦がない……」

かつて魔王軍との戦争では大活躍をしたバンメルだが、あまりにも苛烈な戦いをすることで敵味方双方に恐れられていた。なにせ、捕虜ごと焼き殺すのは日常茶飯事で、下手をすると乱戦中の味方部隊がいてもお構いなしにドラゴンに攻撃させる。

もっとも――それはバンメル曰く、その戦場が押し負けるのがわかっているから……だそうだ。

実際、全ての乱戦にドラゴンを投入するわけではなく、勝ち目が薄いと判断した戦場にドラゴンを投入し、敵ごと焼き払っているのだという。……確かに、中途半端に数を残して撤退された方が、策源地を逆に辿られることにより、追撃戦による大損害を被ることもある。それは、時に部隊の全滅どころか後方すら巻き込みかねない危険なこともあるのだとか……。

とは言え……だ。やられる側はたまったものではない。それにあの翁ときたら、味方ごと焼く尽くす時ですら、ゲラゲラと高笑いしながらドラゴンを操っているのだ。――その見た目のインパクトは強い……嗜虐心があって殺戮を好んでいると思われても仕方がないだろう。

で、だ。

そんなこんなで、一度は閑職である――兵を育てるための学校長に収まっていたようだが……現役復帰していたとは。

ナセルがドラゴン召喚士《サモナー》になるために学んでいた時代に、たまたま閑職に追いやられていた時のバンメルが学校の校長であったのだ。

……懐かしいなんてものじゃない。

もっとも、当時のバンメルは人のいい好々爺にしか見えなかったが……。

ま、思い出なんて今さらどうでもいい。多少は、同じドラゴン召喚士《サモナー》として目をかけてもらっていた気もするが、今となっては『異端者ナセル・バージニア』と『王国の隠し刀たる魔法兵団元帥』だ。元恩師とはいえ……。今は、敵も敵――――怨敵だ。

……やるしかない。それにバンメルはやる気十分だ。

だったらよぉ……。

「――やってやんぜ！！！」

熱気に包まれる車内の温度が僅かに下がる気配。

外で空気が焦げる嫌な音も不意に止んだ気がした。

む…………。

「ブレスが収まった？　『軍曹《フェルトベーベル》』――ドラゴンを落とす《ラスデン ドラハン ファイン》。攻撃開始《アングリフスタートゥン》!!」

『了解《ヤボール》!!』

※　バンメル視点　※

「何じゃありゃ!?」

巨大なレッドドラゴンに跨り、悠々と空を舞っていたバンメルの前には、突如として見たこともない鉄の箱が生まれた。

それが召喚獣らしいと気付いたのは、巨大な魔法陣から生み出されたこと、そして、あの鉄の箱がキラキラとした召喚光を纏っていたことだ。そりゃあ、同業者ならではのこと。

――わからいでかッ！

……なにより、あの男。

ナセル・バージニア――。若くしてドラゴン召喚Ｌｖ５に達した、新進気鋭の最強のドラゴン召喚士だった者だ。

――最近、呪印を失ったと聞いていたが……。

「ぬぅ？　変わった召喚獣じゃのー？　鉄の箱……――兵器かの。そして軍隊を召喚するのか……」

レッドドラゴンの灼熱のブレス。フルプレートアーマーを着た重装騎士《カタフラクト》や、ガッチガチの鎧にタワーシールドを構えた重戦士《ヘビーファイター》ですらドロドロに溶かしたこともあるドラゴン最強のスキル――ドラゴンブレスだ。

その灼熱の炎を受けてさえ、平然とした様子のナセルの召喚獣。そいつは、メラメラと燃え盛るドラゴンの炎を受けてもビクともしない鉄の箱で、異形の怪物だった。

「ほ。やりおる……」

少々、鉄の箱の表面に焼け跡が付いたくらいで溶けた様子もない。

「ん～……。ありゃ相当分厚い鉄じゃの？」

ならばどうしてくれようか……。

バンメルの手札は多い。

今召喚しているのはレッドドラゴン（大）だが、他にもフロストドラゴン（大）や、腐竜にヨルムンガンドが呼び出せる。もっとも、水中戦仕様のヨルムンガンドはここでは意味がないので、現実的に考えるならフロストドラゴンで冷やすか、腐竜で腐らせる方法だろうが……。

「む？」

ガコン！

ブレスが収まったタイミングで、初めて動きが出た。

（ナセル……？）

ギギィ……。

鉄の箱のふたが開き、ナセルが顔を出した。戦士の顔をしたナセルを見て、懐かしいものよ、と感慨にふける暇もなく、その痩せこけてはいるが精悍なる顔つきを見て、眉根を寄せたバンメル。

（あやつ……。あんな顔をする奴じゃったかの？）

——それに何じゃあれは？

奴は手元に長い鉄の筒のようなものを抱えており——……それをバンメルに指向していた。

鉄の箱から突き出しているフックのようなものにそいつを固定すると————？

「くたばりやがれッ！」

明らかに射程外。バリスタでもなかなか届かぬ高空にいるバンメルに向かって吐き捨てるナセルのその行動の意味は分からなかった。

「ぬぅ？　殺気じゃと?!」

だが、歴戦の召喚士であるバンメルはすぐに危機を感じ取りドラゴンに回避行動をとらせた。

「……レッドドラゴン、緊急回避じゃッッ」

次の瞬間、
ブォバババババババババババババババババババ！！！

その筒の先端がギラギラと輝き、光の矢のようなものを放ってきた。

ビュンビュン！　ピシュン！

耳元を掠める擦過音！　それが猛烈に、そして大量に!!

「ぬぉぉぉぉぉおおおお！　ま、魔法攻撃じゃと!?」

完全に躱したと思っていたが、その光の矢は連続して次々に向かってくる。

しかも、

――グルォオオオオ!!

操っているドラゴンが苦悶の声をあげていた。

「な、何ぃッ!?」

見れば、ドラゴンの腹部に小さな穴が多数開いている。

光の矢は全て躱したはずじゃが……!?

ピシュン――！

その時、バンメルの顔の傍《そば》を再び何かが高速で航過していき耳に擦過音を残す。

「な、なんと……光の矢は囮か？」

そうとしか考えられない。しかも、今もまさにドラゴンには絶えず何かが命中しているらしい。

光の矢に混じって見えない矢も含まれているのだ。

「ま、魔導兵器!?　兵器ごと魔法兵の軍隊を召喚しているというのか!?　やるなぁ、ナセルぅ！」

だが、今はナセルが上半身を露出させている――これは絶好の機会！

行け――ドラゴン！

バンメルは体を伏せ、ドラゴンの背にある鱗の凹凸に身を隠す。自らの露出を最低限にしてのドラゴンアタックだ！　これぞドラゴン召喚士《サモナー》の真骨頂。ドラゴンの攻撃手段はブレスだけではない。その頑丈な体——爪、牙、尻尾！　なんでも御座れだ！

そして、ダイレクトアタックをするべく、ドラゴンを低空飛行で特攻させる。

「儂の前に顔を見せたのが運の尽きよ!!」

ブレスを溜める時間はない。ならば全身をもってナセルを引き裂いてやるのみ！

「それはこっちのセリフだッ！」

低空かつ、高速で相対しているためナセルの叫びすら聞こえる。

ブォババババババ！　ブォバババババババババババババン!!

そして、狂おしいまでの魔導兵器の獣の如き咆哮も——。

だからドラゴンも叫ぶ。——いてぇぇじゃねぇか、と！

『ググウウオオオオオオオオオオオオオン！』

だが、ナセルも負けてはいない！　伊達に元ドラゴン召喚士《サモナー》をやっていない。

ドラゴンの咆哮に怯えることもなく、真っ向から立ち向かうと、

「おおおお、ちいぃぃぃぃ、ろぉぉぉぉおお!!」

ブォバッババババババババババババババババババ————!!

ギラギラと輝く鉄の筒!!　その輝きに合わせて何かが飛来しドラゴンを射抜いていく！

「甘いな、ナセル！　ドラゴン召喚士《サモナー》だったお前ならドラゴンのタフさはよく知っておろうが

ッ！」

血を噴き、苦悶の声をあげるレッドドラゴン。

だが、これしき。

なんのこれしき。

そんなもので、ドラゴンが止まるかぁぁぁぁああ！

――勝った！　勝ったのだ!!

「突撃じゃぁぁぁぁぁああああ！！！」

あと少しで牙が届く――――。

爪が届く、尾が引き裂く――――――――！

その瞬間を夢想して、バンメルは突撃の手を緩めない。

――あと数瞬、あと…………刹那の時ぃぃぃぃぃ！

もて！　耐えろ！　我慢しろぉ！

「――レッドドラゴぉぉぉン！」

そして、異端者の肉を喰らええぇぇ！

「「うおおおおおおお!!」」

両者叫ぶッ！

ババババババババババババババババババ！！！！

ビシシ、バシン、ビシィ!!　何かがドラゴンの皮膚を突き破り、今にも耐久限界を超えた召喚術が解けて、バンメルのレッドドラゴンが消えてしまいそうだが……まだもっ、てい、る！

行けるッ！

ナセル――――勝ったぞ！

グワバぁぁ、と大口を開けたドラゴンがナセルに喰いつかんと……、

「ぬ?!」

ウィイイン――…………ガコンッ。そんな不気味な唸りが聞こえたかと思うと、

『目標正面《トォファーム》――……撃てッ《フォイア》』

「いかん！　何か――」

ズドン！！！

バンメルの勘が逃げろと言っていた。だが、一歩遅かったらしい――その瞬間、そいつが火を噴きやがった。そう、……鉄の箱の鼻先から伸びた煙突――そこから火が！

ゾッとしたのも束の間、回避することもできずに、グギャ！　と、一瞬、ドラゴンがビクリと跳ねたかと思うと、もう消え始めていた。

「――な、何ぃぃぃぃぃぃい!?」

フワリと空中に投げ出されるバンメル。

支えるものは何もおらず、あとは突撃の勢いのまま地面に激突するだけ。

ポーーンと、一人空中に投げ出されたバンメル。

バンメルは慣性の法則に従い、ドラゴンの余勢を駆って鉄の箱を飛び越えていった――――その

時、「ざまぁッ！」と、ナセルがガッツポーズをしているのが見えた。

「ふ…………やるなぁぁ！　ナセルぅぅ！」

だが、バンメルは少しも慌てていなかった。

レッドドラゴンが正面から倒されたのは、いささか驚いたものの、死を感じるにはまだ早すぎる。

──落下激突？

するわけねぇだろ。

「出でよッ────フロストドラゴン（大）!!」

冷静に次の召喚獣を呼び出したバンメルは、空中に現れたソイツになんなく受け止められて、ゆっくりと背に着地した。悔しげにこちらを見ているナセルを見て。

「第二ラウンド開始じゃぁよ！」

ス────と、召喚術行使の構え。次々に浮かんでくるのは多数、多数の召喚魔法陣。

……多数!?

いや、多数どころじゃない。────無数だ！！！

くっくっく。龍使い《ドラゴンマスター》の異名。とくとご覧に入れよう。

第15話　ドラゴンVS MG34《機関銃》

『発射ああ《フォイアァァ》！』

ズドンッ――――！

砲手の号令とともに発射されたのは、Ⅲ号戦車搭載の長砲身5cm砲から発射された徹甲榴弾。

本来、地上の目標を撃破するためのもので、航空目標を狙うようにはできていないが……。向こうから一直線に突っ込んで来てくれれば別らしい。着弾の衝撃でビクリ！　とドラゴンの体が震える様までまざまざと見えた。

超至近距離でぶっ放した5cm砲弾は適確にドラゴンを貫き、口から尾まで抜けきり――、一撃で滅却してしまう。あのレッドドラゴンが、だ。

「すげぇ……」

Ⅰ号戦車やⅡ号戦車も凄かったが、こいつは桁違いだ。

砲塔に搭載された同軸機関銃に大砲――。恐らく、これが戦車というものの真の姿なのだろう。

とッ!!　いやいや、――今は感心している場合じゃない！

ナセルは頭上をスッ飛んでいったバンメルと目が合った時、いやな予感がした。

すぐに奴の姿を目で追うと――――。

「何だと!?」

そこには、青い体とシャープな顔つきの巨大なドラゴン……フロストドラゴン（大）がいた。

いや、それどころか、空中に多数の召喚魔法陣が現れて続々とドラゴンが産み落とされていく。

その数――――無数!?

「ばかな！　バンメルは召喚Ｌｖ６だろう!?　な、何でそんなに一気に召喚できる！」

人間は魔力量が限られている。誰でも無限に魔法が行使できるわけではなく、当然ながら連続で使用すれば枯渇するものだ。唯一の例外は、伝説の大賢者《アッカーマン》くらいなもの……。

もちろん、バンメルは大賢者《アッカーマン》などではない。奴はかつてのナセルと同じドラゴン召喚士《サモナー》だ。ならば、いいとこ――ナセルよりも少しばかり魔力が多い程度だろう。

魔力も体力と同じで年齢によって増減するらしいことを考えると、召喚士ＬｖとバンメルＬ自身のＬｖ、その両方がいくら高くともあんなに召喚できるわけがない。

しかも、ナセルはレッドドラゴンを撃破した。――つまり、バンメルが自ら召喚を解いたわけではないので、レッドドラゴンを召喚した魔力は霧散しているはずなのだ。

ならば、フロストドラゴン（大）を召喚する魔力などあるはずが――――!?

レッドドラゴン（大）と同程度の魔力を必要とするフロストドラゴン（大）――。これらを召喚しようとするなら、ナセルであったならば、少なくともある程度のリードタイムは必要になる。

個人差はあるとは言え、数分や数秒で魔力が元に戻るものではない。ナセルでも、ポーションなどの援助がなければ半日から丸1日使えないこともある。

もっとも、この辺は非常にファジー《あいまい》なのだが……。

だとしても、バンメルのように直ちに召喚できるなど――ありえない!?

「くそ！」

だが事実は事実。バンメルは未だに余裕を崩さず、召喚術を行使し続けている。

それをおいても、バンメルの魔力量は異常だ。

「くそ――マジックアイテムか！　……魔法兵団の元帥だ。いいもの使ってるんだろうさッ」

何かしらカラクリがあると見て、判断を切り替える。ゴロツキ冒険者から剝ぎ取った装備のナセルとは大違いだ。当たり前のことだが――――くそ!!

バンメルの無力化には、魔力切れを待つしか手はない。最悪、無限に産み出せると判断すべきかもしれない。実際に、Ｌｖは様々だが色んな種類のドラゴンが空を舞い狂っている。

――まさに、群れだ！

「これが龍使い《ドラゴンマスター》――殺戮翁《さつりくおきな》の真の実力!?」

多数のドラゴンが舞っている空は、真っ黒に埋め尽くされていた。それらの多くは、小型や中型が占めていたが――それでも圧巻だ。その群れを統率するように悠々とフロストドラゴンに跨るバンメル。……ニヤリと顔を歪めていやがるのが、ここからでもわかった。

「ちぃ！　いい気になるなよ――全部、叩き落としてやるッ」

手元の銃架には、対空機関銃用の照準器が取り付けられたＭＧ34がある。だが、弾はさっき撃ち尽くしたので再装填中だ。それでも、コイツの連射力は群を抜いている。

ガシャ、ジャキ――。

ドイツ兵にレクチャーを受けたというのもあるだろうが、自分の召喚獣のためだろうか……。

MG34――。初めて触れたというのに、なんとなく扱いが分かるのだ。

それはドラゴンに対して、以心伝心――ナセルの意思を……種族を超えて伝えていた、かつてのあの時の感覚に近い。そのため、流れるような動作でメタルリンクで連結された250発の金属ベルトリンクを装填し、コッキングレバーを引く。

ガシャキッ!!

円環型の照準器の中に無数のドラゴンを捉え――そして、銃床を肩に付けると空に向かって咆哮した！

――墜ちろぉぉぉぉおおおおッ!!

そうとも！　MG34とともに吼えるのだ！

なんか、こう――すごくテンションが上がるのだ。バリバリ撃っているとぉぉぉおお！

「ッ発射《フォイヤァァァ》ぁぁあ――――!!」

ヴォバババババババババババババババ!!　と、まるで、獣の咆哮にも聞こえる連続発射音。

時々混じる曳光弾が光の矢の如く目標に向かっていく。

「うぉぉおおおおおおおおおおおおおお!!」

空を埋め尽くすドラゴンの群れ。これならどこを狙っても当たりそうだ。実際、小型竜などはM

Ｇ34の対空射撃によって何頭も仕留めているらしく、櫛の歯が欠けるようにドラゴンが光の粒子になって消えていくが――。

ぐ――――！

「お、……多すぎる!?」

悲観を口にした瞬間、上空のバンメルが配下のドラゴンの群れに突撃の号令を下す。

「そうとも、多いじゃろう？　絶望に顔を歪めて焼かれるがいい――――ドラゴンッ！」

――ギエエッエエエエエエエエン！

ドラゴン召喚士《サモナー》特有の魔力の動きを感知するナセル。だが、その量は桁違い……。

くそ！　なんなんだ、バンメルの奴の魔力の量は!?

ヴォォバババババババババババ…………！

……ッ!?

「やばいッ！」

快調に射撃を続けていたものの、ナセルは危機を感じ素早く砲塔に潜り込んだ！　その直後ッ
――。ナセルの頭上に真っ赤に燃え盛るブレスが降り注いでくる。

僅かばかりに手を焦がしながらも、ハッチを閉塞する。残念ながらＭＧ34の回収はできなかった。

キユボォォオオオオン!!

――グァボォォオオアアアア!!

――――キユボォォォォオオオオ!!

ハッチを閉塞した後、ジリジリとした熱を感じるに、ブレスの一斉射撃を浴びているのだろう。

「くそ！　物量で来やがった――」

『反撃《ゲーゲナングリフ》します！　ただ《ムット》、主砲《ハウト》と《ウント》同軸機関銃《マシンゲヴェーア》では《イッヒ》対空射撃には向いておりません《カインカアンフルウクアヴシーセン》』

砲手がヘッドセットを通じてナセルに報告してくる。

「いい！　とにかく追い払ってくれ！」

『了解《ヤボール》！』

クゥイイイイーーン……。ペダルを踏めば電動駆動で砲塔が滑らかに動く。砲手は旋回ハンドルと仰角ハンドルを駆使して微調整し、仰角を最大に取ると照準器を覗き込み――発砲した。

ズドォォオン！

砲塔内に砲煙の噴き戻しが起こり途端に空気が悪くなる。しかし、ハッチを開けることができないので換気装置の排気を待つしかない。だが、その排気を待つことなく装填手は新しい砲弾を装填し、その度に砲手が空に向かって発砲する。

ドカンッ！

――ドカンッ！

――――ドガァン！

５ｃｍ砲のつるべ撃ちだ。

車内に、どデカイ空薬莢がゴロゴロ転がる。

そこから発せられる硝煙の臭いが戦車の中に充満する。さらには、余熱が燻《くすぶ》り一気に温度が上がり始めた。

（――暑いな……）

油脂の臭い、
硝煙の臭い、
軍人の臭い、
最悪の環境だ――――。

戦果を確認するためナセルはキューポラの視察孔から外を確認するが、その結果を知って愕然とする。

「くそ！　当たってないのか!?」

ドカン、ドカン！　と盛大に主砲が空を撃つが上手く当たらない。それどころか勢いを失って放物線を描くのみ。さらに、バババババババババン!!　と、5cm砲の間隙を埋めるべく、同軸機銃のMG34が空を薙いでいく。

これは、多少は効果があるのか、ドラゴンの群れに突き刺さる手応えを感じる。とはいえ、主砲よりもまだマシな気もすると言う程度――それくらいだ。空を埋め尽くすドラゴンは未だに健在!!

くそッ！　打って出るか？

――だが、相手はドラゴンだぞ？

MG34の7・92mmが強力とは言え一発程度ではどうにもならない。

「なにか……何か手は!?」

ナセルにも打つ手はないが、それはバンメルとて同じだろう。それどころか常識に置き換えるなら、多数の召喚獣を出している以上、たとえ何らかのアイテムを使っていたとしても、魔力が尽きるのはバンメルの方が先だと思う。……思うが――既に、バンメルの魔力量は常識の範疇から外れている。現状、打つ手なし……か。

やはり、バンメルの魔力切れを待つ戦いは除外すべきだろう。ナセルも魔力量は、平均よりもかなり多いはずだ。ドイツ軍を召喚して以来、ナセルの召喚獣Ｌｖは次々に上がっている。

その影響から、ナセル自身のＬｖも上がっているだろう。

そして、ドイツ軍Ｌｖ０の時にナセルの魔力量はドラゴンＬｖ５を召喚できる程度だったとするなら、実際には今の魔力量はドラゴンＬｖ６～７くらいはあるのではないかと思う。

つまり、ナセルにはⅢ号戦車をまだまだ顕現させることができるし、あと１、２体なら召喚獣を呼び出せる。――はず。

（Ⅲ号戦車をもう２、３体呼び出すか……？　それとも歩兵小隊に弾幕を張らせるのも…………いや、歩兵とドラゴンでは分が悪すぎる）

――くそ……。時間を稼ぐしかないのか？

悩むナセルの鼻が異臭を捉える。

「なんだ？」

『……車内温度が上がっています《テンパガラトゥガァアウトゥシュチュグモタァ》。これ以上は計器類が保ちませんし《インストロメントブロトゥングアップ》、エンジンが爆発《ダンモタァカン》する恐れがあります《サヴラァヒィン》。……砲身も熱を持ち始めました《ダスハスフゥドオゥスハゥド》』

砲手からもたらされる情報の半分も理解はできなかったが、爆発と聞いて驚くナセル。

「な!? バカな!」

『短時間程度の火炎放射《カンコンツウファスティンファイアシュタンインタンツウ》なら耐えることはできますが、こうも——長時間《ゾウエンアンガ》の火炎攻撃《フラメンアングリフ》は……』

そりゃそうだ。鍋だってちょっと火にかけたくらいじゃ熱くならない。

だが、長時間熱すれば……どうなる？ そりゃあ真っ赤に焼けてくるだろう。

今まさにその状態と言うわけか！

「クソ！ ……もう1体戦車を出す！ 攻撃を分散させるしかない————出でよ、」

召喚獣ステータスに浮かぶⅢ号戦車。

そして、

ドイツ軍
Lv3：
※ ※ ※：
ドイツ軍
Lv0→ドイツ軍歩兵1940年国防軍《ヴェアマハト》型《タイプ》
Lv1→ドイツ軍歩兵分隊1940年国防軍型
ドイツ軍工兵班1940年国防軍型
Ⅰ号戦車B型

Lv2→ドイツ軍歩兵小隊1940年国防軍型
ドイツ軍工兵分隊
Ⅱ号戦車C型
R12サイドカーMG34《軽機関銃》装備
Lv3→ドイツ軍歩兵小隊1942年自動車化
※（ハーフトラック装備）
ドイツ軍工兵分隊1942年自動車化
※（3tトラック装備）
Ⅲ号戦車M型
メッサーシュミットBf109G《戦闘機》
（次）
Lv4→ドイツ軍装甲擲弾兵小隊1943年型
※（ハーフトラック装備）
ドイツ軍工兵分隊1943年型
※（工兵戦闘車装備）
ドイツ軍砲兵小隊
※（軽榴弾砲《10・5cmleFH18/40》装備）
Ⅳ号戦車H型

ユンカースJu87D《急降下爆撃機》
Lv5↓????
Lv6↓????
Lv7↓????
Lv8↓????
Lv完↓????

……ん？

ま、待てよ――――……。

（もしや、これって……）

ナセルは召喚獣ステータスを呼び出して、確認する。

歩兵、

工兵、

戦車、

そして……。

そこには――――。

■第16話　機械仕掛けのドラゴン

※　バンメル視点　※

「カーカッカッカ！　手も足も出んと見えるな」

さっきまで快調に攻撃してきた鉄の箱が、突如としてピタリと沈黙してしまった。

あの光の矢による魔法攻撃も止んでいる。

（うむ、うむ。効いているようだな……！）

バンメルは敵が鉄の箱に籠った時点で、熱による蒸し焼き攻撃が有効ではないかと考えたのだ。

そして、上空に展開させたレッドドラゴンやノーマルドラゴンなどの炎を吐けるタイプに攻撃を指示した。

召喚した大型タイプだけでもかなりの数。さすがに1匹がブレスを吐き続けることは困難なため、順番かつ順繰りにドラゴンブレスを連射するのだ。その結果、炎の海が絶え間なく眼下の大地を焼く、バンメル配下の、レッドドラゴン、ドラゴン、レッサードラゴンども――。

彼ら様々な種類のドラゴンが、得意のブレスをローテーションで吐きまくると――。

パァン!!　と破裂音。

その音が合図であったかのように、パァン、パパバン！　と、次々に破裂音が鳴り響く。

音の出所は鉄の箱の上部で——ナセルが構えていた鉄の塊だ。それを破壊する好機と見たバンメルは、さらにドラゴンブレスを連射。なるべく間断なく発射し続けていくと、鉄の箱の上部に突き出していた黒い鉄の筒が、立て続けに——パパパン!!　と破裂音を立てて、ついにはひしゃげた。

その後は、熱によってぐにゃりと溶けて曲がってしまった。

（くくく……やはりな！）

そう、
やはり——鉄なのだ。炎が効かないはずがない。

「さて、そろそろ蒸しあがってきた頃か……んん??　——……何か、妙な、」

上機嫌で笑っていたバンメルだが、突如異音と妙な気配に気付いて空を見上げる。

そう、空にいるバンメルが見上げるのだ。さらに上空を——。そこに、
グゥゥォォォォォオオオオオン……！

「あぁん？」

（な、なんじゃ？　獣の——ほ、咆哮??）

サッと太陽を遮る何か——。

黒いシルエットが確かに……。

シルエットから零れた太陽の光が網膜を射し——ギラリと輝いて見えた。

「な、何じゃぁあ？」

そう、まさに「何――」だ？　――何かが、太陽の中にいた。

（ど、ドラゴン……？　いや、そんなはずは――）

バンメルの思いついたのは真っ先にそれだ。自らが使役し、自らを護り戦うもの――。

だが、それはあり得ないはず。ナセルの呪印が焼き潰れているのは知っている。それに、バンメルほどの使い手ならば、慣れ親しんだだけに、ドラゴンの気配はよくわかる。

だから、違和感を覚えるのだ。

空を制する最強種。ドラゴン――。

その主たるバンメルが思うのだ……。それが何か、わからずにドラゴンか？　と、疑問を持って。

つまり――、

「おかしい。ナセルの奴が呼び出したのか――？　いや、」

……グゥォォオオオオンンン――!!

これは、違う。これは……。

これは――!!

「――ど、ドラゴンじゃない!?」

太陽から現れたそれは視界一杯に広がり、その陰で太陽を覆い尽くすまでに接近した。

そのシルエットは――ドラゴンじゃないッ！

ドラゴンなものかッ!!　ドラゴンに非《あら》ず!!

「な、なななな、なんじゃ、あれは――――!?」

まるで鳥。いや、剣――――??

空一杯に広がる鍔《つば》と、お尻まで伸びる刀身――こちらを向く先端には風車のようなものが付き、その後ろにガラスの窓のようなものが――――。

「な、なな!? ひ、人が乗っているッ?」

それに気付いた時に、破壊の嵐は訪れた。

――ドゥ、ドゥ、ドゥドゥドドドドドドッ!!

先端と鍔の部分がチカチカと輝いたかと思うと、まるで光の帯――いや火山噴火のような炎の矢が、上空から降り注いできた。

ひょぉぉぉおおお?!

「……か、回避ぃぃいいいい!!」

ズバァアン! その剣とも鳥ともつかぬ何かが通り過ぎた時、炎に巻き込まれたドラゴンが撃墜されて消えていく。

「ば……か、な!?」

バンメルの乗るフロストドラゴンも、図体がデカすぎただけに何発か炎を貰ってしまったようだ。

その威力たるや……。

さっき、地上で鉄の箱からまともに食らった攻撃ほどではないが、分厚いドラゴンの皮膚を貫いてなお――貫通し、羽をズタズタに引き裂くだけの威力があった。

「く……！　なんだアレは？　ま、まるでドラゴンじゃ！」

だがドラゴンではない！　それだけはわかるッ。

ただの一航過だけでドラゴンの群れを蹴散らしてしまった初めて見る敵。

しかし、それだけで済むはずがない。

「も、戻ってきた!?」

……ゥゥゥゥウウウウウヴヴヴヴヴン!!

ドラゴンからすれば重々しい角度で旋回しつつも、その速度も上昇力も半端ではない。

そいつが————来るッ！！？？

バカな!!

「は、反撃じゃ!!　焼け！　凍らせろ！　噛み砕けぇ!!」

ドラゴンたちがバンメルの命に従ってブレスを放とうとするが、それよりも遥かに早く、遥かに遠くから奴が咆哮する——。

ズドドドドドドドドドド————!!

「ぐぉおお！」

操っていたはずのフロストドラゴンが火山噴火のような攻撃に怯えて身を捩《よじ》らせる。そこに奴が突っ込んできてフロストドラゴンとその取り巻きを叩き落としていく。反撃など思いもよらない。

「な、何じゃこの化け物はぁぁぁぁ!!」

悲鳴をあげるバンメルだったが、フッ……と突如として浮遊感を感じた。

「ひょ？」

自分の間抜けな声に下を見れば、跨っていたフロストドラゴンはどこにもいない！

キラキラと残る召喚光の残滓は——……。

「ひょおおおおおおお!!」

フワリと無重力を感じたかと思うと、内臓が押し上げられるような浮遊感を覚える。

「ど、ドラゴぉぉぉーーン！」

手を伸ばし助けを求めるバンメル。地上はすぐそこだ！

新しく呼び出すことも考えられない程パニックに陥っていた。

そこになんとか間に合ったのが小型ドラゴンで召喚術Lv1~2で召喚できる程度の奴だ。

戦力としてはそれほどではないが——……よくやった！

ドスンと落ちたバンメルの衝撃を上手く逃がすと、そのままヨロヨロと地上に向かって墜ちていく。よくよく見てみれば、そのドラゴンも負傷している。……キラキラと光の粒子が輝いている所を見ればもう限界だろう。そして、地面に不時着すると同時に消えていった。

（すまんのー……）

よっこらせと起き上がるバンメルは空を見上げる。

そこに繰り広げられた光景は、バンメルにとっては地獄絵図だ。

「わ、儂のドラゴンたちが……」

龍使い《ドラゴンマスター》と呼ばれ、恐れ敬われていたバンメルはここにはいない。……いるのはボロボロの格好をした翁だけ。

もはや、空の先では、例の敵によってズタズタに引き裂かれて消えていくドラゴンの群れ。

いや、
今は残すところあと1匹となり――――……『ギィィェェエエエン?!』と、それも消えた。

「ば、ばかな………」

こんなことができる敵がいるのか？

こんな芸当ができるとすれば、古代龍や伝説の存在くらいと思っていたが……。

ナセル――――お前……。

「――あっという間だったな」

「な、ナセル!?」

落下した先、地面にベチャリとへたり込んでいたバンメルに、悠々と近づいてくるのはナセル・バージニアその人。

「な、なんだあれは!?　あんなドラゴン聞いたこともないぞ！」

「………あれは、メッサーシュミットＢｆ１０９Ｇ《ドイツ製戦闘機》――」

バンメルの目に映るナセルは、もはやかつて最強と言われたドラゴン召喚士《サモナー》のそれではない。

奴は――――……ニィィと口を歪めて、バンメルを見下ろしていた。

その抱える心の闇と、復讐の業火に応えるように上空を舞う彼のドラゴンが力強く咆哮した――。

……グゥゥゥゥウウヴヴヴヴヴヴンンン!!

──あれが⁇　め、メッサーシュミット………⁇

パチクリと瞬くバンメルの前に立つナセル。

彼は高らかに宣言した。

そうだとも、これが──────。

すぅぅうう……、

「─────俺のドラゴンだ！！」


ジャキリ、と金属の武器を構えたナセルはそう言いきった。

「メッサー……⁇　……──は、」

「アンタに個人的な怒りはないが──」

「──はははははははは！　ドラゴン召喚士《サモナー》ではなくなったと聞いていたが、ははははは！」

大声で笑うバンメルは実に気持ちよさそうだ。

「いやはや……長生きはしてみるもんじゃなー……あれは、あの力は、きっと魔王にも届き得るじゃろう」

「──魔王には興味がない。俺の狙いはクソ王と、クソ勇者─────そして、俺の愛しい、愛しいクソ嫁アリシアだッ！」

その言葉にポカンとするバンメル。

「そ、それだけの力を手にしたというのに――復讐するのが目的なのか？」

「そうだ……そのために『ドラゴン』は去り――――『ドイツ軍』が来た！　……見ろよ。彼らは………俺の復讐心から生まれた」

ガバリと胸を開いて見せると、
そこにある『ド[redacted]』の文字を見たバンメルは顔を歪めた。

「ッ?!　なるほど、……むごいことをするのー」

軽く頭を振りつつ、もう戦う意思はないとばかりにバンメルは体を投げ出した。

「ほれ、どうした？　――殺すがええナセル。お前の勝ちじゃよ。……お前さん、国も憎んでるんじゃろうが？」

「ああ……こんな国滅びちまえばいい」

「ならばやれ。その覚悟を見せいッ！　国を滅ぼして……――帝国とも戦い、そして魔王も滅ぼすがいい！　……いや、それとも――」

ニヤリと笑ったバンメルは、

「魔王に尻尾でも振るか？」

「――うるせぇえぇぇ!!」

パパパッパパパパパパパパパパッパン！

発砲音とあいまって、チン、チャリン、キィン♪　と、薬莢が転がり澄んだ音を立てる。

「――ひょ～……凄い武器じゃの。……いや、ちびったちびった」

カッカッカ――と、本当にちびった状態でバンメルは宣《のたま》う。

「国は憎い、勇者も憎い。……裏切った嫁が一番憎い――……だが、魔王に与する気も、積極的に悪党になるつもりもない、と？」

「…………そうだ」

絞り出すようなナセルの声。

「なんとも、中途半端な気もするが――ま、ええわい」

ほれッ、――そう言ってバンメルは首から下げていた魔法具らしきものを投げ寄越す。

「……これは？」チャリ……♪

「『魔力の泉』という――国宝級の魔道具じゃよ。身に着けるだけで魔力の器が広がり――かつ、常時回復させてくれる優れモノじゃ」

な!?

「かかか――驚いたじゃろう？　そいつのお陰で龍使《ドラゴンマスター》いなんて呼ばれておったのだよ。……伝説の大賢者《アッカーマン》が使っていたと言う、代々伝わる家宝じゃ」

「……どうしてそれを俺に？」

「勝った者が総取り。この世はそういうルールじゃろ？　儂を殺して懐から奪うも、儂から手渡すのも結末は同じじゃろうが。――ならば、儂は格好いいと思った方を選んだまでよ」

フヘヘと、笑うバンメル。

なるほど、バンメルを悪役として見た場合なら、確かに格好いいかもしれない。

「……ありがたく貰っとくよ」

「国を憎むも、勇者を憎むも、……嫁を憎むも——気持ちは分かる。じゃが、諸悪の根源はなんだ？」

「……魔王だって言いたいのか？」

ナセルはうんざりとした顔でバンメルに向き合う。

「そうじゃ、それ以外にあるか？　魔王が居《お》らねば勇者なんぞ召喚せんでよかったし、国も教会もここまで弱者に冷たくはせんかったじゃろう？」

異端者を甚振るのも、魔王軍に帰順させせないための恐怖政治だとは理解している。

それを国全体で行うのも対魔王政策の一環だろう。勇者の優遇もそうだ。

——なるほど。

「どの道、俺に敵対する気なら、アンタでも魔王でも聖人君子でも、……一切の容赦をする気はない。その時は——全力で叩き潰してやる」

「ほっ。……ならいずれ、魔王と相対するじゃろうて」

「どうかな？　今の俺は別に魔王に悪意はない。——好意もないけどな」

確かに、魔王が諸悪の根源と言う気持ちはわかる。その道理もあるのだろう。

だからといって、積極的に味方をする気は微塵もない。ないが…………。

「ならええわい。儂では魔王に勝てんしのー……。ほれ、サッサと殺して——次に勇者をぶっ殺してこんかい」

「順番がある。が。いずれそのつもりだ。――……じゃあな、」

くるりと背を向けたナセルを見て、バンメルはホッと一息をつく。

上手くいったというほどでもないが、話をすることで殺す気を削ぐことに成功した。

元々、ナセルとさほど面識があるわけでもない。確かに左遷されていた頃に同じドラゴン召喚士《サモナー》のよしみで顔くらいは知っていたし、何度か声をかけたことはあったが、まぁそれだけの関係だ。

ゆえに。憎しみ合って殺すわけではないのだ。

……ただの仕事。

バンメルが負ければそれで終わりだ。そして、あっさり負けた。

――ならば、命令でもなければ殺し合う必要などない。

な、そうだろ？

背を向けたナセルを見て、ほくそ笑むバンメル。

……だが、それにしても上手くいった。まさか殺そうとした相手を、こうもあっさり見逃すなんて、くくくくく。

とんだ甘ちゃんだ――。

「……――って言うと思ったか、このボケェェ!!」

グルん！　と物凄い勢いで振り返ったナセルが、手に持っている金属の塊《短機関銃》をバンメルに思いっきり振りかぶる――。

ひょ!?

「ぬおおおお！　やめろぉ！　儂は年寄じゃぞーーーーーーーー」

あん………？

「そ・れ・が・ど・う・し・たーーーーーーーー!!」

思いっきり振りかぶられたそれは、

「──俺も30越えじゃぁぁぁぁあああ!!」

金属の塊《短機関銃》をぉぉおお──！

バッキイイイン！　と思いっきり鼻っ面に叩きつける！！

「はびゃああああ！」

「年なんざ関係あるかぁぁぁあ──────！！！」

敵に容赦なんざしねぇッつの！　あ、そーれ！　もう一発ッ。

ガッキイイイン!!　と地面に接触して火花が立つくらい思いっきり顔面をぶっ叩く。

「あば、あば、あばぁぁぁぁああ──やめっ」

──知らん！！！！！　そのぉぉおお！　減らず口を二度とぉぉおお！

ぺきゃぁあッ！

「─────ッツ。かーーーーーー！！？？」

グルゥン……と白目を剝いてバンメルは意識を失ったようだ。

「老い先短いんだ……コンくらいで勘弁しておいてやる。……これで口が臭くなっても、磨く歯はねぇから安心しな」

ポイッと歯がへばりついた武器を放り捨てると、ナセルは今度こそ振り返らず歩き去っていった。

あとにはブクブクと泡を吹いてビクビク痙攣する哀れな翁が残されるのみ……。

■第17話　王都戒厳令

※　王城にて　※

「おおおお！　何だあれは!?」

執務室から外を見ていた王は驚愕に目を剝く。

龍使い《ドラゴンマスター》のバンメルを迎撃に向かわせたので、一件落着かと思えば――崩落した教会本部の方角で突如として、召喚されたドラゴンが次々に撃ち落とされていく様が見て取れた。

「な、何が起きておる!?　バンメルは、バンメルは無事か!?　――おい誰か！」

ガチャ、

「王!?　何事ですか！」

いつもの連絡官が一礼して入室してくる。国王はそいつの胸倉を摑むと、窓まで引き摺っていき、

「あああ、あれはなんじゃ！　説明せい!!」

示す先の空。

そこでは、空を覆い尽くさんばかりにいた多数のドラゴンがバタバタと撃墜され消えていく様。

「あ、あれはバンメル様の戦闘のようですが……──そ、そんなバカな!?」

連絡官も目を剝いて驚く。勇者を除けば、バンメルは一騎当千の最強召喚士だ。魔王軍の戦いでは、数々の功績と悪名を持っている。

「き、きききき、きっさま～！　バンメルを探してこい！　……いや、待て！　あれは、多分ナセルとかいう異端者との戦闘だろう。ぐぬぬぬ……奴はきっとここへ来るぞ！」

冒険者ギルド、教会本部ときて、バンメルの迎撃を叩き潰したナセル・バージニア。

奴の怒りの経緯を考えれば──その狙いは明らか。次の行動を先読みしなくともわかる。

この撃破された連中の順番からすれば、次はどう考えても国王だろう。一時忘れていたとはいえ、あれだけのことをしてボロボロにした人間だ。思い出せば、もう忘れない。

無実の罪、屈辱、嘲笑、絶望、──────あれだけの事をされて黙っている人間などそういない。

だが、大抵の人間は権力に敵わず最終的に諦めるか、時間の経過とともに怒りの感情が薄れていくのだ。

しかし、ナセルには時間もあったし、なにより力があった。一度は失われたはずの力──権力に対抗する『力』をどうにかして手に入れたのだろう。

それも、あの凶悪たる魔法兵団元帥のバンメルを降すほどの力だ。……そう。国王の軍をもってしても実際に戦うことになれば大損害を被るであろうバンメルを、だ。

……それをナセル・バージニアは制している──。いや、今窓の先の空では最後のドラゴンが撃墜された。つまり、バンメルは負けたのだ。……あのバンメルが！

「お、落ち着いてください！　バンメル様もまだご無事かもしれませんし、なによりアレは……異端者ナセルの仕業なのでしょうか？」

「馬ッ鹿も～ん！　目撃証言も行動方針も、そして動機があるのも、あの男くらいだろうがッ！」

ガキン！　と思いっきり連絡官の頭をぶん殴りつつ溜飲を下げる。

ちったぁ考えろ!!　ぼけぇ！　冒険者ギルドと教会本部は壊滅してるんだぞ!?

……そうとも。少し考えればわかるだろうが。……確かに、教会や冒険者ギルドを単体で憎む者はいるかもしれない。どっちも大きな組織だ。恨みや妬みはどこかで絶対に買っている。それは間違いないだろうが、その両方の組織を憎む人間がそれほどいるだろうか？

いや、そうそういない！

仮にいたとして、街中での目撃証言に合致しているのは────現状、ナセル・バージニアだけ。そして彼奴《きゃつ》なら動機が十分にすぎる。……問題は、その手段がわからないだけ。冒険者ギルドを壊滅させ、教会本部を崩落させ、ドラゴンの群れを蹴散らして見せるその力───！

「───そ、その。こんなことができるのは、自分は勇者か魔王くらいしか思いつきません」

……む？

「そして、戦線は膠着している以上、魔王が突破してきて暴れているとは考えにくいでしょう。いくらなんでも王都に魔王が潜入するとは考えにくく……。そうなると物理的にバンメル様を圧倒できるのは───」

「──むむ。なるほど、確かに勇者だけか……」

　ボケの連絡官にしては的確だ。

　そうだ、……確かに勇者は手段は持っている。その一騎当千の技と剣があれば、彼ならば確かにバンメルのドラゴンをも相手にできるだろう。……だが、それは手段だけだ。

　動機も行動方針も勇者のものとは思えない。ましてや目撃証言とは全くもって一致しない。

　しかし、

「なるほど……。なるほどなるほど！　よし。ならば、勇者の可能性も考慮して、奴をここに呼べ！」

「は⁉　……は、ははぁッ。す、すぐに呼んでまいります！」

　これ幸いとばかりに、連絡官は一礼して去っていく。

（ボケが！　使えねぇ連中だ）

　その後ろ姿を見送りながら、

「さすがに勇者の仕業と言うことはないが、理由をかこつけてここにいさせれば護衛くらいにはなる」

　せめて王城の敷地内にいてもらえば、いざという時は勇者が矢面に立つだろう。仮にバンメルを圧倒していたのが勇者なら、そのまま拘束してしまえばいい。……かなりの損害を出すかもしれないが、最初は甘言で騙し、女を宛がって油断を誘えばなんとかなるだろう。

　国王は楽観的に考えつつも、せわしなく執務室をうろついている。何かが自分を狙っているというのは実に不安なのだ。

「くそッ……勇者コージを召喚して以来、ロクなことがない！　……奴は本当に役に立つのか？」

執務室で確認していた予算の収支表に軍の損害……。

国王は常に頭を悩ませていた――。

……特に予算だ。

かの勇者の装備――。あれは、他国から有償で借りている伝説の装備の数々なのだ。

そして、普段の派手な生活。……クソビッチとの贅沢三昧の日々とその支払い。

さらには、悪事の隠蔽工作と口止め料。あわせて、勇者の無茶苦茶な振る舞いに軍からも浮上する不満の声。……勇者一人に賭ける金と労力は、もはや王国の限界を超えていた。

だが、放逐するわけにもいかない。仮にできたとして、一騎で一国以上の兵力を誇る勇者だ。何をされるか分かったものではない。……だからといって口で言っても聞かない――聞かせられない。

おかげで、国庫が空になりそうな勢いだったため、やむなく公務員たる兵士や文官の給料を下げてみたのだが、途端に吹き出す不平不満……！

……それでも収支が追いつかないので、リストラにつぐリストラ。そして、さらに高まる不平不満。もう、負の連鎖が連鎖を呼びスパイラルとなっている。つまり、どうにもこうにもならない状態だ。そのせいか、前線に送る物資の量も質も落ちていき、逆に後送された兵士や兵器の補充もままならなくなってしまった。そして、ついには魔王軍の攻撃を受け止め続けている要塞の補修すら金がなくて滞っている有様。

今は、現場がなんとか騙し騙しやっているが、いつまで保《も》つものか……。幸い、教会本部が壊滅し、神殿騎士団が解散したとなれば兵士の目途はつく。さらには、何かと都合をつけて教会の財産を没収すればいいだろう。

……問題は冒険者ギルドが壊滅したという噂――。支部はまだ残っているようだが、統括するギルドマスターはどうなったのだろうか？　冒険者ギルドはいざという時の予備兵力だ。最悪、王都を空っぽにしても、冒険者ギルドの予備役を動員すれば王都の警備も、ひいては国内の兵力すら任せることができる。

「ぐぐぐぐ……ナセルだか何だか知らんが、余計なことを！」

オマケに王の命すら狙っているという。……たかだか、女一人盗られたくらいで面倒な奴だと思った。

(何か――。何か対策を立てなければな……)

勇者も、どこまであてにしていいやら。自らの発意で勇者を召喚した手前――今さら役立たずでした～、と言って送り返すわけにもいかない。そもそも送り返し方もわからないときた。

第一、勇者を育成するために使ったリソースは既に取り返しのつかない所まで来ている。ここで、損切りをすれば国が傾く……。なんとしてでも勇者には魔王を討ってもらわなければならない！

「くそったれの勇者めぇぇぇ!!」

バシィン!!　執務机に積まれた書類を手で薙ぎ払う国王――顔はやつれ、不健康そのものだが、目だけはギラギラと――。

その時だ。荒い息で肩を揺らす国王のもとへ、バタァァァン！　と勢いよく扉を開ける者がいた。

「な!?　ぶ、無礼者!!」

ノックもせずに侵入した者は王の剣幕に驚く。彼は王の良く見知っている護衛の一人、近衛兵団長だった。彼は、一瞬王の様子に躊躇したようにも見えたが、すぐに職業意識から顔を引き締めると一気に報告した。

「き、危急にて御免！　報告します！　正体不明の敵が集結中!!　教会本部の方向から凄まじい勢いで突っ込んできます！」

な、なんだと!?

「しょ、正体不明とはなんだ!?　バンメルの『ドラゴン』のことではないのだな？」

「は！　いいえ、違います！　鉄の馬車が何台も！　それに黒い服の兵士に――――空には怪鳥《ガルダ》が!!」

はぁ!?

「そ、それは魔王軍ではないのか!?」

「違います！　人間です！　人間が鉄の馬車を操っております――――」

「ばかな!!」

魔王軍でないなら――そ、そんなことができるのは帝国に違いない！

いや。そうでなければ、魔王軍が人間に扮しているかだ。

「さ、ささささ、さっさと迎撃しろぉ！」

いや、帝国だろうが魔王軍だろうが、今重要なのはそこではない。

「もちろんです！　既に王都内の警備部隊は反撃しておりますが、先の冒険者ギルド襲撃と教会本部攻撃の際に、分散し——各個の判断で攻撃しております」

「ば、ばかもの!!　それでは、各個撃破されるではないか！」

戦力の逐次投入——軍事においてもっとも忌むべき運用だ。

敵が100人、我が軍が500人いれば、100対500で勝てるだろう。

だが、敵が100人、我が軍が500人で、それを100分割して、100対5を100回戦えばどうなるか？

100人の敵に5人で100回挑んでも100回負けるだけだろう。

今、王都警備隊がやっているのはそれだ。

「も、申し訳ありません。伝令が伝わる前に次々に突破されているのです——奴らの動きはまるで『稲妻』のようです」

近衛兵団長の言うことは的確だ。言い分もわかる。……わかるけども——！

「だったら、貴様らで迎撃しろ！　近衛の集結は済んでいるな!?」

「もちろんです——しかし、戦時編成に移行するためには充足率は30％切っております」

は……？

「さ、3割だと？　ふざけているのか！　今まで何をやっていた!!」

近衛兵も人間だ。寝るし、飯も食うし、人間として妻も娶る。その生活があるのだから、24時間常に王城にいるわけではない。だから、彼らも街で分宿し、出勤時間になれば登城するのだ。

そして、警備などの兵は前任者と交代する。概ねこんな感じでローテーションを回しているわけだが――緊急事態は全員が登城して事態に対処することとなっている。

「ご安心ください。３割とはいえ、これでも十分に通常の反乱程度なら対処は可能です。……ですが、モラルだけは危険水準であります。昨今の給料の賃下げとリストラで我が兵団の士気も練度も落ちております」

「ぐぬ……。そ、それは仕方ないと何度も説明しておるじゃろう！」

「私は心得ておりますが、兵の中には内心――その……不満を持っている者も多くおります」

ここにきて、手痛いボディブローだ。だが、今さらどうしようもない。

「わ、わかった！　わかったわかった！　敵を撃退した暁にはボーナスを支給する！　だから、集まったその兵だけで王城を固めろ！」

「ありがとうございます！」

「それと、さっさと跳ね橋は上げろ！　もう誰も入れるな――――ただし、堀の外でも、街中に分散している兵と非番の兵も順次動員するんだ。いいなッ？」

「はッ」

敬礼し去っていく近衛兵を見て国王は肩をいからせる。

「どいつもこいつも――――くそがぁぁぁぁ!!」

■第18話　装甲擲弾兵中隊

ギャラララララララ！！！

――ゴシュゥゥゥゥ……。

ナセルは周囲を固める壮観な光景に胸を躍らせていた。

彼の左右には鉄の馬車こと――ドイツ軍の輓馬《ワークホース》、Ⅳ号戦車H型が頼もしい履帯音を響かせている。その数3両。

中央のナセルが搭乗する1両に対し、僚車が2両――少し下がって後方に付き従う形で追従していた。それらの車両はナセルの合図に従い停止。

その正面には兵隊さんのバス――ハーフトラック（タイヤと履帯を組み合わせた半装軌式車両）が独特の形状を神業のような運転技術で停車させて、戦車に向かい合う形で集合していた。

ハーフトラックは戦車3両に対して――9両。いかにも軍用車両といった見た目で、ズラリと鼻先を並べている。その内訳は1個小隊に3両で、それぞれの車両の前には完全武装のドイツ軍歩兵――装甲擲弾兵がビシィィ！　と並ぶ。

小隊一個につき3両、3個小隊で――計9両。兵員数は約90名弱にものぼる。

軍隊換算でいえば中隊本部を欠いた一個中隊と言った程度だろうか。

その後方にも、同じようなハーフトラックタイプの車両が並ぶ。

歩兵用のそれと見た目が似ている車両で、異なる点といえば大量の鉄板や用途不明な鉄の筒などを満載しているくらいだろう。

こいつは工兵さんの戦うバス――工兵戦闘車両型のハーフトラックだ。それが3両。

そして、その3両はそれぞれ分かれて配属されており、各歩兵一個小隊につく。

その内訳は、工兵戦闘車両型のハーフトラック1両に乗車する工兵――各車両ごとに一個分隊。

つまり、歩兵一個小隊に工兵一個分隊の割合で配属されていることになる。

「『魔力の泉』――こりゃ、凄いな」

バンメルから受け取った『魔力の泉』は、彼の話通りに魔力の最大値を広げて、なおかつ減耗した魔力を次々に回復させてくれる。――ちょっとアレな一品だ。

おかげでLv4相当の召喚獣を呼び出しても、まだまだ余裕があった。

『集合終わり《アンゲトレーテン》!!』

そして、大量召喚を終えたナセルの目の前には一つの変化があった。

……今、集合報告をした召喚獣。彼は『中隊長』という。

これは、ナセルの呼び出していない召喚獣だった。

――当初は偶然。

ただなんとなく、『魔力の泉』の効果を確かめるべく、上昇した召喚獣Lv4に従って魔力の限界まで連続で呼び出したのだ……。その結果が、一個中隊規模の我がドイツ軍。

愛すべき召喚獣たち――――。

Ⅳ号戦車を３両。

Ｌｖ４の歩兵を３個小隊。

Ｌｖ４の工兵を３個分隊。

そして、上空で舞い狂うメッサーシュミット１機に対して僚機を３機追加。４機編成一個小隊《シュバルム》。

……そんな感じに、とにかく呼びに呼んでみた。――そう、呼んでみた！　だが、

「……おいおい、『魔力の泉』――マジでやべーな」

ポツリとナセルが零すの無理はない。Ｌｖ４相当の……――現状で最高峰の召喚獣を多数呼んでも、未だ魔力が尽きる気配がない。いや、それどころか限界すら見えない。

さすがに呼びすぎても制御しきれるかどうか――そう悩んでいた時に彼は現れた。多数の歩兵を召喚した際に、自然発生した召喚魔法陣があり、そこに彼はいた。

『気をおお《シュティル》付けえいいい《ゲシュタンデン》!!』

ナセルの思考をぶち抜くように力強い号令が響いた。

それが、『中隊長』の声だ。冒険者稼業前の軍隊生活でなじんだ号令に、ナセルも自然と体を不動の姿勢に持っていく。おもわず、ピシリと背中に線が入ったように姿勢を正す。

『最ッ右翼《リフターフルーガ》、基準ッ《スタンダッド》！　中隊整列ッ《カンパニーアンゲトレーテン》！　――右ええええ《リヒトゥウゥン》倣《オイヒ》えッ！』

ガン！　ガガガンッ――と足音も頼もしく、キビキビとした動作。やや崩れた縦列を作っていた

ドイツ軍が『中隊長』の号令に従い列を整える。

最右翼に第1小隊。

中央に第2小隊、左翼に第3小隊と並ぶ。

整列を終えた部隊から数歩進んだ位置に、一人立つのは『中隊長』だ。

ナセルの戦車から離れた位置に、キチッと整列してみせる。その間、1分もかかっていない。

……早い。

そして、全員が『中隊長』の号令に従う間、銃の先端や中ほどを握り右脇に並行して保持している。号令の最中、銃床は地面に着けずに浮かせているらしい。

『直れいいいい《ザァイグヴォフォン》!!』

号令を端に、ガガガガガガン!! と一斉に降ろされる銃床の音。……これがナセルの軍隊。

愛しい召喚獣たち――。我がドイツ軍。

チラっと視線を投げると『中隊長』が頷き返す。

『指揮官殿に敬礼ッ《オゥスンツンクゥコマンデン》――!　……頭ああああ《アオゲェェェン》、中ああああああッ《ゲラァァアデァォス》!』

ババババッ!!　バン!　と全員が頭をやや上に持ち上げ、ナセルを注視する。

上位の指揮官に対する敬礼としては最適解だ!

ナセルもその敬礼に応えるように、彼等がよくやる右腕を折り曲げ右手を翳す方法で答礼した。

一糸乱れぬその動作。――何とも言えない、軍隊的な「完備《甘美》」がそこにあった。その間、ほんの数秒。彼等の意思の強い視線を一身に受け――スパッとナセルが手を下ろすと同時に、

『直れえええええ《ザァイグヴォフォン》!!』

ババババッ!!　ズサンと、今度は頭を元の位置に戻すと、『中隊長』も手を下げ、直立不動の姿勢。

『休めえええええい《リュウウウトオイヒ》!!』

ザザザザン！　片足を前に出すドイツ式休めだ。

……これがナセルの新しい召喚獣──Ｌｖ４。装甲擲弾兵中隊だ！

「ははッ」

思わず零れた笑みに、
グゥオオオオオオオオオオオン!!　と猛々しいエンジン音で応えるメッサーシュミットの群れ。……まるで閲兵式。

トリを飾るように、見事な編隊飛行で超低空を駆け抜けるメッサーシュミットＢｆ１０９Ｇの4機編隊《シュバルム》が飛び抜いていき、上空に4筋に飛行機雲を生み出した。

ふふふふふふふふ……。

はははははははは!!

ドイツ軍───、

「いいじゃないかッ」

もはや、隠すこともなく──ナセルは上半身を剥き出しにし、淡く輝く呪印を明け透けにしていた。さらには、キラリと輝く『魔力の泉』がそこに彩りを与える。

『ド[redacted]』

――ド[redacted]。

あぁ、我が『ドイツ軍』よ！

すぅぅうう……、

「――容赦の時は過ぎた！　彼等に情けは必要か?!」

『『『必要なし《ナイン》！』』』

「――手加減は必要なりや!?」

『『『全くなし《アーレニヒト》!!』』』

「――ならば、必要なことは!?」

『『『殲滅だ《ファイニヒトゥン》!!』』』

「そうだ！　殲滅だ！　丁寧に、優しく、きめ細やかに、殲滅しようじゃないか！　――さぁ、行くぞ！」

そうとも、

「――王国終了の時だ！」

ズバァ――！　と、空を切るように右手を振るう。

「俺のドラゴンを奪い、家族を殺し、肉親を攫い、愛しき無実の人《大隊長》を焼き殺した国に――――……」

――報復だ！！！！！

『『『うぉぉぉぉおおおお《フラァァァァァァァァ》!!』』』

うぉぉぉぉおおおおお《フラァァァァァァァァ》!!
うぉぉぉぉおおおおお《フラァァァァァァァァ》!!
――フラァァァァァァァァァァァァァ！！
ドイツ軍とナセルの熱狂がシンクロする。
敵を駆逐せよ……、
　王国を滅せよ……、
　　勇者を討てと――――!!
すぅぅう……、

「中隊《カンパニー》ぃぃぃいい――――前へ《マアルシュ》!!」

『『『了解《ヤボール》!!』』』

『総員乗車《アーレメナー》ぁぁぁああ《ヴェシュタイゲン》！！！』

『『『了解《ファシュタンドゥン》!!』』』

『中隊長』の号令に従い、整列していた兵が一斉に散る。

彼等は武装を手に、ハーフトラックの後部扉から続々と搭乗するとエンジン音も高らかに準備完了を告げる。

『急げ《シュネル》ッ。報告《ベェリィヒト》！』

『1号車《アインスワーゲン》準備よしッ《ベハイズシィグゥト》！』

『2号車《ツヴォーワーゲン》異常《カイン》なし《プロブレム》。準備完了《ベハァイト》』

『3号車も異常なしッ《ドライワーゲンオゥカインプロブニン》。いつでも行けます《ニィダァッアイト》』

『『『準備よし《ベハイズシィグゥト》！』』』


ナセルに代わり報告をうけた『中隊長』が指揮を代行する。なるほど、少数編成ならともかく、中隊規模になると確かに専門の指揮官が必要だ。そのための自動召喚らしい。

恐らく、今後も大規模召喚をした際には、魔力の許す限り彼――『中隊長』タイプと同様の召喚獣が現れる気がする。

『よし《グート》。――これより第一目標《フォンディスツェルオウエストゥエル》……、王城《ヴィヒェン》の確保《ヴィデン》のため前進する《ブルク》』

『『『了解《ヤボール》』』』

『敵は未だに我々に対応できていない《デァファインカインニィトフェアギィエレン》。王城前を確保しだい《ナッハダァディヒアロウデンブルク》指揮官を呼ぶ《ロウフェンシィルコマンデン》、その後《ギィデン》は一気《ナァマァ》に城塞《フェストゥン》まで前進《オゥフエンマィル》。各部隊遅れるなよ《ヅゥガァニヒトギィデングルッペン》』

『『『了解《ヤボール》!!』』』

所要の指示を終えたらしい『中隊長』がナセルに視線をよこす。

『準備よし《ベハイズシィグゥト》。指揮官殿《コマンデン》！　展開中の空軍から伝達《フォンルフトヴァッフェウバタアグン》』

ナセルの装着しているヘッドセットからは、彼らの通信が次々に飛び込んできて目まぐるしい。

今も、まさに上空を旋回しているメッサーシュミットからられしき通信が飛び込んでくる。

ザ……。

《上空偵察完了！　敵兵力の集結を確認――――地上掃射、もしくは急降下爆撃の必要性を認む》

んん⁇

急降下爆撃機？

「りょ、了解した！」

えっと、

…………これかッ！

ブウン、

ドイツ軍
Lv4：ユンカースJu87D《急降下爆撃機》
スキル：急降下爆撃500kg爆弾×2、
　緩降下爆撃1200kg、
　20mm機関砲、無線中継
備　考：急降下爆撃機スツーカのD型。
　性能向上型で急降下爆撃により、
　ピンポイント爆撃が可能。

※　※　※：

ドイツ軍

Ｌｖ０→ドイツ軍歩兵１９４０年国防軍《ヴェアマハト》型《タイプ》
Ｌｖ１→ドイツ軍歩兵分隊１９４０年国防軍型
　ドイツ軍工兵班１９４０年国防軍型
　Ｉ号戦車Ｂ型
Ｌｖ２→ドイツ軍歩兵小隊１９４０年国防軍型
　ドイツ軍工兵分隊
　Ⅱ号戦車Ｃ型
　Ｒ12サイドカーＭＧ34《軽機関銃》装備
Ｌｖ３→ドイツ軍歩兵小隊１９４２年自動車化
　※（ハーフトラック装備）
　ドイツ軍工兵分隊１９４２年自動車化
　※（３ｔトラック装備）
　Ⅲ号戦車Ｍ型
　メッサーシュミットＢｆ１０９Ｇ《戦闘機》
Ｌｖ４→ドイツ軍装甲擲弾兵小隊１９４３年型
　※（ハーフトラック装備）
　ドイツ軍工兵分隊１９４３年型
　※（工兵戦闘車装備）

ドイツ軍砲兵小隊
※（軽榴弾砲《10・5cmleFH18/40》装備）
Ⅳ号戦車Ｈ型
ユンカースＪｕ８７Ｄ《急降下爆撃機》

（次）
Ｌｖ５→ドイツ軍装甲擲弾兵小隊１９４４年型
※（ハーフトラック装備）
ドイツ軍工兵分隊１９４４年型
※火焔放射戦車装備
ドイツ軍砲兵一個小隊重榴弾砲装備
パンター《Ｖ号》戦車Ｇ型
フォッケウルフＦｗ１９０Ｆ《戦闘爆撃機》

Ｌｖ６→？？？？
Ｌｖ７→？？？？
Ｌｖ８→？？？？
Ｌｖ完→？？？？

「出でよッ！　スツーカ――――！！」

魔力行使、魔法陣3個を展開!!

――ブワッ!!

空に浮かんだ魔法陣から、3機のJu87D《急降下爆撃機》が、ギュォォオオオオオン!! と、出現しナセルに向かってバンク《翼を振る》を送る。

と、同時に――ナセルのそばにサイドカーに乗った人物が現れた。

「なっ!?」――だ、誰?

彼は水色の明るい制服を着ており、少し普通? のドイツ軍とは様相が違う。

『戦闘機4《フィーアメッサー》、急降下爆撃機3《ドライスツーカ》――集合終わり《アンゲトレーテン》!』

敬礼してみせた彼は、聞けば空軍所属の前進地上誘導員だという。

……うん、意味わからん。

曰く、

一個小隊、2種類以上の航空機の運用の際には地上誘導員としてドイツ空軍《ルフトヴァッフェ》士官が自動召喚されるらしい。

「――そうか、ではさっそくだが、城内に敵戦力が集結中らしい。……叩き潰せるか?」

『了解《ヤボール》!　配置完了《ブラッツァフォンアップシュロスン》ッ　行動開始《ファハイニスティグン》ッ!』

軽快に無線に喋り続ける士官は、どこから取り出したのか地図を広げて何事か指示している。

サイドカーの上からなので、風のあおりを受けて地図がバタバタとそよいでいるが気にした風もない。ほどなくして、

『目標確認《ズィェルベスタティグ》――――対空火器なし《ニヒトフルック》、3機同時突入《ドライアンシュトゥム》します！』

高度を上げ始めていたスツーカの3機編隊《ケッテ》が上空で単縦陣に並ぶと、左旋回気味に宙返りし機首を起こすことなくそのまま真っ逆さまに落ちていく。

逆ガルの翼が空気を切り裂くキーーーーーーーーンと言う高音が、空と地上を制した。そして、音とともに高速で降っていく彼ら……。それはまるで自殺行為の如く見えるがそうではない。

彼ら急降下爆撃機乗りはあれでピンポイント爆撃を可能とするのだ。その証拠に、力強いエンジン音が空を制していた。決して墜落するような無様な音ではない。そして、それは起こる。

ギユォォォォオオオオオオオオオオオ…………………ォォォォォォォォオオン！

スツーカが腹に抱いていた不格好な大きさの大型爆弾をパッンと切り離した様子が手に取るように見えたかと思うと、3機立て続けに爆弾をばら撒いていく。彼らはそれを見届けることなく、機首を起こすと左旋回と併せて、うねるように機体を機動させた。

そして、彼らが機首を起こしたのと同時に――破壊の嵐が生まれた。

――チュバァァァアアアアアン！！！

「うぉぉぉおお?!」

離れてさえ見える大爆発。そして、大振動ッ!?

ここまで伝わるほど、地面がグラグラと揺れ、近隣の民家の窓を振動と風圧だけで割り砕いた。

まさに圧倒的――――……目標にされた敵は出オチもいいところだ。

王城近郊に落着したそれは、集結中の近衛兵団を……王都最大の軍事組織を木っ端微塵に吹っ飛ばし――――あっという間に、灰塵にし、蹴散らしてしまった。

■第19話　戦車よ、突き進めッ！

――チュバァァァアアアアアンン！！！

大爆発のあと、上空に至るまで様々なものが巻き上げられている。

そのあとに続く衝撃波が街全体を揺るがした。

ビリビリビリビリ……ッ!!

「ははは、スゲーな……ドイツ空軍《ルフトヴァッフェ》ってのは」

どうも集結中だったのは近衛兵団らしい。今まさに、何百ｍも吹っ飛ばされてきたと思しき完全武装の兵の残骸が近くにまでバラバラと降り注いできた。

彼のグチャグチャの残骸を検《あらた》めれば、その装備から近衛兵団であるとあたりがつく。

……それにしても酷い有様だ。

大型爆弾の直撃で消滅したのはまだマシな方で、至近弾によって吹っ飛ばされた死体は街全体にばら撒かれている。上空で確認中のＢｆ１０９Ｇ《戦闘機》からもその様子は見えたらしく、空軍士官から敵の壊滅を告げられた。

ザ……。

《敵勢力の壊滅を確認――続けて、敵航空戦力の警戒に移ります》

「あ、あぁ……。やってくれ」

ヘッドセットを通じて無線に告げるも、この顔を見ずに話す感覚には未だに慣れない。

無線手は何も言わずとも空軍士官と連携して無線の中継をしてくれている。

「……しかし――『ドイツ軍』ってのは、本当に凄まじい……」

召喚Ｌｖ４でこれだ。Ｌｖ５、６ならどうなるか……。

ドラゴンの召喚Ｌｖが最高値に達すれば神龍が呼べるなんていう伝説もあったが、『ドイツ軍』が最高Ｌｖに達したら何を召喚するのだろうか……？　それは容易に神をも超えてしまう気がする。

サイドカー上の空軍士官がナセルに報告した。

『――続報。敵の逃散を確認。モラルブレイク中です』

「ほう？」

逃散……。軍隊において士気が保てなかった場合に起こる脱走だ。それも組織的にではなく、統制を失った兵が各個の判断で――――いや、ただ烏合の衆と化して好き勝手に逃げ回るのだ。

それは、もはや軍隊ではない。

「近衛兵団も落ちたものだな――」

これで大きな障害はなくなった。あとは残敵が少々いる程度だろうが……。

ならば無人の野を行くが如し！

集結し、ハーフトラックに乗車を終えたドイツ軍は引き絞られた矢と同じだ。あとはナセルが号令を出せば、彼らは王都を突っ切り、一気に王城を攻撃してくれることだろう。

そう、あとは行くのみ。

一度、戦車のキューポラ上から居並ぶ車両とそこに乗車中のドイツ軍の顔を見渡す。誰も彼も肝の据わった顔をしている。ナセルにしても実戦経験もあり、死ぬような目にもあっているが……。

このドイツ軍の目はどうだ？

まるで、歴戦の勇士――。いや、そのレベルではない。絶望と勝利を繰り返してきた者たちの目だ。いったい、彼らのいた世界ではどれほどの戦争が？　それとも、生まれつきなのだろうか……。

ドルルルルルル……。

いつの間にか、搭乗するⅣ号戦車のエンジンに火が灯り、まるでせかすようにアイドリングを始めた。チラリと砲塔を覗き込むと、見えにくい角度でありながらも中の乗員4人がナセルを見上げており、目が合うと軽く頷いてきた。

行け《ギィッヒ》――。

そう言われた気がして…………、
あぁ、そうとも。そうともさ！　ケリをつけようじゃないか。

国の核心たる国王。……その小汚い首――もらい受ける！！！！

すぅぅぅ――。

「戦車《パンツァー》、前《フォー》へ!!」

ドルルルルン！！！！

ギャラ……。

ギャララ……！

ギャラギャラギャラ……!!

ナセルの声を聞いた途端、我が愛しい召喚獣は頼もしい咆哮を上げる。

戦車は向きを変えるべく、その場で信地旋回。左右のキャタピラをブッ違いに動かして前後を入れ替えると背後にハーフトラックを引き連れて前を向く。

「行く《ロス》ぞお前ら《ウンジュスチィン》！　気合入れて《ブレブインデ》掛かれ《ロフト》！」

『『『了解《ヤー》、指揮官殿《コマンデン》！』』』

いざ征《ゆ》かん！！！

――ドイツ軍の鉄火《てっか》を教えてやるッ！

ギャラギャラギャラギャラ!!

先頭を切るのは陸の王者、鋼鉄の艨艟《もうどう》たち。

それは、ゴゴゴゴゴ……！　と重低音を上げる――ナセルの搭乗する戦車小隊のⅣ号戦車H型3両だ!!

あわせて追従するのは『中隊長』率いる装甲擲弾兵中隊！　彼らも順次梯隊《ていたい》ごとに前進するのだ。

さらに歩兵のハーフトラックには、工兵部隊所有の戦闘工兵車が追従。

まずは戦車、そして歩兵と工兵だ。盛大な音を立てて驀進するドイツ軍の部隊。その凜々しくも頼もしい様子を見ていれば何の心配もなかった。


『軍歌《ズィクト》!!』


突然、中隊長が大声を発する。

彼は座乗する装甲車の天板をはね上げて、ひとり腕を組んでいた。

彼の座乗する装甲車には、ラッパのお化けのようなものが据え付けてあり、それと一緒に円盤がクルクルと回る妙な機械がセッティングされていた。

その機械を『中隊長』がチョロっと触れると――――。

～♪

～～～♪

「～～《チャラララ》」♪

「～～《チャンチャン》」♪

――と流れる音楽。

『『――嵐《オープス》でも《シュテュルムト》雪《オーダー》でも《シュナイト》』』

ビクリと背が跳ねるナセル。

（な、なんだ⁇）

突如、荒廃した街に軽快な音楽が流れ始めると、それに合わせて、今まで静かに待機していた兵が一人……また一人と声を揃え始めたのだ。

嵐《オープス》でも《シュテュルムト》雪《オーダー》でも《シュナイト》
太陽輝く《オプディゾンネウンスラハト》♪
灼熱の日でも《デアタークグリューエントハイス》　凍てつく夜も《オーダーアイスカルトディナハト》
顔が埃に塗れても《ベシュタオプトズィントディーゲジヒタードッホフロー》♪
さりとて我らの士気高く《イストウンザーズィン》♪
我らの士気高く《イストウンザーズィン》♪
驀進するは我らが戦車《エスブラウストウンザーパンツァー》
嵐を貫き突き進む《イムシュトゥルムヴィントダヒン》♪

顔が埃に塗れても《ベシュタオプトズィントディーゲジヒタードッホフロー》♪
さりとて我らの士気高く《イストウンザーズィン》♪
我らの士気高く《ヤーウンザーズィン》♪

驀進するは我らが戦車《エスブラウストウンザーパンツァー》
嵐を貫き突き進む《イムシュトゥルムヴィントダヒン》♪

と謳い始めるドイツ兵達。
彼らはハーフトラック上で立ち上がり、銃を車体の側面に叩きつけるようにして音頭を取り始める。それは、兵たちの即席の打楽器だ。
ガン♪　ガンッ♪
〜〜〜♪　〜〜〜♪
ガン♪　ガンガンガッガン♪　ッガッガッガン♪
知らず知らずにナセルも鼻歌を歌い彼らに調子を合わせる。

エンジンの轟音響かせ《ミットドナーンデンモトーレン》
電光石火の如く《ゲシュヴィントヴィーデアブリッツ》♪
その装甲に護られながら《デムファインデエントゲーゲン》

敵に向かって突き進む《イムパンツァーゲシュッツト》♪
　戦友に先駆けて《フォーラウスデンカメラーデンイムカームプフ》
　　戦闘に我らは独り立つ《シューテーンヴィアアライン》♪
　　　戦闘に我らは独り立つ《シューテーンヴィアアライン》♪
斯様に我らは突き進む《ゾーシュトーセンヴィアティーフ》
敵陣の奥深くまで《インディーファイントリッヒェンライン》♪
　戦友に先駆けて《フォーラウスデンカメラーデンイムカームプフ》
　　戦闘に我らは独り立つ《シューテーンヴィアアライン》♪
　　　戦闘に我らは独り立つ《シューテーンヴィアアライン》♪
斯様に我らは突き進む《ゾーシュトーセンヴィアティーフ》
敵陣の奥深くまで《インディーファイントリッヒェンライン》♪

あぁ、なんという歌か。
あぁ、愛しき鉄の申し子たちよ！

征け！
ゆけぇ！
——ギャラララララララララララララ!!

たとえ我らが眼前に《ヴェンフォーウンスアインファイントリッヒェス》
敵軍現れようと《ヘアダンエアシャイント》♪
死力を尽くし《ヴィルトフォルガスゲゲーベン》　これに立ち向かわん《ウントラーンアンデンファイント》♪

我らがその身を挺するは《ヴァスギルトデンウンザーレーベン》
　我が軍が為ならざるや《フュアウンゼレスライヒェスヘア》？♪
　　正しく我が軍が為なり《ヤーライヒェスヘア》♪

ドイツが為に死するこそ《フュアドイチュラントツーシュテルベン》
我等が至上の誉なり《イストウンスヘヒステエア》♪

　我らがその身を挺するは《ヴァスギルトデンウンザーレーベン》
我が軍が為ならざるや《フュアウンゼレスライヒェスヘア》？♪

正しく我が軍が為《ヤーライヒェスヘア》なり♪

ドイツが為に死するこそ《フュアドイチュラントツーシュテルベン》
我等が至上の誉《イストウンスヘヒステエア》なり♪

高らかに謳うドイツ軍とキューポラ上に足をかけて腕を突き上げるナセル。

彼らはもはや無敵だ――――。阻むものなど、今の王都にありはしない。

征け、戦車よ!!　俺の復讐の業火の代弁者よ!!

ナセルは叫ぶ、

「突撃いいいいい《アングリィィィフ》!!!」

石畳を砕かんばかりの轟音を立てて疾駆する戦車とハーフトラックの群れは、上空を乱舞するメッサーシュミットに支援されつつ王都を驀進していった。

不安そうに家々の窓から覗く住民の目など知ったことか。

流れ弾に家屋が燃え上がろうと、
大型爆弾の衝撃波で窓が砕け散ろうが、
降り注ぐ近衛兵団の中に肉親がいたとして――――それがどうした!

お前等も罪だ。

お前等も同罪だ。

お前等も人罪人だ。

俺を笑い、家族の死を眺め、リズが喚く様を楽しみ、焼かれた大隊長に高揚した。

知らない？

関係ない？

何もしていない？

…………そうだ!!

知らなかった!! 俺と、俺の愛すべき人々の無実を!!

関係なかった!! 俺と、俺の愛すべき人々が貶められても!!

何もしなかった！ 俺と、俺の愛すべき人々が地獄に落ちていても!!

ならば、
ならば、流れ弾は甘んじて受けろ！

爆風に焼かれろ!!

そして、吹っ飛ばされた兵士に家族がいたとして、それは皆同じだ！！！

「俺を――俺たちを舐めるんじゃねぇぇぇぇぇぇぇぇぇ！！！」

……全部、ぶっ飛ばしてやるッ！

ナセルの怒りの矛先が王城に向かい――そして、この日もっとも激しい戦いが始まる……。

あとがき

拝啓、読者の皆様。ＬＡ軍です。

皆様、まずは本書をお手に取っていただきありがとうございます。初めまして、ＬＡ軍と申します。本作はお楽しみいただけたでしょうか？　少しでもお楽しみいただけていれば作者として無上の喜びです。

私にとっては、書籍７作品目となります。５作以上のシリーズをだせるようになったことは感無量の思いです。

それもひとえに応援してくださった皆々様のおかげであると思い、大感謝の気持ちでいっぱいです。今後ともよろしくお願いします。

さて、本作品について少し。

本作を書き始めた時には、小説家になろうのランキングにＮＴＲ――いわゆる寝取られ系が流行しておりましたので、私もいっちょ書いてみるかと思い書き始めたのがきっかけです。しかし、ただの寝取られでは面白くないし、自分の趣味もふんだんに取り入れたい……というコンセプトが脳裏にあり、試行錯誤していた時、天啓のようにドラゴン⇓ドイツ軍のネタが振ってきました。もちろん、元々ドイツ軍が好きで小説家になろうでアップしている作品にも出していたため、このネタに行きついたのだと思います。そして、コンセプトが決まれば後はもう勢いのままです。

序盤は読む人が鬱になり過ぎるほど重い展開で、途中でギブアップする人もいたと聞きます。しかしながらＬＡ軍節のドイツ軍が全開で登場してきたときの爽快感は書いている人間ですら楽しかったです。

もともと、ファンタジー世界をぶっ飛ばすほどの大火力という作品を書きたかったので、もう筆が躍る躍る――――とそういった感じで書き上がったのが本作品です。

ちなみに、本文中でドイツ語をカタカナにしたルビがたくさん出てきますが、ドイツ語さっぱりな作者が耳コピしたものも含まれていますので、多少おかしなところがあってもお目こぼしいただければ幸いです。最初の打ち合わせで「ドイツ語なら俺に任せとけ！」と豪語した挙句、最終的に「ノリと勢いで」と匙を投げた担当編集さんにも、ご迷惑をおかけしました。

アース・スター様で出していただくまでにいくつかのコンテストに参加しておりましたが、どれもこれも最終選考で落ちてしまい、相当にへこんでおりました。なにより、やはりコンセプトの「ドイツ軍」というテーマがセンシティブすぎるのかと、書籍化を諦めかけていた矢先に書籍化のお知らせが入って来たので小躍りしました！

と、そんな感じでできたのが本作品です！

この先、ナセルの復讐がどこまでいくのか。その続きを是非とも見たいという方がいらっしゃいましたら是非とも本作品をお買い上げいただき、また皆々様で宣伝していただければ幸いです！

ファンレターとかいただけるとなお嬉しいです……！

続編が出るならば、きっと、あのにっくき間男勇者と汚嫁アリシアに復讐を成し遂げることができるかもしれません。

そして、ヒロイン?リズ、大隊長――――彼女らの無念もきっと……。

では、本巻ではこのへんで。

次のナセルの活躍は、そして次なるドイツ軍の活躍はいかほどのものか!!

物語はまだまだ始まったばかりです。ぜひとも、今後とも応援のほどよろしくお願いします。

最後に、本書を編集してくださった校正の方、編集者様、出版社様、そして美麗なイラストで物語に素晴らしい華を与えてくださった山椒魚先生、本書を取り扱ってくださる書店の方々、そして本書を購入してくださった読者の皆様、誠にありがとうございます。御礼をもってご挨拶とさせてください。本当にありがとうございます！

敬具。


次巻以降でまたお会いしましょう！

読者の皆様に最大限の感謝を込めて、吉日

大隊長を偲んで
2021. 8

世界へ!
ヘルモード
～やり込み好きのゲーマーは
廃設定の異世界で無双する～
二度転生した少年は
Sランク冒険者として
平穏に過ごす
～前世が賢者で英雄だったボクは
来世では地味に生きる～
贅沢三昧したいのです!
転生したのに貧乏なんて
許せないので、
魔法で領地改革
領民0人スタートの
辺境領主様
戦国小町苦労譚
毎月15日刊行!!
https://www.es-novel.jp/

ようこそ異
反逆のソウルイーター
～弱者は不要といわれて
剣聖（父）に追放
されました～
転生した大聖女は、
聖女であることをひた隠す
冒険者になりたいと
都に出て行った娘が
Sランクになってた
即死チートが
最強すぎて、
異世界のやつらがまるで
相手にならないんですが。
俺は全てを【パリイ】する
～逆勘違いの世界最強は
冒険者になりたい～
アース・スターノベル
EARTH STAR NOVEL

霊峰黒嶽へようこそ
は、ひた隠す
転生した大聖女は、
聖女であることをひた隠す
A Tale of the Great Saint
コミカライズ3巻
大好評発売中!!!
漫画:青辺マヒト
コミックアース・スターにて
連載中!!
https://www.comic-earthstar.jp/

あらすじ

サザランドから王都に戻ってきたフィーアは、
特別休暇を使って姉に、
そして、こっそりザビリアに会いに行こうとするけれど、
シリルやカーティスにはお見通しで……。

さらに、出発日前日、緑髪と青髪の懐かしい兄弟に再会。
喜ぶフィーアだが、何故か二人も
霊峰黒嶽への旅路に同行することに!?

2兄弟+とある騎士団長とともに、いざ出発!
楽しい休暇が、今始まる!!

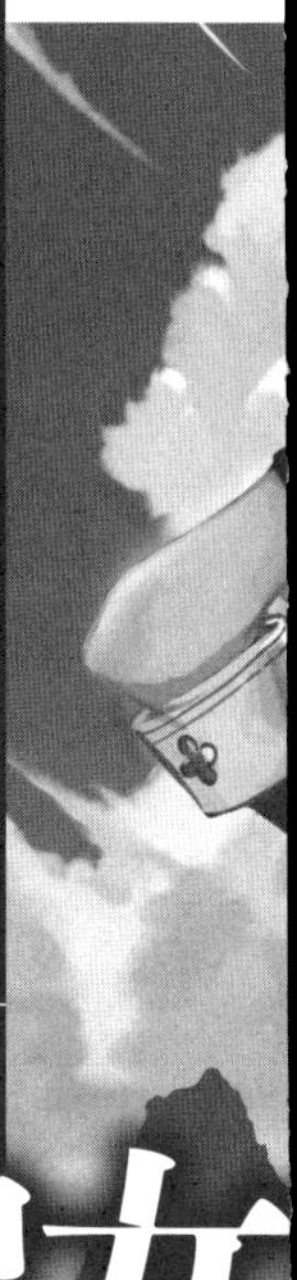

転生した大聖女
聖女であることを

十夜 Illustration chibi

シリーズ累計 50万部 突破!!

続々重版中!
4000万PV越えの超人気作!!!

【原作】鍋敷・カワグチ
【漫画】KRSG
Presented by NABESHIKI / KAWAGUCHI
Comic by KRSG
俺《おれ》は全《すべ》てを【パリイ】する
~逆勘違いの世界最強は冒険者の夢をみる~
『小説家になろう』
年間総合1位獲得作!!
(2020年3月10日時点)
待望のコミカライズ!!
第1巻好評発売中!
磨き抜いた最低スキルで、
目指せ憧れの冒険者!
※「小説家になろう」は株式会社ヒナプロジェクトの登録商標です。

千の剣も、ミノタウロスも神速の槍も【パリイ】!!!…

これが極めた【パリイ】…!

でかい牛も
【パリイ】!

STORY

憧れの冒険者を目指し凄まじい修行を行う青年・ノール。その最低スキル【パリイ】は千の剣をはじくまでに! しかしどれだけ極め尽くしても、最低スキルしかないので冒険者にはなれない…。なので謙虚に真面目に修行の傍ら、街の雑用をこなす日々。しかしある日、その無自覚の超絶能力故に国全体を揺るがす陰謀に巻き込まれる…。皆の役に立つ冒険者に、俺もなれる!? あくまで謙虚な最強男の冒険者への道、ここに開幕!

宝剣はドブさらいに便利!
ノール! 次はウチも 頼めるか
任せてくれ

EARTH STAR NOVEL

ドイツ軍召喚ッ！①
～勇者達に全てを奪われたドラゴン召喚士、元最強は復讐を誓う～

発行 ――― 2021年9月15日　初版第1刷発行

著者 ――― ＬＡ軍

イラストレーター ――― 山椒魚

装丁デザイン ――― 山上陽一（ARTEN）

発行者 ――― 幕内和博

編集 ――― 及川幹雄

発行所 ――― 株式会社アース・スター エンターテイメント
〒141-0021　東京都品川区上大崎 3-1-1
目黒セントラルスクエア　７Ｆ
TEL ：03-5561-7630
FAX：03-5561-7632
https://www.es-novel.jp/

印刷・製本 ――― 図書印刷株式会社

ISBN 978-4-8030-1561-4